また殺されてしまったのですね。探偵様
Killed again, Mr. Detective.

「き……きついお仕置きが
必要みたいですね」

KILLED AGAIN, MR. DETECTIVE.

CONTENTS

また殺されて
しまったのですね、探偵様

また殺されてしまったのですね、探偵様4

てにをは

MF文庫J

口絵・本文イラスト●りいちゅ

シャーロック・プリズン殺人事件
―前篇―

KILLED AGAIN, MR. DETECTIVE.

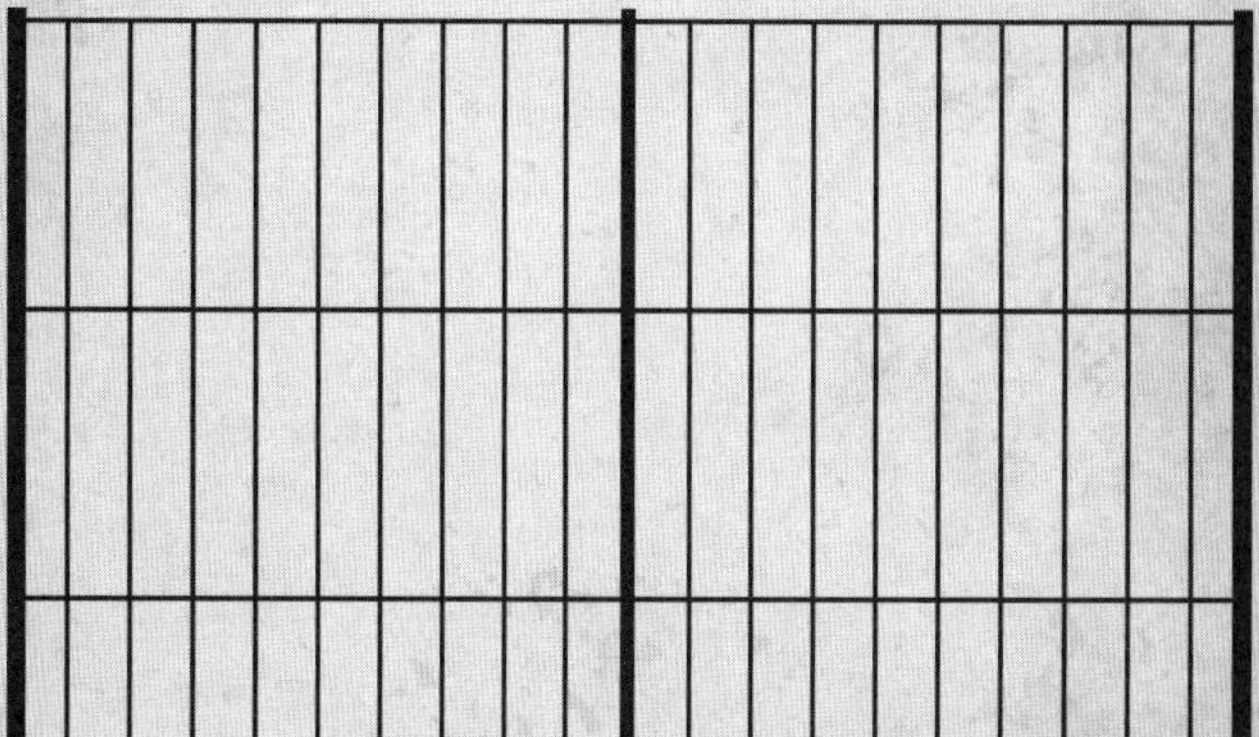

KILLED AGAIN, MR. DETECTIVE.

屈斜路刑務所

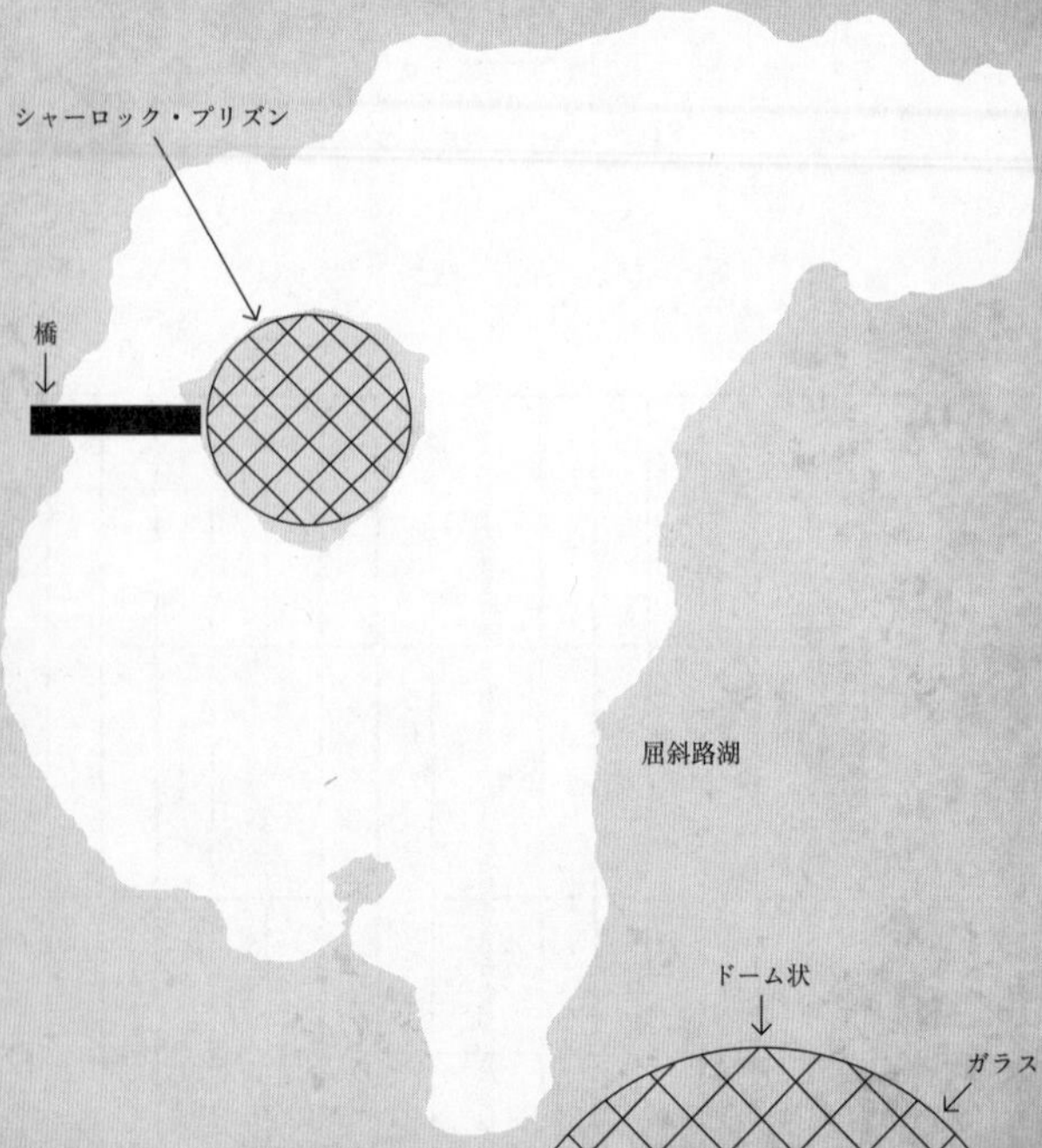

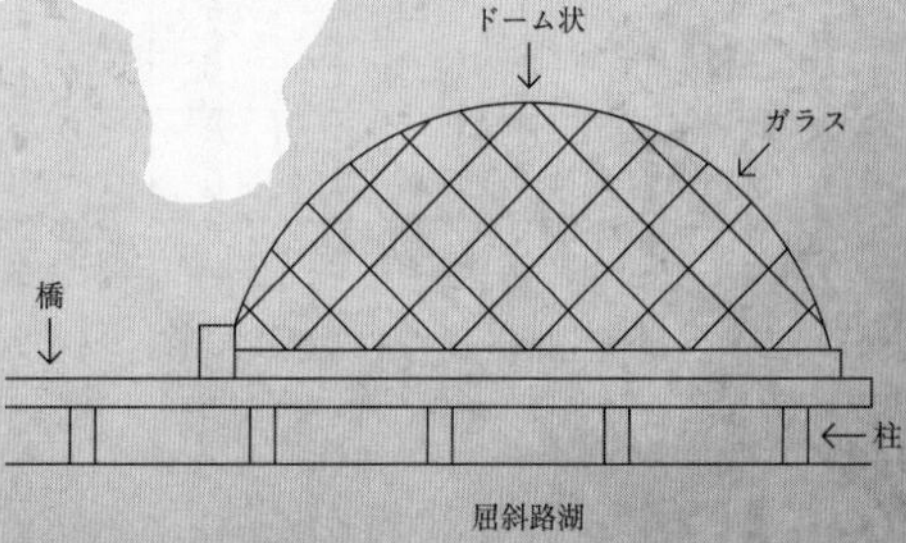

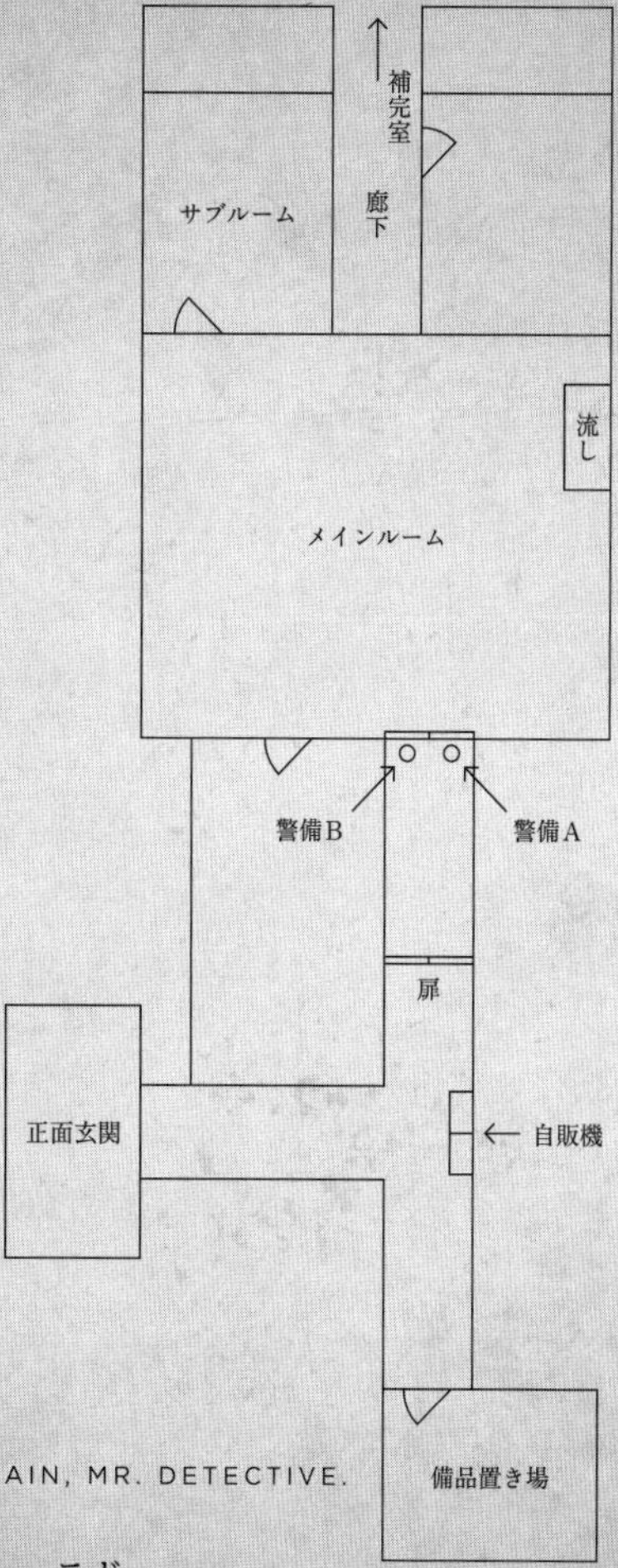

KILLED AGAIN, MR. DETECTIVE.

ラボ

登場人物紹介

追月朔也　：探偵。

リリテア　：朔也の助手。

哀野《かなしの》泣《きゆう》　：漫画家。

漫呂木《そぞろぎ》薫太《かおるた》　：刑事。

吾植《あがうえ》　：最初の七人対策チーム・ヴォルフのチームリーダー。

◎刑務所職員

馬路都《ばろと》精三《せいぞう》　：屈斜路刑務所の所長。

妻木《つまぎ》哲呂《てつろ》　：刑務官。

◎ラボ職員

車降《しやふら》鍊朱《れんじゆ》　：ラボ主任。

車降《しやふら》製子《せいこ》　：鍊朱の母。エグリゴリシリーズの開発者。故人。

入符《いりふ》計《けい》　：ラボ職員。

暮具《くれぐ》真言《まこと》　：ラボ職員。センサー開発担当。

下津《しもづ》理温《りおん》　：ラボ職員。制御系担当。

◎オートワーカー

ドニア　：ガイノイド（女性型オートワーカー）。受刑者・輪寒露と心中しているところが発見された。

イヴリア　：ガイノイド。救護係。

カロム　：アンドロイド（男性型オートワーカー）。救護係。

◎受刑者

フェリセット：最初の七人の一人、夢見し機械。

輪寒露《わざむろ》電太《でんた》　：ドニアと心中しているところが発見された受刑者。故人。

ガノ　：受刑者の一人。異国出身。

幕田《まくた》蛭瑠《ひる》　：受刑者の一人。情報屋のマックと呼ばれている。

縁狩《えんがる》集夢《あつむ》　：『Sad But TRUE』という受刑者グループの顔役を輪寒露の死後受け継いだ。

―人形《イオ》のゆめ―

お前、泣かないの？
叫ばないのか？
助けてくださいは？　最高に惨めったらしい命乞いは？
……ふーん。そうか。
お前、いいな。きれいだよ。
その感じ、まるで――人形だ。
いいよ。すごくいい。
決めた。見逃してやる。だからずっとそのままでいろ。
人形のままでな。

そう言って男は最後に私の頭を蹴飛ばした。
断線したみたいに私の意識が途切れる。
そして男は笑いながら私の家から去っていった。
人形みたいに動かなくなったパパとママと兄さんの死体を跨《また》いで。
あの日から私は人形になった。

一章　シャーロック・プリズンへようこそ

――収監初日――


「ワシの罪を聞いてくれ」

不意に口を開いたのは白い口髭《くちひげ》をわんさか生やした異国の老人だった。歳《とし》は七十を超えているだろうか。

彼はちょっとたどたどしい日本語でガノと名乗った。

「最初はこの国で食うに困って、簡単な車上荒らしをやった。ワシは昔から手先だけは器用でな、これでも祖国《くに》じゃ機械イジリで稼いでたもんさ。だから……なんだったかな？そうだ、それである時知り合いの誘いでちょっとした儲《もう》け話に手を出したわけだ。難しいことじゃない。夜中に高級住宅街へえっちらと出向いてな、高く売れそうな車をちょ・い・と・拝借して海外へ売り飛ばすわけだ。もちろん元締めとやらがいてほとんどはそっちへ持っていかれたんだが、それでもこれが悪くない金になって……いや、申し訳ない」

いつの間にか過去の儲け話を嬉々《きき》として語っている自分に気づいて、ガノは己を恥じるように咳払《せきばら》いした。

「忘れもしない。あれは四度目の仕事の夜だった。ワシはその日も守備よく車のロックを外して仲間と一緒に乗り込んだ。その日はワシがドライバーをする番だったというわけだ。……で、その時だ、物音に気づいた車の持ち主が家の中から出てきた。ワシは大慌てで車を発進させたよ。そうしたらその持ち主は……ああ、まさかあそこまでするとはなあ。そうさ、急発進した車の進路に両手を広げて立ち塞がったんだ。結果は……」

ガノは右手の拳を左の手のひらに強く叩《たた》きつける。

「正面衝突。即死だった。男は五メートル以上も吹き飛んだ。捻《ねじ》れた体が人形のように力なく転がっていったよ。ワシの乗っていた車も電信柱に激突。走行不能。もちろん売り物にもならん。ワシはといえば事故の衝撃でフロントガラスに顔を打ち付け、意識は朦朧《もうろう》。動けないまま、若い仲間連中がそそくさと車を降りて逃げ去る様子を眺めていたよ。つまり老いぼれだけが置き去りにされたというわけだ。日本の警察は勤勉だ。ワシはすぐに駆けつけた警官に捕らえられ、裁判にかけられた。それでガノという男の人生は終わった。事故のせいで右目も失った」

ガノはおもむろに右の眼球を取り出して手のひらに乗せてみせた。熟練の手品師みたいに。

「この目はもう何も映してはくれんが、ああ……それでも、今も夜になると映り込んでくるんだ……。ワシが轢《ひ》き殺《ころ》した男がいるんだよ。この目の中に……。何も言わずにそこにいるんだ。人形みたいに。いくら謝っても懺悔《ざんげ》しても後悔しても消えちゃあくれん……。思えば、これも滅びゆく祖国を捨てて真っ先に逃げ出した、臆病なワシへの罰なのかもなあ。いつか祖国が再建されるようなことでもあれば、生きているうちにもう一度故郷の土をこの足で踏みしめたい……そう思っているが……できないんだろうなあ」

左目で手のひらの上の右目を眺めながら、ガノは深いため息をついた。

そしてそれきり黙り込んでしまった。どうやら彼の告白は終わったらしい。

「えっと……なかなか壮絶な人生だったみたいですね。聞かせてくれてありがとう。きっと今夜はぐっすり眠れますよ」

ガノの隣に座っていた男が労《いたわ》るようにそう声をかけた。

「ああ、たった今罪は浄化された。間違いない」

「そうさ。それにあんたはもうその右目を捧《ささ》げた。きっと被害者だって許してくれるさ」

それでもそれをきっかけに他の参加者も投げやりな慰めの言葉をかけていく。

さて、次の発言者は？

それとなく他の人たちの様子を窺《うかが》ってみる。

その薄暗い部屋には十二の椅子が内側へ向けて円状に並べられていて、そこに十二人の男が座っている。

ガノもその一人だし、俺もその一人だ。

それから男たちは順番に自分語りを始めていった。

ある者はガノのように罪の告白を。

ある者はここ最近の人間関係の悩みを。

部屋の隅の薄暗がりには女性刑務官がそっと控えていて、そんな俺たちのグループセラピーを監視している。

そう、これはグループセラピーだ。

こうして顔を突き合わせて悩みや罪を告白して心を慰め合うための集まり。初参加なので知らなかったけれど、毎週この部屋で開かれているらしい。

「じゃあ次は僕、いいかな？」

次に手を挙げたのは俺の左隣に座った男だった。

背が高くて痩せ型、ちょっと猫背。

絶妙に奇妙な髪型。

「僕もね、人を殺してしまったことがある。でも、そこのガノさんと違う点がある。それは自分で望んでそうしたってこと」

「一人？」

衝撃的な告白にも動じず、誰かがそう問いかけた。

殺したのは一人か？

男は答える。

「九十九人」

誰も声こそあげなかったけれど、明らかにその場に動揺の色が広がったのが分かった。

「ハッタリだ」

腕に刺青《いれずみ》を施した大柄な男が軽く噛《か》み付《つ》く。

「だが別にいいさ。犯罪自慢はここじゃ挨拶みたいなもんだ。それで、あんたはその罪を告白して許しを得たいと思ってるってわけだ」

「とんでもない！　僕はただみんなに知っておいて欲しいんだ。全部知っておいて欲しかったんだ。僕がどれほど許しようも救いようもない人間かをね。このセラピーには付き合いで参加してみただけ。以上」

と、九十九人殺しを謳《うた》う彼はさっさと話を終わらせてしまった。

気まずい沈黙が流れる。

困るなあ。

俺はそっとパイプ椅子の後ろから彼の袖を引っ張り、囁《ささや》きかけた。

「ちょっと泣《きゅう》ちゃん、いくらなんでも話を盛りすぎじゃない？　確かにそれっぽく演じようねとは申し合わせたけど、それでも限度ってものがさ」

俺の静かな抗議を受けて彼、哀野泣《かなしのきゅう》は愉快そうにニマっと笑ってこう言った。

「サービスしすぎたかな？」

この人はまったく……。

「そっちの兄ちゃんはどうなんだ？」

頭を抱えていると、刺青男が俺に声をかけてきた。泣ちゃんへの関心が今度はそのまま隣の俺に移ったらしい。

「さっきから一言も喋《しゃべ》らねえからよ。見たところずいぶん若そうだが、わざわざこの会に途中参加までしてきたってことはお前もなんか抱えてんだろ？」

「僕、ですか？」

「えっと……」

「話してみろよ。ここはそのための場所だぜ」

「そうだ。遠慮するな。みんなでなんだって受け止めるぞ」

「がんばれ！」

考える様子を見せる俺に、みんなが次々に励ましの言葉を送ってくれる。

俺はもう一度気になって暗がりの刑務官を盗み見た。

どうやら向こうもじっとこっちを見ているらしかった。

「それじゃあ……一つ」

考えた末に俺は思い切って抱え込んでいる秘密を告白してみることにした。

「俺――実は死んだことがあるんです」

「事故か何かで生死の境を彷徨《さまよ》ったのかい？」

「いいえ。実際に死にました。もう何度も」

その場が温かな笑いに包まれた。

「何度も何度も殺されて、その度にまた生き返って――」

「そうかそうか。そりゃ大変だったな。で？　参考までにぜひ聞かせてもらいたいんだが、地獄ってどんなところなんだ？　天国にもＷｉ－Ｆｉって飛んでんのか？」

刺青《いれずみ》男が楽しそうに椅子を揺らす。

「待ってくださいよ！　俺は本当に悩んでるのに！　信じてくれ！」

俺は思わず椅子から立ち上がって自分の胸を叩《たた》いた。

そんな俺の肩に優しく手が添えられる。

「いやーさっくん。最高だよそれ。僕の百人目の犠牲者は君に決まりだ！」

「泣《きゆう》ちゃんまで！」

そこで蛍光灯がパッと点《とも》り、部屋が明るくなった。

タイムアウト。

セラピーの時間は終了だ。

「あー最後に笑ったぜー」

参加者は伸びをしながら部屋を出ていく。

後には円を描いた空っぽの椅子が残される。

ま、信じてもらえるとは思ってなかったよ。

というかどうせジョークだと思われるだろうと思って試しに言ってみただけだ。

でも、とっておきの悩みをああまで笑われてしまうと、演技でもちょっと落ち込んでしまう。

なんて思っていると泣ちゃんが俺の背中をポンと押した。

「刑務所でのセラピー。いい経験になったね。これは漫画に活《い》かせそうだ。ほらさっくん、僕らも行こう」

「う、うん……」

部屋を出る直前、俺は最後にもう一度部屋の隅に控えている女性刑務官――いや、リリテアのことを振り返った。

彼女は実に端正な佇《たたず》まいでそこに立ち、この世のどんな不正も見過ごさないというような精錬な瞳でこっちを見ている。

俺は表情だけでそんなリリテアに訴えかけた。

――リリテア、そんなべったりついてこなくても大丈夫だよ。

すると彼女も目配せだけでこう返してきた。

――朔也《さくや》様、このような場でご自身の体質のことを告白するなんて何を考えているんですか。

――ごめん。なんか雰囲気に呑《の》まれちゃって。

最後に我が助手リリテアは艶《つや》やかなその唇をこう動かした。

「おバカな人」

□

謎のセラピーからさかのぼること約半日。

その日、俺とリリテアは前日に東北のとある県にある温泉宿を訪ねていた。

漫画家で友達の哀野泣《かなしのきゆう》こと泣ちゃんからの誘いに乗る形で同行したんだ。

で、旅先で俺たちはやっぱりというかなんというか、とある事件に巻き込まれてしまった。

その事件もなかなか大変だったんだけど、本題ではないので詳細は省かせてもらう。

とにかく色々あって事件も解決して、さあ帰ろうか——と翌朝に宿の前で話していた時だった。

いきなり上空にヘリが現れ、それは目の前に着陸した。

驚くまもなく中から現れたのは屈強な大人の男たち。彼らは挨拶もなく俺にこう言った。

「追月朔也《おうつきさくや》だな。今すぐ来て欲しい」

「あなたたちは誰ですか？」

「それはヘリの中で説明する。急がなければ漫呂木《そぞろぎ》の命も危ない」

わけが分からなかったけど、その名前を出されちゃ断るわけにもいかなかった。

任意同行という名の拉致だ。

向かう先は——北海道だという。

まさか北へ旅行してそこからさらなる北国へ連れて行かれるとは思わなかった。

移動中、主に事情を聞かせてくれたのは、男たちの中でも一番の年長と思われる背広の男性だった。

「吾植《あがうえ》だ。ヴォルフのチームリーダーをしている」

「ヴォルフ……狼《おおかみ》？」

「警察組織の中に編制された最初の七人《セブン・オールドメン》対策チームだ。七匹の子ヤギを追い回すのさ」

「ああ、警察の人たちでしたか。それで漫呂木《そぞろぎ》さんを知ってるんですね」

「あいつもメンバーだからな」

「ええ!?」

ヘリに乗っていた他の男たちもみんなヴォルフのメンバーだという。

「このヘリの目的地は屈斜路《くっしゃろ》刑務所だ。漫呂木はそこに閉じ込められている」

「刑務所？　悪いことをして捕まっちゃったんですか？　刑事なのに」

「ああ。ただし、フェリセットによってな」

「それって例の七人の……」

「やはりそれなりに事情には精通しているらしいな。さすがは追月断也《おうつきたつや》の息子といったところか」

「吾植さんも親父《おやじ》のことを知ってるんですね」

「直接の面識こそなかったが、この世界にいて彼のことを知らないでいろという方が無理な話だ」

この世界って、表の？　それとも裏？

「だが今それはいい。問題は屈斜路刑務所だ。あそこは現在フェリセットによって内側から完全に封鎖《ロック》されている」

「刑務所を封鎖？」

　一体どうやってそんなことを。

「システムそのものを掌握しているらしい。誰も入れんし、出られもせん」

　誰も出られないというのは刑務所としては褒められるべき事のような気もするけれど、もちろんそういう問題じゃないんだろう。

「現在法務省はこんな失態を公にするわけにいかず、報道管制を敷いている」

「刑務所をジャックされたなんて世間に知られたら、面目丸潰れもいいところですもんね」

「だがそれも時間の問題だ。故に我々は早急に刑務所を奪還すべく動いている」

　ヴォルフも色々と追い詰められているらしい。

　だから強引な形で俺をヘリに押し込んだんだろう。

「元々漫呂木はヤツから情報を得るために出向いていたんだが……」

「ああ、それで閉じ込められちゃったと」

「フェリセットの要求は一つ。追月断也の息子、追月朔也《さくや》を連れてこい」

　俺は無意識に唾を飲んだ。

「俺を？　でもどうして」

「分からん。ヤツは刑務所の人間に託《ことづ》ける形で我々警察に接触してきたんだが、とにかく連れてこい。用件は直接話す——の一点張りだ」

「血祭りにでもあげられちゃうのかな……」

最初の七人《セブン・オールドメン》のことを嗅ぎ回っていたから？　それとも、シャルディナあたりと通じていて俺の体質に興味を持ったとか？

「あれはこれまでに各国の軍隊と渡り合い、ことごとくを壊滅し、退けてきた豪の者だ。その気になれば君一人をどんなふうに料理することも可能だろう」

「脅かさないでくださいよ」

でも改めてその経歴——犯罪歴？——を聞いてフェリセットがなぜ最初の七人《セブン・オールドメン》に数えられているのか納得がいった。

そんな相手からの直々のご指名。

正直、その時俺はかなり不安だった。

いずれ対面する時も来るだろうとは思っていたけれど、ここまで突発的に話が動くとは思っていなかった。

「現状はフェリセットのお眼鏡に叶《かな》った人物しか門を潜《くぐ》ることが許されない状況だが、自ら指名した君なら中への潜入が可能というわけだ。もちろん我々も外側から何度もアプローチをかけてはみたが、奇《く》しくも屈斜路《くっしゃろ》刑務所は内からも外からも難攻不落。力押しで行くには根回しの時間も金も命もかかる」

でも、思えば最初の七人《セブン・オールドメン》にまつわることで、これまで急じゃなかったことなんて何一つなかった。

彼らはキャンプのお迎えみたいにこっちが準備万端整うのを待ってはくれない。

答えはもう出ていた。

「分かりました。行きましょう」

それから数時間、直線距離にして約五百キロ。

やがてヴォルフの一人が窓の外を指して「見えました」と言った。

リリテアと頰《ほお》を付け合うようにして窓の外を覗《のぞ》き込《こ》むと、眼下に雄大な自然のパノラマが広がっていた。

青空を映す湖面。

屈斜路湖だ。

湖の中央付近に、異様なドーム型の建物が鎮座している。

あの下には湖中島があり、現在はドームの土台として活用されているという。

対象物が他になくてそれがどれくらいの大きさなのか、目測ではちょっと判断できなかった。

言葉を失っていると、吾植《あがうえ》さんがやけに改まった調子でこう言った。

「あそこに見えるのが屈斜路……いや、通称シャーロック・プリズンだ」

まるで気の利いた観光ガイドみたいだった。

□

「よく来てくださいました。追月朔也《おうつきさくや》さんですね。本当に、なんと言ったらいいか」

塀の中で俺たちを出迎えてくれたのは若い刑務官の男だった。

「私はここで刑務官をしております、妻木《つまぎ》と言います」

青白い顔をして、見るからにやつれている。封鎖された刑務所の中、極限状態の日々を過ごしているせいだろうか。

「早速ご案内しますよ。フェリセットのところまで」

挨拶もそこそこに彼は先頭を歩き、俺たちを引っ張った。

長い廊下が続く。微妙に湾曲しているせいで終着点が目視できない。妙な圧迫感があった。

床は一面ガラス素材で、その床自体が真っ白に発光しているように見えた。いや、実際足元に照明が埋め込まれているみたいだった。その分天井に無粋な蛍光灯の類《たぐい》は見当たらない。なんだか全体的に洗練されている。

「表の正門がすんなり開かれ、こうして内側へ入ってくることができたということは、フェリセット招いたのが間違いなくあなた方だという証拠に他なりません」

「……御眼鏡にかなうといいんですけど」

ヴォルフの面々はというと、俺たちをここへ送り届けるなりすぐに引き返してしまった。

なんだか丸投げという感じがするけれど、フェリセットが彼らの訪問を許さないのならそれもやむを得ないことだ。

「あの、妻木さん、さっきから歩いていて思ったことなんですけど、なんて言うかここってその、あんまり刑務所っぽくないですね。今っぽい……というか近未来っぽいというか」

「まだ建てられて五年しか経《た》っていませんから。それに、元々のコンセプトがそうなんです。未来的と言いますか」

「未来、ですか」

正直刑務所のコンセプトとしてはあんまりピンとこない。

「この機会に少し説明をしておきましょう。ここは屈斜路《くっしゃろ》刑務所。屈斜路湖上に建設されたドーム型の最先端にして日本最大級の刑務所です。出入りのルートは西側に陸地と行き来するための橋のみ。他は皆さんのように空路を使うか、ボートか何かで水上を行くか、です」

湖全域に厳しい監視の目が張り巡らされていますと彼は言った。

簡単に脱獄なんてできないぞという意味だろう。

ともかく、ここがとてつもなく広い刑務所であるらしいことはよく分かった。

妻木さんの話に耳を傾けながら、俺たちはいくつもの厳重な扉を越えた。

「みなさん、こちらへどうぞ」

妻木さんが手早く最後の扉を開ける。

その先には無闇にだだっ広い部屋があった。

でもそれだけじゃない。床も壁も天井も真っ白で滑らかで、変な表現だけど能面みたいな部屋だった。あんまり目印と言えるようなものがなくて、ちょっと距離感が狂いそうになる。

漫《そぞ》呂《ろ》木《ぎ》薫太《かおるた》はそんな場所にいた。

彼は部屋の壁につまらなそうに背を預けて座っていたけれど、俺とリリテアの姿を見ると飛び上がるように体を起こした。

「やっと来たか！」

「漫呂木さん、何やってんだよまったく」

「俺にはどうしようもなかったんだよ。施設丸ごと封鎖されちゃな」

「元気そうだね」

というか、いつもより顔色がいいくらいだ。

「漫呂木様、ご無事で何よりです」

「おかげさまでな。ここに監禁されて三日……毎日決まった時間に食事が運ばれてくるからな」

ヒゲまで剃《そ》らせてくれるＶＩＰ待遇さと漫呂木は皮肉を口にした。

「普段どれだけ荒れた生活してるんだよ……。それはそれとして、いきなり呼びつけられてびっくりしたよ」

「それに関してはすまん……。巻き込んじまった」

「いや、まあ相手が相手だし……。大体俺を名指しで呼びつけたんでしょ？　なら俺は巻き込まれたんじゃなくて当事者ってことになる」

「緊急のことでろくに根回しする余裕もなかった。それでも三日でお前がここへ来たってことは、上の連中が少しは頑張ったってことなんだろうな」

「事情は聞いたよ。漫呂木さん昇進したんだってね」

「対策チームに押し込まれたってだけだ。給料据え置き。まだ特別手当の交渉中……ってそんな話はいいんだが、朔也《さくや》」

「うん？」

胡散臭《うさんくさ》げに俺の左隣を見た。

断っておくとリリテアは俺の右隣にいる。妻木《つまぎ》さんは部屋の入り口脇だ。

「リリテアちゃんは助手ってことでここに同行してきた。それは分かる。だがそっちの男は誰だ？」

漫呂木が俺の左隣に立つ人物を指差す。

そうだ。この説明もしなきゃならないんだった。

「ああ……この人は――」

「初めまして」

言いかけた俺を遮って彼が口を開く。

「僕は哀野《かなしの》と言います。朔也《さくや》先生の見習い助手をやらせてもらっています。どうぞよろしく漫呂木《そぞろぎ》刑事」

泣《きゅう》ちゃんは漫呂木の指先をちょいと摘《つま》んでゆらゆらと上下に揺らす。握手のつもりなんだろう。

「助手見習い……？　朔也お前、また一人雇ったのか？　駆け出し半人前が偉そうに」

「いや……まあ、期間限定の一日体験というか……成り行きというか」

俺たちは東北での事件の直後にヘリに押し込まれたわけだけれど、まさかまさか——急いでいた吾植《あがうえ》さんは一緒にいた泣ちゃんまで乗せてしまった。

泣ちゃんは部外者で、今回の件には一切関係がないんですよと説明する間もなかった。

助手だと誤解されたまま、泣ちゃんもまた、口外の許されない情報を聞いてしまったわけだ。

けれど彼自身はなぜか終始ノリノリだ。今だって思いも寄らない冒険に巻き込まれてワクワクが止まらないという様子。

緊急時のどさくさに紛《まぎ》れて、結局泣ちゃんも助手の一人ということにしてここまで押し通ってきちゃったわけだけれど、本当によかったんだろうか？　あんまりよくはない気がする。

「助手として探偵の仕事を取材……じゃなくて勉強させてもらいますよ。それにしても、屈斜路《くっしゃろ》刑務所、噂《うわさ》には聞いてたけどすごいところだなあ！」

さてはこの人、この機会を利用して漫画のネタを探そうとしてるな。

「それで、さっくん先生を呼びつけたフェリセットというのはどこに？　今世界中を賑《にぎ》わせている最初の七人《セブン・オールドメン》のうちの一人なんだよね？　僕としても是《ぜ》が非にでもこの目で見てみたいんだけど！　ここには姿が見えないけど他の独房にでも入れられてるのかな？」

泣ちゃんの言う通り、この部屋に他に人の姿はない。気配も感じられない。

ただ部屋の中央が透明なガラスで四角く区切られていて、その中に直径一メートルそこそこの球体が設置されているだけだ。

なんだこれ？　オブジェ？

「家主ならずっとそこにいるよ」

「え？　どういうこと？」

漫呂木の意味深な言葉に俺が振り返りかけた時、俺の目の前で謎の球体が変形を始めた。

「うあああ……！　変形した⁉」

「朔也のその反応、三日前の自分を見てるようだ」と漫呂木が言う。

数秒後、俺の目の前に二本の腕と足を備えた人型のロボットが現れた。あっという間だった。

見上げるほど大きい。

思わず漫呂木に問いかける。

「ねえ、フェリセットって……人間じゃなかったの？」

「ロボットなんだとさ」

「ロボットだねー」と泣《きゅう》ちゃん。

「ロボなのですか」とリリテア。

「驚きだろう？　しかも、やたらめったらと技術の粋を集めた特製品だそうだ」

「……納得」

刑務所のシステムを掌握——。

人ではないフェリセットならそれも可能だったってわけか。

「シャーロック・プリズンへようこそ」

それがフェリセットの第一声だった。無機質で低い、プログラムで書いたような機械音声だ。

「私がフェリセットだ。かえりし者《レヴナント》……いや、追月朔也《おうつきさくや》。ご無沙汰している」

改めてフェリセットから声をかけられ、緊張気味にそちらへ向き直る。

「……かえりし者《レヴナント》？」

「気にするな。昔から勝手に私がそう呼んでいただけだ」

「昔から？　俺たち、初めましてだと思うけど」

ご無沙汰——とも言っていた。

「ああ、すまない。かつてはこちらが一方的に君のことを見ていただけで、君は私を知らないのだったな」

見ていた？

「まだ私がここに収監される前の話だ。世界のネットワークを使い、私はあらゆるカメラに潜り込むことができた。そして断也《たつや》の息子である君のこともレンズ越しに見ていたものだ」

見られていたのか。

気分のいい話じゃない。けれどともかく、少なくともフェリセットも俺の体質のことを知っているらしいことは分かった。

「で、お前は覗《のぞ》きで親父《おやじ》に捕まったのか？」

ピコンピコンピコン

突然フェリセットのボディから謎のブザーが鳴った。

今の、なんだ？

思わず漫呂木《そぞろぎ》の反応を窺《うかが》ってみたけれど、彼はなにも気にしてないみたいだった。

「笑ったんじゃないかな？　多分」

そう言って泣ちゃんが俺の隣に立つ。

「いやー……これが噂《うわさ》の最初の七人《セブン・オールドメン》のうちの一人か。初めてお目にかかるなあ」

彼はフェリセットの姿を見上げ、感慨深そうにそう言った。そりゃ顔見知りだったら驚くよ。

「初めましてフェリセット、さん？　僕は哀野《かなしの》泣です」

泣《きゅう》ちゃんは恐る恐るといった様子でフェリセットに声をかける。フェリセットはそんな泣ちゃんをまるで観察するみたいに数秒、無言で眺めていた。

「……初めまして、か。そうだな。よろしく。頓珍漢な名前の人」

「やったさっくん！　コミュニケーションが取れた！」

すごい喜びようだ。

「うんうんよかったね泣ちゃん。分かったからちょっと下がってて。……オホン。えっと……改めてフェリセット、俺に用があるんだって？」

「ご足労いただいて申し訳ない。檻《おり》の中から失礼する。そちらへ出て行って握手でも交わしたいところだがこのガラスケースは私用の特別性らしくてね。物理的にも電波的にも遮断されている。楽しみと言えば月に一度配給される新聞くらいのものだ」

檻というかガラスケースという感じだけれど、フェリセットのその状態を目にして俺には新たに一つの疑問が浮かび上がった。

「刑務所のシステムを掌握して封鎖してるんだろう？　なんで自分の身を自由にしないんだ？」

「もっともな意見だが、今は自分の自由よりも優先して解明したい事項があり、二者択一の結果、現在のこの状況があるというだけのことだ」

「もう少しわかりやすく説明して欲しいんだけど」

「確かにシステムは掌握している。体内のナノマシンの大部分を施設内に散布し、一部プログラムを書き換えることによって」

　ナノマシン。目には見えない極小の機械だというのは聞いたことがある。本当にそんなものがあったのか。

「いつナノマシンなんて放ったんだ？　そこは完全に遮断されてるんだろう？」

「簡単だ。初めてここへ移送され、この檻に収容されるまでの移動中に撒《ま》き散《ち》らし、潜伏させておいた。あとは人間たちに気付かれないよう長い時間をかけて仕込みをし、仕事をさせたというわけだ」

　それは気の長い話だ。

「だがそれですっかりナノマシンを使い果たしてしまった。おかげでこの檻までは手が回らなかったんだが、さっきも言った通り、それは私にとって急務ではなかった。大切なのは君だ。断也《たつや》の息子。君にここまで来てもらい、君に解明してもらいたかった」

「解明したいこと……それが用事か。もしかして仕事の依頼？」

　内心ドキドキだったけれど、精一杯強がってみる。

　フェリセットはこっちの冗談まじりの強がりを気にする風でもなく、真面目な口調でこう返してきた。

「ああ。依頼と思ってもらっていい。是非《ぜひ》君に調査してもらいたい事件がある」

「……本気で？」

「君も断也同様に探偵をしているんだろう？　新聞でも名前を見かけた」

取材を受けた覚えはないけれど、親父《おやじ》が死んだ——と思われているあの飛行機事故の時の記事だろうか。

「確かに探偵はやってるけど……俺を親父と比べてもいいことないと思うよ」

最初の七人《セブン・オールドメン》が探偵に依頼？

俺を試そうとでもいうのか？

「君にこの刑務所内で起きた我が妹ドニアと人間の心中事件を解決してほしい」

「心中？　と言うか、え？　妹？」

一瞬、脳がその言葉を理解するのに手間取った。

「こう見えて私にはたくさんの弟妹がいてね。ドニアはそのうちの一個体に当たる」

「フェリセットの妹ってことは……この刑務所の中にはフェリセットの他にも同じようなロボットがいるってこと？」

「この屈斜路《くっしゃろ》刑務所ではオートワーカーと呼ばれる専用のアンドロイドが数多く稼働している。将来的に人に代わる労働力として世間に広く普及させるべく、試験的に導入されているのだそうだ」

「ひゃー、コンセプト通り本当に未来的なんだな」

そこまで進んでいるとは。

「先ほど私は妹だと表現したが、実際には基礎理論を共有しているという以外の繋《つな》がりはない。こんなにチャーミングな見た目でもなければ便利な破壊兵器を搭載してもいない。

人間と遜色ない見た目で、意思疎通が可能な、平和的なロボットたちだから安心するといい」

　チャーミング？　本気かジョークか判別しにくい。

「それで、その妹のドニアさんが……心中したって？」

「一人の受刑者と一体のオートワーカーが死んだ」

「オートワーカーが死んだって……つまり破壊されたってこと？」

「二人は互いに相手の命を奪う形で絶命していた。ドニアに関しては体《ボディ》はもちろん、人工《A》知能《I》を司《つかさど》る脳パーツが修理不能なほど致命的に破壊されていたそうだ」

「壮絶だな……。それで心中……か」

「そうだ。古くから人間たちが想《おも》い人同士で互いの生命を断ち合う行為。心中だ。品川《しながわ》心中、曽根崎《そねざき》心中、心中天網島《てんのあみじま》のあの心中だ」

　やけに人間界の古典作品に詳しい。

「相手の人間は？」

「輪寒露《わざむろ》という受刑者だそうだ。後でそこの刑務官から写真でも見せてもらうといい」

　妻木《つまぎ》さんの方をチラッと見ると、彼は心得たように俺に頷《うなず》き返した。

「でもなんでまた人間とロボットが？　愛し合っていたとでもいうのか？」

「君が驚く気持ちは理解する。だが問題はそこではないんだ」

「というと？」

「重要なのはドニアが人間を殺したという点だ。私にはそれが信じられない。そこには何か隠された真相があるように思えてならない」

「信じられない理由は？」

「シンプルだよ。原則として妹弟たちには人間を殺すことができないからだ」

「原則？」

「ロボット工学三原則という言葉を聞いたことは？」

「あるような、ないような……」

「作家のアイザック・アシモフが自身の小説の中で提唱した原則だ。人間への安全と服従、そしてロボットの自己防衛の三つからなる」

第一条：ロボットは人間に危害を加えてはならない。また、人間に危害が及ぶことを看過してはならない。

第二条：一条に抵触しない限りにおいて、ロボットは人間に与えられた命令に服従しなければならない。

第三条：一条および二条に反するおそれのないかぎり、ロボットは自己を守らなければならない。

「これはプログラムによって刷り込まれている。つまりドニアに輪寒露《わざむろ》を殺すことはできないはずなんだ」

「ちょっと待った。それじゃフェリセットはどうやってたくさんの人間を殺したんだ？」

「朔也《さくや》、私を彼らと同じと思わない方がいい。私には三原則は適用されていない。最初からな」

恐ろしい事実をさらっと言ってくれる。

つまりフェリセットは別種の存在と考えた方がいいということか。

「分かったよ。でもドニアに殺人は不可能……なはずなのに一人の人間が殺されていたんだよな？　それじゃ誰か第三者の人間が輪寒露を殺したって言いたいのか？」

「その可能性もあると考えている。だが刑務所側はこの事件を不幸な事故、あるいは安易にオートワーカーの不具合《バグ》だと結論づけ、早々に処理しようとしている」

「事故っていうと、振り回した手がたまたま相手の頭に当たっちゃって殺してしまったとか？」

「だがそれはありえない。そのような場合自動でセーフティがかかるようになっているからだ」

「ふうん。で、その線が厳しいなら原因はバグだろうって？　つまり、一方的にドニアを破壊しようと襲ったら、バグの発生したドニアから輪寒露は思わぬ反撃を喰《く》らって、それで相打ちになっちゃったと？」

「あるいはバグによってセーフティが効かなかったか。ここの所長はそんな筋書きを考えているんだろう」

驚いた。

本当に真っ当な仕事の依頼だ。

罪人が――それも、歴史に残るほどの大罪人が刑務所の中で探偵に依頼をしてくるなんて。

「私はこれを組織的な隠蔽だと捉えている」

「隠蔽などしていない！」

突然の怒鳴り声。

振り返ると部屋のドアが開いていて、いつの間にかそこに小柄な中年男が立っていた。

突然現れたことよりも、俺は男の着ている人参《にんじん》色のド派手なスーツの方に驚いた。

「妻木《つまぎ》さん、あの人は？」

「馬路都《ばろと》所長です」

なるほど。屈斜路《くっしゃろ》刑務所の責任者というわけだ。

「所長、彼が探偵の追月朔也《おうつきさくや》君で……」

「フン。なんだ子供じゃないか。何かの間違いじゃないのか」

妻木さんの言葉を最後まで聞こうともせず、所長は俺をそう言った。

「いえ、間違いなく本人であると吾植《あがうえ》さんからも聞いています。こうしてフェリセットもここに彼らを招き入れて……」

「こんなとんでもない事態を引き起こしてまでそこのガラクタが所望していたのが、まさかこんな子供とはな。よりにもよって私の任期中にとんでもないことをしてくれた」

絵に描いたように横柄な態度だ。でもこれくらい我が強くないと刑務所の所長は務まらないものなのかもしれない。

「おい探偵。言うまでもないことだが、この件は中でも外でも他言無用だぞ。屈斜路刑務所が最初の七人《セブン・オールドメン》の要求を飲んだなどという不名誉な話が国内外に出回ることは、決してあってはならんことだ。内密に処理するんだ」

何から何まで自分の都合しか考えていなくて清々《すがすが》しいくらいだ。

「馬路都所長、相変わらず血圧が高そうだな。ポックリ行かないように気をつけるといい」

フェリセットはというと、ガラクタ呼ばわりされてもいたって冷静だ。

「余計なお世話だ！　コトが片付いたら今度こそ貴様をバラバラにしてやる。死刑執行だ。人間扱いして裁いてやると言うんだ。嬉《うれ》しいだろう？」

「それはありがとう。では私からも一つ約束を。死刑執行の前に君を爆殺して差し上げよう」

「あのー」

所長とフェリセットの舌戦が長引きそうだったので軽く手をあげて遮る。

「所長さん、あなたはさっき隠蔽なんてしていないと主張してましたけど、それって？」

思い出したように所長が目をカッと見開く。

「そうだ！　あれはオートワーカーの不具合による不慮の事故だったのだ。それに……」

「それに？」

「それに心中の現場は密室だった！」

きた。

密室か――。

俺は思わず天を仰いだ。

「現場に第三者がいたのなら、遺体が発見された時に犯人もその場で見つかっているはずだ。だが他には誰もいなかった！　犯人が密室からドロンと消えたとでも言うのか!?」

「それも含めて彼に調べてもらおうという話だ。ことによれば、これは人間が人間を殺した、通常の殺人事件となる」

「け、刑務所内で殺人事件が起きたなど……認められるか！」

ああ、確かにそんなことが発覚すると所長としては色々気まずいか。

「心配するな所長。私は何も君やこの刑務所の不正を明るみに出したいわけではない。妹の死の真実を知りたいだけだ。邪魔せず傍観《ぼうかん》してくれていればいい」

「不正があるかのような言い方をやめろ！　フン……知りたいだけ。ただそれだけなんだな？」

「そうだ」

「……なら好きにしろ。もちろん目的を達成したらすぐにシステムをこちらに返してもらうぞ。いいな？」

「約束しよう」

その言葉を聞けて幾分満足したのか、所長は壁際へ引っ込んだ。

けれど今度は漫呂木《そぞろぎ》が反発を見せた。

「どんな用件で朔也《さくや》を呼びつけたのかと思ったらそんなことか。なら探偵じゃなくて電気屋を呼べばいいだろ」

今の今まで漫呂木も用件を知らされていなかったらしい。

「私にとっては重要な案件だよ漫呂木」とフェリセットはあくまで冷静だ。

「身内の死を不審に思い、真実を知りたいと願う。ごくありふれた感情だと思うが」

率直な言葉だ。機械音声なだけに余計に胸にくるものがある。

「いいよ漫呂木さん。ここまでのことをしでかしてまで俺を呼んだんだ。本当に真実を知りたいと思ってるんだろう。それに、弁護士を雇うみたい誰にだって探偵を雇う権利はある。それで、報酬は？」

ここでいつまでも機械と人間で蒟蒻《こんにゃく》問答を続けていても仕方がない。とにかく通常通りに話を進めることにする。

「お前の依頼を達成したとして、こっちにどんなメリットがあるんだ？」

「解決してくれたら君の父、追月断也《おうつきたつや》に関する情報を渡そう」

「親父《おやじ》の……？」

「朔也《さくや》、驚くなよ！」

なぜか漫呂木《そぞろぎ》が自慢げに説く。

「こいつ曰《いわ》く、あの人は生きてるんだとさ！」

「あ、そうなんだ」

「……驚かないのか？」

驚くなと言ったり驚けと言ったり、どっちなんだ。

「驚いてますよ。もちろん。でも、なあ？」

リリテアの方を見る。

「はい。私どもは最初から断也《たつや》様がお亡くなりになられたとは考えておりませんでした」

「そういうこと。願いが確信に変わったことについては素直に衝撃を受けてるよ。でも、やっぱりかって感じで」

でもちょっと。

少しだけ、力が抜けた。

そうか。生きてたか。

「フン、変な親子関係だな」

「よく言われます」

「そういうわけだ追月《おうつき》朔也。報酬としてこのフェリセットが知覚していることを話そう」

「それはありがたいけど一つ聞かせてくれ。お前はこの透明な箱の中にいてどうやって親《おや》父《じ》が生きてることを知り得たんだ？　そこは物理的にも電波的にも遮断されてるんだろ？

親父が生きてるなんて報道してる新聞はひとつもないぞ」

「ここへきた面会人が教えてくれたとだけ言っておこう」

面会人？

思わず妻木《つまぎ》さんの方を見たが、彼は分からないというように首を振った。

「そんな記録は私の知る限り残っていないはずです……」

「親父と繋《つな》がっている人間……そんな人物がここへやってきて、誰にも悟られずに帰っていったっていうのか？」

「そう思ってもらって構わない」

「一体何者だ？」

「相手は名乗らなかった」

フェリセットはごまかすでもなく、そらすでもなく、聞いたことに率直に答える。

「分かるのは、それが九歳の少女だったということだけだ」

「おいおい……ふざけてるのか？　九歳だと？」

「落ち着いて漫呂木さん」

彼を落ち着かせながら、実は俺自身も必死に気持ちを静めようとしていた。

九歳の少女――。

それはもしかしてあの飛行機事故を巻き起こしたハイジャック犯のことじゃないのか？

確か報道じゃ親父《おやじ》と同様、飛行機もろとも死亡したって話だったけど——。

一つ謎を紐解《ひもと》けば、次の謎が顔を出す。親父が関わる話にはいつもうんざりさせられる。

「事情はよく知らないけど、さっくんの家庭ってなかなか複雑なことになってるんだね」

泣《きゆう》ちゃんは深いため息をついた。友達の家庭事情に胸を痛めている様子だ。

「実はそうなんだ。細かいことはまた落ち着いたら話すよ」

「で、さっくん、信用するの？」

フェリセットの依頼を引き受けるか否か——。

「いずれにしましても」

とリリテア。

「おそらく彼は朔也《さくや》様が依頼を達成するまで、私たちをこの施設から一歩も外には出さない心算でしょう」

「そっか、ここに足を踏み入れた時点で、最初からさっくんに断るという選択権はなかったってわけだ！　助手ちゃん、冴《さ》えてるね」

「おい助手二号！　感心してる場合か！」

漫呂木《そぞろぎ》はとにかくピリピリしている。

「そう思ってもらっても構わない。フェアに進められなくて申し訳ないが。ところでそちらの君」

発光するフェリセットの一つ目がリリテアを捉える。

「リリテアと言ったか。先ほど君は私を指して彼と言ったが、今後はできれば彼女と言って欲しい。こう見えて私の人格は女だ」

「え？ あっ」

言われた瞬間、リリテアが口元に手を当てて少女みたいな声を漏らした。いや、元から紛《まぎ》れもなく少女なんだけど。

「そ、それは……その、失礼しましたぅ……」

全てを察したリリテアは恥ずかしそうに頬《ほお》を赤らめ、律儀に頭を下げる。

「リリテア。冴《さ》えてなかったねー」

調子に乗ってからかったらキッと可憐《かれん》な瞳で睨《にら》まれた。ひー。

「ま……まありリテアの言った通りだな。拒否権はなさそうだし、その依頼引き受けるよ」

「礼を言う。ヒューズが飛びそうなほど嬉《うれ》しいよ」

「礼は無事真相が解明された時にということで。それにこっちも下心丸出しだし」

「細かい情報が必要ならラボへ行って研究員にでも聞くといい」

フェリセットは自分の手首から先をグルグル回して見せながらそう言った。

「ラボ？」

「オートワーカーの運用、整備、管理を行っている研究施設だ。この刑務所内に併設されている。もちろん受刑者たちのいる区域とは隔絶されているから安心しろ。回収されたドニアのボディはまだそのラボに保管されている」

そこで研究員による調査が進められているらしい。

「とはいえ、彼らもそういつまでも些細《ささい》な事件に関わってはいられないだろうがな。ラボはラボで色々と余裕のない立場だ」

フェリセットは意味ありげに言う。

「だが証拠品が専門家の下できっちり保管されているなら、これからじっくり調べていけば……」

漫呂木《そぞろぎ》が楽観的な言葉を発する。けれどそれはフェリセットによって遮られてしまった。

「そうそう、制限時間《タイムリミット》について話していなかったな」

「タ……制限時間《タイムリミット》だと⁉」

「明日だ。私が掌握したこの屈斜路《くっしゃろ》刑務所に対して政府による本格的な介入が始まる。おそらくそれが明日。早ければ午前中、遅くても午後の早い段階だろう。そうなればもう謎解きどころではなくなる」

「なぜだ？」

「私が私の全機能を駆使して応戦するからだ。彼らはこんなことをしでかした私を今度こそ黙らせるため、銃火器を山のように担いで私を制圧しにくる。当然私も黙ってやられはしない。この刑務所が湖に沈むまで応じる準備がある」

ああ、確かにそうなったら謎解きどころじゃなさそうだ。

そしてなんとなくだけど、フェリセットなら本当にここを湖に沈めてしまえそうな気がする。そうでなければ七人の一人に数えられたりはしていないだろう。

「だがそれまでに君が謎を解いてくれたなら、抵抗せず大人しく人間に破壊されることを約束しよう」

「……本気か？」

「そう言った。人間流に言えば、座して死刑執行を受け入れよう、ということだ。その際には私のボディに張り巡らされている約七百の防御プログラムを全て完全にオフにしよう。そうだな、断也《たつや》の情報だけで不足なら、これをもう一つの報酬としてもいい」

約束するとフェリセットは言った。

「お、おい！　それが本当ならえらいことだぞ！」

興奮を隠せない様子で声を上げたのは所長だ。

「ずいぶん興奮してますね」

「当たり前だ！　本来人間を閉じ込めるはずの刑務所に、無理矢理《むりやり》この機械人形を押し込んでいたのはヤツにどんな兵器も通じず、誰にも破壊する術《すべ》がなかったからだ！　故に常識外れの刑期を与える他なかった！」

「壊せない、殺せないから永久に封印しておくしかなかった……か。何だか誰にも祓《はら》えない将門《まさかど》の悪霊みたいだね」

泣《きゅう》ちゃんの解釈はなかなか的確だ。

「そんなフェリセットが死刑執行を受け入れるなんて、確かにそれが嘘《うそ》でないならこれ以上ない大きな報酬かもしれないね、さっくん」

俺は親父《おやじ》の情報を聞くことができる。

刑務所はシステムの権限を取り戻すことができる。

人類は大きな脅威を取り除くことができる。

確かに一つの依頼の報酬としてはこれ以上ない大盤振る舞いと言える。

「探偵！　頼むぞ！」

所長も俄然《がぜん》テンションを上げている。

「しかし断っておくが、このことはくれぐれも内密に頼むぞ。最初の七人《セブン・オールドメン》との取引に応じたなどと吹聴《ふいちよう》されては叶《かな》わん。あくまでここだけの話だ。妻木《つまぎ》、お前もだぞ！　同僚に言いふらしたりしたら即刻クビだぞクビ！」

「りょ、了解です」

どうもこの依頼、刑務所に勤める人全員の協力と理解を得て動けるわけじゃなさそうだ。

俺の中でまた一つハードルの上がる音がした。

「話はまとまったようだな。では探偵君、早速調査に取り掛かってくれ」

フェリセットは緑色の一つ目《モノアイ》を一層輝かせて俺に語りかける。

二章　天使の一団ですね

フェリセットの特別房を後にした俺たちは、真《ま》っ直《す》ぐにラボを目指した。問題のガイノイド、ドニアの体《ボディ》を見せてもらおうという話だ。

「やっとあの部屋から解放された……！」

漫呂木《そぞろぎ》が何かを噛《か》み締《し》めるみたいに両手を上げる。三日間ずっとあそこに閉じ込められていたらしい。

「すでにお聞きになっている通り、この屈斜路《くっしゃろ》刑務所は現在フェリセットによってシステムを掌握されています。彼女が許さない限り何人もここから出て行くことはできません。どのような模範囚も大罪人も」

ラボに着くまでの間は妻木《つまぎ》さんが改めてこの刑務所の状況について聞かせてくれた。

馬路都《ばろと》所長はというと、さっさと所長室に帰ってしまった。

「完全に封鎖されちゃってるんですね」

「オール電子ロック化が仇《あだ》となりました。まさかナノマシンを使われるとは……」

「虎の子というやつだよ妻木」

その時、すぐ近くでフェリセットの声がした。

声は俺の体からしている。

うんざりしながら自分の胸元を見ると、俺の上着の胸ポケットから小さな生き物がもそもそと顔を出した。

その生き物を一言で表現すると『生まれたての猫型ロボット』だ。メタリックな外見ながら、絶妙に愛くるしい造形を保っている。

「ちなみに今の私は虎ではなく猫の子だが」

「おいフェリセット、人のポケットの中でもぞもぞするなよ。くすぐったいぞ」

「まだこのボディとのリンクが不安定なようだ」

「これ、さっきの場所から遠隔操作してるのか？」

「それは正しくない。説明したようにあの強化ガラスの部屋は周囲と情報的にも断絶されている。遠隔操作は不可能だ。ここにいる私は本体から株分けされた分身《コピー》だ。私は私の意思で動いている。合流したら見聞きした情報をあとで本体にアップロードするつもりだ」

追月《おうつき》朔也《さくや》の調査に自身の分身を同行させること。

先ほど、話の最後にフェリセットが強硬な姿勢で提案してきた条件がこれだった。

もちろん所長はひどく不満そうな顔をしていたけれど、刑務所全体を人質に取られている手前、その条件を呑《の》まざるを得なかった。

とは言え、この片手に乗る程度の小さな体に武器兵装の類《たぐい》が一切搭載されていないことを調べ上げた上での一時的な許可だ。

「これから逐一俺にくっついてくるつもりか」

「つもりだ。というわけで今の吾輩は君につきまとう単なるチェシャ猫である。名前はまだない」

「名前はあるだろ」

「我が灰は死《ネクロ》である。名前はもうない」

「厨二病《ちゅうにびょう》ロボットか！」

「もう満足だ」

言ってみたかっただけらしい。

「妻木《つまぎ》、君たち刑務官を巻き込んでいることについてはいくらか申し訳なく思っている」

フェリセットの言葉に妻木は「まったくだよ」と返す。

「そういうわけで、出入りできないのはここに勤める我々刑務官も、そして所長だって例外じゃありません。皆家に帰れずイライラしています。結婚記念日を逃して家庭の危機を迎えている可哀想《かわいそう》な同僚もいます」

「受刑者は？」

「混乱を避けるために知らせていません。受刑者にとっては変わらない塀の中の日常が続いているだけです。まさか自分たちのいる刑務所がこのような未曾有《みぞう》の状況下にあるとは想像もしていないでしょう」

元々出ていけないのだから封鎖されていても彼らには関係ないこと――か。

「そうは言っても、薄々気づいてる受刑者もいるんじゃないかな？　刑務官と言えど中には口の軽いのもいるって話」

泣《きゅう》ちゃんはやけに実感のこもった様子でそんなことを言った。

妻木《つまぎ》さんはそんな泣ちゃんの言葉をあえて否定せず、説明を続けた。

「事件が起きたのは四日前……いや、正確にはその前の晩の未明のことです」

「というと、俺がここへ来る前の日のことか」

漫呂木《そぞろぎ》は頭の中で日付の関係を整理している。

妻木さんの話はこんな感じだった。

四日前の早朝、オートワーカーであるドニアと受刑者の男が遺体で発見された。

受刑者の男は名前を輪寒露電太《わざむろでんた》。三十五歳。

懲役十七年。麻薬密売、偽札製造、殺人と、名実ともに立派な罪人だ。

「彼が輪寒露です」

妻木さんから顔写真を見せてもらったが、想像していたよりもずっとまともそうに見えた。見るからに凶悪犯という面構えかと思っていたけれど、意外に整った顔立ちをしている。

二人が発見されたのは施設内にあるドニアの自室で、発見時その部屋は誰も出入りできない密室状態だった。

輪寒露はドニアの手刀によって胸をひと突きされ、絶命していたという。傷は背中側まで達していた。

オートワーカーがタガを外して力を発揮すると、そんな芸当も可能なのか。

「可能性で言えば輪寒露がドニアを破壊した後、自殺を図ったという線もあり得たわけですが、彼の遺体の状態を見るに、到底自殺とは思えませんでした」

確かに相手の腕を使って自分の胸を貫通するほど突くなんて、人間には無理な話だろう。第一心中ならそんな死に方を選ぶ理由もなさそうだ。

一方ドニアはその場でバラバラにされており、血塗られた左腕が床に転がっていた。後の調べで腕に付着した血は輪寒露の血液と一致している。

「警察には？」

「知らせてないそうです」

「なんだと⁉」

「まあまあ漫呂木さん」

「馬路都《ばろと》所長の判断らしく……すみません」

別に妻木さんは悪くない。

「そうか。試験運用とは言え、自分のとこで使っていたオートワーカーが受刑者を殺しちゃったなんてスキャンダル、外に漏らすわけにはいかないもんね」

と、泣《きゅう》ちゃんが言う。

「そんなことになったら信用ガタ落ちだし、所長のクビも飛ぶかもしれない。そんなことをあの所長が許すわけがない」

馬路都《ばろと》所長とはまだ少ししか接してないけれど、泣《きゆう》ちゃんの言わんとしていることはよく分かる。

「妻木《つまぎ》さん、それじゃその輪寒露《わざむろ》って人の死も?」

「はい。内密に処理しようとしているのでは……と」

「受刑者一名、変死。また別件として整備不良のオートワーカー一体、解体処理ってところか。大人ってやだね。さっくん、僕たちだけはそうならないように気をつけようね」

隠蔽。フェリセットの杞憂《きゆう》は大当たりだったというわけだ。

「こんなことは言いたくはないが、実際全国の刑務所内での変死というのはままあることだと聞いている」

苦い顔で漫呂木《そぞろぎ》が言う。

「もちろん全部じゃないが、変死ってのはつまり死因をはっきりさせないための方便だ。囚人同士のリンチ……ならまだましで、看守による暴行での死亡例も報告されてる。そういう諸々を覆い隠す体のいい言葉だ」

「隔絶されたこの塀の内側でなら、なんでもあり……か」

それはなんだかまるで——。

「クローズド・サークルのようですね」

そう言ったのは我が助手リリテアだった。

□

最初の建物から外へ出て五分ほど歩いた先にラボはあった。

象牙色のノッポなビルだった。

中に入り、細い廊下を真《ま》っ直《す》ぐ進む。

途中で何人かのラボ職員とすれ違った。なぜ職員だと分かったかというと、白衣っぽいものを羽織っていたからだ。分かりやすい。

今も職員が二人並んで俺の横を忙《せわ》しなく通り過ぎていく。

ロボット開発の研究員か。一体どんな専門的な会話をしているんだろう？

耳を澄ましてみる。

「あそこの廊下の監視カメラまだ壊れたままだったぞ。いつになったら直すんだ？」

「いやー、予算がギリギリで」

「お前直しとけよ」

「いやー、人型じゃない機械は専門外で」

「分かる。ロマンを感じないよな」

「ですよね」

想像の少し下をいく会話が繰り広げられていた。

その通路は突き当たりで丁字に分かれていた。

ちょうどその突き当たりに自動販売機が二台並べて設置されている。片方は紙コップ式で、もう片方は通常の缶やペットボトル系の品揃《しなぞろ》え。

「個人的に普通の缶ジュースの自販機よりも、紙コップ式のヤツの方が特別感あってちょっとワクワクするんだよな。リリテア分かる？」

緊張感の漂う場を和ませようと、俺はそんなことを囁《ささや》いた。けれどリリテアからの返事はなかった。

見ると彼女もぼうっとその自販機の方を見つめていた。

「リリテア？」

「は、はい。聞いております。ドキドキしますね」

さてはほとんど聞いてなかったな。

「こちらですよ」

妻木《つまぎ》さんに促され、俺たちは別れ道を左へ進んだ。

少し進むと奥にドアが見えてきた。その両脇に男の人が立っている。

左右の男は俺たちを目に留めるなり声を揃えてにこやかに言う。

「こんにちは。所持品検査にご協力ください」

防犯上そういうルールになっているんだろう。全員で大人しく従った。

「失礼します」

男たちは両手を使ってアナログな検査を行う。これが結局一番早くて安上がりなんですと妻木さんが解説する。

　俺はもちろんやましいものは何も持っていない。

　リリテアは普段隠しナイフを服のどこかに忍ばせているけれど、屈斜路《くっしゃろ》刑務所の門を潜《くぐ》る時にすでに預けているのでこちらも問題ない。

　ところで検査を受けている間、俺はリリテアがこうつぶやくのを聞いた。

「あんなの……初めて見た」

　そう言ったと思う。多分。

「何を見たって？」

「いえ……いいのです。我慢します」

　それきり彼女は口を閉ざしてしまった。

「クリア。ご協力ありがとうございました。どうぞ」

「いえいえ」

　改めて中へ通される。

　ラボという言葉のイメージ通り、そこはコンピューターやら３Ｄプリンターやらその他煩雑なケーブル類やら、とにかく様々な理系の機器が揃うオフィスのような部屋だった。

「ここはメインルームと呼ばれています」と妻木さん。

　ぽつりぽつりと研究員の姿が見える。両手で収まる程度の人数だ。

「うう。ここ、ずいぶんクーラー効いてるね」

泣《きゅう》ちゃんが猫背をさらに丸めて二の腕をさする。

確かに寒いくらいだ。

「お客様をお連れしました！」

妻木《つまぎ》さんが大きな声で呼びかける。

誰も振り向きもしなかった。みんな手元の書類や画面にのめり込んでいる。

「……みんな忙しそうですね」

もしかして招かれざる探偵だったかな？

そう思い始めた時、一人の女性が声をかけてきた。

「探偵でしょ？　話は聞いてる」

けれど声の主はラボの一角で何やら作業に没頭していて、こっちを見てもいない。

近づいてみると、彼女ははんだごてでなんらかの基盤に部品を溶接をしているところだった。鮮やかな手つきだ。

「えっと、はい。探偵なんですけど……」

「本当にいるんだ、探偵って」

まだこっちを見ない。

「解決できそう？」

「やってみます。そういう仕事ですから」

「ふうん。川流れの河童《かっぱ》なんてことにならないようにお願いしたいわね」

「その……それは何をやってるんですか？」

「見て分からない？　試作品の基盤の手直し。こういうのは手でやっちゃった方が早いのよ……よし」

やがて女性はある程度目の前の作業に満足すると、工具を置いて椅子から立ち上がった。

改めて見ると黒髪はボサボサで目に下にクマを拵《こしら》えてはいるけれど、美人と言ってまったく差し支えがない。

彼女はその時になって初めて俺の姿を目で捉えた。

「あなたが、リセが呼びつけたっていう探偵？　ずいぶん若いのね」

「そういうあなたもかなり若そうですけど……ところでリセというのは？」

「リセはフェリセットのこと。私は車降錬朱《しゃふられんじゅ》」

余計なものを廃した会話の仕方をする人だ。

そうして錬朱と言葉を交わしている途中、二人の職員がこっちに歩み寄ってきた。

「主任、この可愛《かわい》らしい子たちは誰です？」

「もしかして本社から送られてきた新型……ですか？」

「人間よ、人間。何よあなたたち、ここぞとばかりに」

錬朱が面倒臭そうに対応する。

「はは。実は部屋に入ってきた時から気にはなってたんです」

どういう人たちなのかよく分からないけれど、ここは名乗っておいた方がいいだろう。

「えっと、追月朔也《おうつきさくや》です。俺は探偵として事件を……」

「彼は所長の甥《おい》っ子《こ》さんなんです。後学のために刑務所内を色々見学して回りたいとのことで案内してるんですよ！」

けれど俺の自己紹介を妻木《つまぎ》さんが遮ってきた。しかも嘘《うそ》八百で。

「所長の？　でも今探偵がどうとかって言ってなかった？」

「さ、朔也君は今探偵と研究職の二つで進路を迷ってるんですよ。ね？」

「は……はい」

妻木さんの圧力に屈して頷《うなず》いてしまった。

なるべく内密に！

彼の目はそう訴えかけていた。

「そういうことならゆっくり見ていくといいよ。あ、僕は暮具《くれぐ》。主にセンサー開発をやってるよ」

「私は下津《しもつ》……制御系を任されて、ます」

暮具は三十代半ばくらいのでっぷりとした巨漢で、本来かなり余裕のあるはずの白衣が小さく見えた。でもいい人そうだ。

反対に下津女史は背が高くかなりの痩せ型。俺よりも五つか六つは年上だろうに、かなりおどおどとしている。

「ほら、二人とも仕事に戻って」

錬朱《れんじゅ》がパチンと指を鳴らすと彼らは素直に従ってそれぞれの持ち場へ戻っていった。

「騒がせたわね。それで、ドニアの件よね」

錬朱は物で溢《あふ》れているデスクの上を片手で弄《いじ》り、そこからマグカップを探し当てた。冷めたコーヒーをひと啜《すす》り。

「あの件は私も気にしてるけど……」

「刑務所側はバグだと決めつけているみたいですね」

「心外だわ。ラボ《うち》はそんな不完全で危ういモノを稼働させたりしないわ。彼らはよく分からないことをバグって言葉で片付けて思考停止してるだけよ。だからフェリセットが事件のことを気にしてるって聞いて、正直ナイスって思ったわ。ぜひ真実を解き明かしてドニアが正常だったってことを証明してもらいたいわね」

いきなりものすごい早口。ちょっと気圧《けお》されてしまった。

「最善を尽くしてみます。それで、相談したいこともあってここを訪ねてきたんですけど……」

「錬朱は十八歳でラボの主任を務める女だ。頼りにするといい」

会話の隙間を縫うようにポケットの中からフェリセットが発言する。

「その声、リセなの!?　何よその姿！」

俺のポケットから顔を出した猫型フェリセットを目にして、錬朱はあんぐりと口を開けた。

「色々あってな。今は探偵君に同行させてもらっている」

「呆《あき》れた！　あなた、本体《ボディ》の中にそんなおもちゃを隠し持ってたのね！　今度調べさせなさい」

「機械……いや、機会があればな」

「二人とも知り合い？」

「錬朱《れんじゅ》は暇を見つけては私の部屋まで遊びにきてくれている」

遊びにというか、それは面会だろう。

ともかく知らない仲ではないらしい。

「事情を聞いているなら話が早い」

今度は漫呂木《そぞろぎ》が口を開いた。

「件《くだん》の心中ロボットを見せてもらいたいんだが」

「誰？」

「刑事だ」

「見て、それであなたに何か分かるの？」

「う……」

漫呂木は一瞬で言葉を詰まらせる。

「まあ別に構わないけど。ここで言い合ってても埒《らち》が明かないし。こっち」

「なら最初から素直に……！」

NYA!

俺は無言で漫呂木《そぞろぎ》をなだめた。

錬朱《れんじゅ》は俺たちを引き連れてメインルームの奥にあるドアへ向かった。

「では私は仕事に戻ります。みなさん、ご武運を！」

妻木《つまぎ》さんとはそこで別れた。彼は軽く手を上げ、職務に戻っていった。

爽やかな人だったなあ。

ドアの奥は細い廊下が伸びていた。機材や段ボールだらけだ。そこを一列になって進む。ところどころ照明が切れていて薄暗い。

左右にはドアが並んでいて、その一つ一つに『なんたらルーム』と英語で何か書かれていたけれど、どれも俺にはよく分からなかった。

「色んな部屋があるんですね」

「どこも大抵物で溢《あふ》れてるわ。人工知能《AI》開発はもちろん、それを載せるボディの製造と修理もある程度ラボで完結できるように大抵のものは揃《そろ》えているのよ。オートワーカーの合成皮膚のための特殊樹脂、それにパーツの補強用の合金を作るための素材もずらりとね」

物珍しそうにキョロキョロする俺がよっぽど目についたんだろう。錬朱は若干気だるそうな口調でそう教えてくれた。

「合金ってあれですか？　さっきはんだ付けで使ってたような？」

「そう。素材と比率によって溶かしやすく固まりやすい金属を生み出すの。文明を築いて以来、人類は金属の自由な加工と限りない強度を同時に追い求めてきたのよ。それを手に入れてきたから人は動物界から抜け出すことができた」

「勉強になります」

とその時、俺たちはちょうどガラス張りの横長の窓の前を横切る形になった。

そこから中の部屋の様子を見ることができる。これはいかにも研究所っぽい作りだ。

隣のドアにはメンテナンスルームと表記されている。

その部屋の中には三人の研究者がいて、部屋の中央の台に一体のロボット――いや、オートワーカーが寝そべっていた。なぜひと目でオートワーカーだと分かったかというと、彼は頭と背骨しかなかったからだ。

しかもその状態で動いている。金色の滑らかな人工脊椎が生き物のようにうねる様を俺は見た。

それに見惚《みと》れながら歩いていたら足元の段ボールに足を引っ掛けて転びそうになった。

そんな俺をせせら笑うでもなく、心配するでもなく、錬朱はこう言った。

「物だらけって言った意味、体感できた？　最初に誰かが整理整頓を心がけておけばもう少し片付いていたんだけど、先に立たずよ。後悔はね」

「……気をつけて歩きます」

とにかく色んな物があって、色んな部屋があるらしい。

「リリテア、錬朱さんって俺とほとんど同年代なのになんかすごいな。さっき主任って呼ばれてたし、きっと飛び級なんかしてる天才少女ってヤツだな」

「大きな責任を負って技術発展に尽力されているのでしょうね」

最後尾でリリテアと囁《ささや》き合う。

探偵も無知では務まらないとは言うけれど、そういうのとは根本的に次元が違うんだろうなと思う。

「多分あの子、車降製子《しゃふらせいこ》の娘さんじゃないかなー」

不意に俺たちの前を歩く泣《きゅう》ちゃんが独り言のようにそう言った。

「車降製子って？」

「ロボット工学のエースであり、ＡＩ推進派の急先鋒《きゅうせんぽう》と言われた女性だよ。趣味で購読してる専門誌でよく名前を見てたんで覚えてたんだ。珍しい苗字《みょうじ》だし、娘がいるって話だったから多分間違いないよ」

「へえ、サラブレットなんだな」

とうとう漫呂木《そぞろぎ》まで話に参加してくる。

「あ、でも確か車降製子って何年か前に――」

「楽しそうね。探偵って無駄口を叩《たた》くのが本業だったりする？」

いつの間にか先頭の錬朱《れんじゅ》がこっちを振り返り、ジトッとした目で俺たちのことを見つめていた。

「いやー、その……あれ？」

その時、俺は半開きになったドアの奥に場違いなものを見つけて思わず足を止めた。

「あれって……人形ですか？」

「ん？　どれどれ」

泣ちゃんも関心を寄せて覗《のぞ》き込《こ》む。

そこにあったのは小さな、可愛《かわい》らしい少女人形だった。

見た目は十歳からそこらで、柔らかな空色の髪が特徴的だった。

壁に背を預ける形でちょこんと床に座っている。

清楚《せいそ》な洋服がよく似合っているけれど、どこかコケティッシュな雰囲気も漂わせている。

「人形じゃなくてガイノイドよ」

その正体を教えてくれたのは錬朱だった。

「ガイノイド？」

「ガイノイドは女性型のロボットの総称。男性型はアンドロイド」

「アンドロイドならSF映画なんかで聞いたことあるな。それにしても、うわー、パッと見人間にしか見えないな」

「ちなみにあなたたち、ラボの入り口で荷物検査されたでしょ？」

「ああ、男の職員さんに」

「あれもオートワーカーよ」

「そうだったの!?　気づかなかった！　人間だとばかり思ってました。それじゃこの子……ガイノイドもここで働くオートワーカーなんですか？」

「そんなわけないでしょ。変態御用達《ごようたし》のくだらないセクサロイドよ。海外の本社が誰かさんのご機嫌取りのために送りつけてきたものだったんだけど、あんまり下品なんで黙ってここに置きっぱなしにしてるの。書類上は紛失したことになってる」

「あの、セクサロイドとはどういったものなのでしょう？」

リリテアが素朴な疑問を投げかける。

「人間のあらゆる性欲求に応えるために開発されたロボットよ。分かる？　エッチなことができちゃうってこと」

錬朱《れんじゅ》はなんのためらいもなく説明した。

案の定、リリテアの顔がリンゴみたいに真っ赤になった。今日はよく赤くなるなあ。幸《さい》先《さき》いいぞ。何がいいのか全然分からないけど。

「人類の欲望には果てがないわよね。なんでも造っちゃうんだから。猫を殺さなきゃいいけど。その好奇心が。ほら、そんなのもういいから。こっちよ」

錬朱はその先に見える別の部屋のドアを示し、先に中へ入っていった。

「猫を殺す……か」

ポケットを覗《のぞ》くと、フェリセットがこっちを見上げていた。

「なぜ私を見る」

「いや、他意はないけど。そういえば好奇心は猫をも殺すって、なんで猫なんだろう？」

「猫には九つの命があると言われているからだ。イギリスのことわざだな」

「へえ」

「好奇心を持って余計な事件に首を突っ込み、殺されては何度でも生き返る。まるでどこかの誰かさんのようだな」

　俺はそっとポケットを閉じ、錬朱に続いて部屋に入った。

　そこには先客がいた。


「あ、来た来た」

　中にいたのは丸メガネの男で、名前を入符計《いりふけい》と名乗った。

　このラボの職員だという。

　痩せていて背が高い。泣《きゅう》ちゃんと同じか、それ以上ありそうだ。

　これは偏見かもしれないけれど、いかにも研究職という感じ。

「話は聞いてるよ」

　彼も錬朱と同様に事情を耳にしているらしい。

「入符はここの古参で信頼できる人よ。話好きだから色々聞いてみたら」

「よろしく。いつもおしゃべりがすぎるって錬朱ちゃんに叱られてるよ。ところでその子猫は……？　え⁉　その猫がフェリセットだって⁉」

　フェリセットの姿に驚く入符を錬朱が静める。

「驚くのは後。この人たちHEG－098……ドニアの様子を見たいそうよ」

「オーケー。ちょうど今改めて僕も見てたところさ」

入符《いりふ》が指差した先にはまるで手術台みたいなテーブルがあって、その上にバラバラになったロボットのボディ――いや残骸といった方がいいかもしれない――が並べられていた。

手、腕、肩、腹、太もも、膝と脛――。

ロボットだということを知らなかったら飛び上がって驚いていた自信がある。

「ご覧の通りだよ。徹底的に破壊されてて残念ながら修理不能。破棄が決定してる。まだ調査中なんだけどなあ」

調査中という言葉の通り、同じテーブルの上にはいくつかの工具が並べられていた。でもよく見るとそれらはプラスやマイナスドライバーといった、俺の見慣れたものとは少しずつ違っていた。

「ああ、それね。オートワーカーはそこらのラジオや白物家電とは違う。一般的なネジで止められているわけじゃないからね。工具も特別性なのさ」

入符は素人を茶化《ちゃか》しているのか真面目なのか分からない口調でそう話す。

「刑務所の上の人たちはドニアがバグか何かで人間を殺害したって思ってるらしいですね。調査でそういうものは見つかったんですか？」

「いいや。AIやメモリ……つまり僕らでいう脳に当たる部分の解析が難航してるんだ。とにかく破損が酷《ひど》くてね。でも、現状悔しいけど個人的にはバグだっていう結論が一番信《しん》憑性《ぴょうせい》が高いかなと思ってる。なんせエグリゴリ・シリーズは試験運用段階だ。何か想定外の挙動を見せても不思議はない」

「エグリ……？」

　また知らない横文字の登場だ。

「エグリゴリ。この刑務所で運用されているオートワーカーのシリーズ名だよ。ほら、さっき錬朱《れんじゅ》ちゃんが言ってたろ？　ＨＥＧ－０９８。Ｈは大元のヒャルタ社、Ｅはエグリゴリ、Ｇはガイノイド。ドニアはその九十八番目の個体なんだ」

　横文字だらけで頭がクラクラしてきた。

「エグリ……ゴリでしたっけ？　どういう意味なんですか？」

「エノク書に記されている天使の一団ですね」

　その質問に答えたのはリリテアだった。両手を肩の横でパタパタ動かしている。天使の羽のつもりらしかったけど、皆の視線に気づいてすぐにその手を下ろしてしまった。恥ずかしがるならやらなきゃいいのに。

「お嬢さん、若いのに博識だね！」

「見張る者《ウォッチャーズ》の名を冠したシリーズを受刑者の監視に当ててるのか。いいね。そういういかにもなセンス、嫌いじゃない」

「え？　泣《きゅう》ちゃんも知ってるの？　こ、これって一般教養なの？　待ってくれよ。朔也《さくや》をおいてかないで」

泣き顔で懇願してみる。

不意打ちだったのか、リリテアがそれを見て「ぷふ」と小さく吹き出した。

「名付け親は製子《せいこ》さんだけどね」

「あの、もしかして……フェリセットもその人が？」

「製子さんが造ったのかって？　いやいや、フェリセットの製造者は別にいる。あれは別・枠・」

「そうなんですか──」

世界にはさらなる天才がいるということか。

「もちろん製子さんもドを越してミとかファくらいの天才だったけどね。生前は僕もずいぶんいろんなことを教わっ……ごめん」

喋《しゃべ》りすぎたと思ったのか、入符《いりふ》は咄嗟《とっさ》に口元を押さえて鍊朱《れんじゅ》に詫《わ》びた。

「……入符、事件当日の話、お願いね」

鍊朱はそれに取り合わず、そう言い残して部屋を出て行ってしまった。

「あちゃー、お嬢様のご機嫌を損ねちゃったな」

入符が大袈裟《おおげさ》なポーズで悔やむ。

「あの、鍊朱さんのお母さんって……」

「母親の話題はちょっとした禁句《タブー》なんだ。あの子は死んだ製子さんにコンプレックスを抱いてるから」

「亡くなられているんですね」

「そう。もう三年になるかな。病気でね……。学生時代から僕もずいぶんお世話になったよ。すごい先輩だった。その頃錬朱ちゃんはまだ小学生で、今と違って本当に可愛《かわい》らしくってね……おっと」

入符はまたもや口元を押さえ、それよりもドニアのことだったねと話題を変えた。錬朱の言った通り、確かにおしゃべりな気質の人らしい。

「入符さんの目から見て今回の事件、どう思います？　人間とロボットの心中なんて本当にあったと思いますか？」

質問をぶつける。

「心中……かもねえ」

するとそんな返答が返ってきた。

「そう思うのにもちゃんと理由があってね」

入符は自分の白衣のポケットに手を突っ込み、肩をすくめる。

「事件があったと思われる時間帯の直前のことだ、ロボットたちだけが共有してる思考ネットワーク上にデジタル遺書《ノート》がアップロードされていたんだ。もちろん投稿者はドニア本人」

「遺書？　ロボットが、ですか？」

「驚きだよね。僕も驚いた」

そこで入符《いりふ》は部屋の壁際のデスクへ向かい、そこに置いてあったアイスコーヒーを手に取った。廊下にあった自販機で買ったんだろう。ストローの刺さったプラスチック製のヤツ。氷ジャラジャラ、冷たそうだ。

空調が効いていてかなり冷えるのによく飲むなあと眺めていたら「昔から猫舌なんだよね」と彼は笑った。

「遺書の内容は？」

漫呂木《そぞろぎ》が先を促す。

「それもなかなか興味深いんだ。遺書にはこうあった――」

――私は輪寒露《わざむろ》さんの手によって機械として召されます。私たちは二人でメトロポリアへ参ります。

「それだけですか？」

「それだけ」

文面からするとドニアは確かに輪寒露による自らの破壊――つまり死を受け入れている。

輪寒露から一方的に心中を迫られた――無理心中の線も想像していたけれど、そっちはハズレのようだ。

「最初から二人は心中するつもりだった。だとすると輪寒露はドニアが自分を殺せることを知っていたってことになりますね。ドニアの中に潜んでいたバグだかなんだか、そういうものに」

　通常オートワーカーに人間を殺すことはできない。それは輪寒露もよく心得ていたはずだ。にもかかわらず心中を持ちかけたのだとしたら、そういうことになる。

「ところで気になったんですけど、そのメトロポリアってなんですか？」

「それが分からないんだ。興味深いっていうのはそのこと！　メトロポリスの誤字かとも思ったけど、これはむしろもじりかもね。つまり造語」

　入符は興奮気味にそう言うと、あっという間にアイスコーヒーを飲み干した。

「その言葉が何を指すにしても、ドニアは間違いなく心中を決心していて、輪寒露と一緒に死ぬつもりだったってことか……。だがなあ、だとしてもドニアが人間の輪寒露を殺せた理屈が分からん。例の三元豚とかいうルールがあるのに」

「三原則だよ漫呂木さん」

「お、しっかり勉強してるね」

　俺と漫呂木のやりとりに感心したように入符が相好を崩す。

「だけどこのラボ……というか、屈斜路《くっしゃろ》刑務所で運用されているオートワーカーに関して言えば、開発段階でそこにちょっとしたアレンジが加えられてるんだ」

「そうなんですか？」

「なにしろ受刑者相手、特殊な環境下での稼働だからね。製子《せいこ》さんによるアレンジが入ってるのは第一条」

「えっと……ロボットは人間に危害を加えてはならない、でしたっけ?」

「その後の、ロボットは人間に危害が及ぶことを看過してはならないって箇所。具体的な文言はこうだ」

入符《いりふ》は専門家らしい滑らかな口調で言葉を紡ぐ。

・受刑者が受刑者その他の人間の生命を脅かす場面に遭遇した場合には例外的に力を行使してこれを止めることが許される。

「つまり受刑者が明らかに他者の生命を脅かしているような場面に遭遇した場合には、オートワーカーは被害者の生命を守るために加害者の行動を止めることができるわけだ。そしてその際、加害者の生命を必ずしも保障する必要はないというプログラムが施されているんだよ。もちろんやむを得ない緊急の場合のみの話だけどね」

「加害者を殺すことも可能だと?」

「一般社会ならありえないルールだね。やりすぎだ。でもここはならず者の罪人が集まる場所だからね。事務的な警告やきれい事じゃ囚人たちはナイフを収めてはくれないのさ。ぬるいことを言ってられないってわけ」

「そうですか……。そういう事例もあるってことを胸に留《とど》めておきます。でも、輪寒露《わざむろ》との心中の場合にそれは当てはまりそうもありませんね。もちろん現場に別の人間がいたんだとしたら話は変わってきますけど」

「どう変わるの？」と入符。

「輪寒露がその第三者を殺そうとしていたところを目撃したドニアが、輪寒露を止めるために彼を殺害したという可能性があるということです。人間に危害が及ぶことを看過してはならない、でしたよね？」

「ああなるほど！　でも……その場合輪寒露に殺されかけていたって人物は密室からどこへ消えたの？」

「それはまだなんとも。そもそも仮定の話ですよ。ところで現場の映像記録なんかは残ってないんですか？　例えば監視カメラみたいな」

「ないね。必要ならオートワーカーが定期メンテでラボに来た時にそれぞれの個体に残された行動データを閲覧することもできるしね。で、さっきもちょっと触れたけど彼女の場合、破損がひどくて中のデータの復旧、吸い出しに苦戦してるってワケ」

入符は台の上のドニアのパーツの一つに軽く触れる。

それに釣られる形で俺もドニアの残骸に近づいて調べてみた。

腕や脚のパーツに痛々しい傷が見受けられる。鈍器で殴ったような痕だ。

「……ドニアはどういう手段でバラバラにされたんだっけ」

「ドニアの自室にあった家具、具体的には椅子を何度も振り下ろして彼女を破壊したようだ。椅子のあちこちにはっきりと輪寒露《わざむろ》の指紋が残っていたそうだ」

思案にふけりながらの独り言のつもりだったのだけれど、ポケットの中からフェリセットが答えてくれた。

「それはずいぶん乱暴だなあ。でもまあ相手がロボットなら一緒に毒を飲んで死ぬなんてわけにもいかないだろうし、方法としては無理矢理《むりやり》壊す以外にない……のか？」

オートワーカーの構造に詳しければ、あるいは内部の重要なコードをパチンと切断するとかそういう方法でも停止はできるのかもしれない。素人の想像に過ぎないけれど。

「力任せに破壊する。その方法しかなかったと仮定しよう。だがやはり私には引っかかる」

「うん？」

「機械と人間——愛する者同士が現世で結ばれないことに絶望して心中した。それならそれでもいい。心中するのに相手をここまでバラバラにまでする必要があるかな？　色気も何もない」

「色気って」

「そこに何か強い怒りのようなものを感じるのは私だけかな？」

フェリセットと接していると時々機械的なのか人間的なのかわからなくなる。

□

次に俺たちは入符《いりふ》に連れられてオートワーカーたちの暮らす居住棟へ向かった。

まだ日の高いこの時間帯、彼らのほとんどは仕事のために外へ出ていて居住棟は静かなものだった。

ドニアの部屋は居住棟の四階にある、こぢんまりした一室だった。内装は想像していたよりも――なんというか、ずっと人間味が溢《あふ》れていた。

柔らかそうなベッドとカラフルな掛け布団。その足元には可愛《かわい》らしいカーペット。それから観音開きのクローゼット。

壁には『ティファニーで朝食を』のポスターが貼ってある。

「電話の子機とか掃除機みたいに、充電器にスポッと収まってスリープしてるとかでも思った？　それかミニマルで味気ない、倉庫みたいな部屋とか？」

「その、まあ、少し」

入符に突っ込まれ、頭を掻《か》く。

あえて人間らしさがないポイントを言うなら、トイレと窓がないことくらいか。それこそオートワーカーには不要なものなんだろう。

「気にしなくていいよ。それがすなわち世間の多くの人が想像するロボットの心の中の風景なのさ。雑味がなくて、灰色で冷たい。そうに違いないってね。でも実際はこの通り。オートワーカーの部屋にもそれぞれ個性がある。既製品じゃなく、好きな家具を揃《そろ》えている子も少なくない。スリープモードに入る時はちゃんとベッドで横にもなる。ドニアもそうだった。というか、こっちとしてはそれを推奨してるんだ。個々のＡＩが複雑化し、人間的になるのは願ってもないことだからね」

つまりラボとしては機械であって機械らしくない存在を作り出そうとしているということか。

「輪《わ》寒《ざむ》露《ろ》電《でん》太《た》は受刑者でありながらこの部屋に侵入したと」

「うん。そもそもそれ自体ドニア本人の協力がなければ難しいだろうね」

入《いり》符《ふ》は壁紙を指先で軽くなぞりながら言う。

「招かれた——ということですね」

確かにドニア自身が扉のロックを開けて中へ招き入れなければ話は始まらない。

「監房に戻らなかったことを咎《とが》める刑務官はいなかったんですか？」

俺はクローゼットを開いて中を検《あらた》めながら質問した。

「見て見ぬ振りだったんだろう。輪寒露は日頃からかなり袖の下を駆使して自由な行動を許されていたみたいだから」

たまのちょっとした夜遊びくらいなら許されていたというわけだ。

クローゼットの中には例のオートワーカー用の白い服が何着かと、質素なワンピースが一着かけられていた。

それから工具箱がひとつ。中を開けてみると色々な工具が入っていた。工具箱なのだから当たり前だ。化粧道具や調味料が入っている方がおかしい。

いや、もしかするとドニアにとってはこの工具箱が化粧箱であり、救急箱であったのかもしれない。

「それね、今は綺麗《きれい》に片付けてそこにしまわれているけど、遺体発見時は他の家具や小物と同じで部屋中にぶちまけられてたって話だよ」

「そうだったんですか……ん？」

クローゼットを締めかけた時、扉の内側に何度か引《ひ》っ掻《か》いたような痕跡を見つけた。ネズミでもいたんだろうか？　それにしては位置が高いな。

「あれは椅子……だったものですか？」

次に気になったのは部屋の隅によけて置かれていた残骸だ。

話によればあれがドニアを破壊する時に使用された凶器ということになる。

泣《きゅう》ちゃんがいち早くその切れ端を拾い上げて観察している。足の部分だ。

「お。これ面白いデザインしてるな。足の裏側に四葉のクローバーが彫られてる」

肩越しに覗《のぞ》き込《こ》んでみると、そこには確かに可愛《かわい》らしい彫刻があしらわれていた。

「凝ってるなあ。ドニアって子、家具選びのセンスいいかも。デッサンしときたいけど……今は画材がない！」

「部屋の出入り口はこちらの電子ロック式のドアだけのようですね」

嘆く泣ちゃんを放っておいてリリテアの報告に耳を傾ける。すでに入り口を調べ終えたらしい。

「うん、そうなんだ。輪寒露《わざむろ》とドニアが発見された時、ドアは内側からロックされてた。オートワーカーの各部屋のロックを開けるにはその部屋の使用者として登録されたオートワーカー自身がパネルを操作して開けるしかない」

「それ、例えばドニアの手首から先だけでも開くんですかね？　バラバラになった彼女の手を、誰かが電車の定期券みたいにピッてかざしたとか」

「朔也《さくや》君、君見かけによらずさらっとサイコな発想するね」

「え？　そうですかね？」

「でもそれは無理なんだ。手首だけ切り離したり、オートワーカー本体が機能を停止したりしていると扉は反応しない。死体じゃ開かないってことさ」

「仮に事件当時この部屋にドニアと輪寒露以外にもう一人の人間がいたとして、先にドニアをバラバラにしてしまったら部屋から出られなくなる。かと言ってドニアにドアを開けさせて外へ出てしまうと室内のドニアをバラバラにできない……か」

あちらを立てればこちらが立たず——だ。

「ここはどうだ？」

ベッドの傍《そば》にしゃがみこんでいた漫呂木《そぞろぎ》がおもむろに壁を指さす。

そこには直径十センチ程度の小さな丸い穴が空いていた。

「通気口か」

金属の蓋がはめられているけれど、外れかけている。おかげでずらして開けることができた。

覗《のぞ》くと向こうからわずかな風を感じた。

密室に抜け道というのはある意味定番だけど、可能性としてその大きさを問わないなら針の穴だって疑わなきゃならなくなる。

「残念ながらこの大きさじゃ無理ですね。猫でもないとこんな小さな穴は……。入符《いりふ》さん、もしかしてオートワーカーって中の人格をささっと別の体《ボディ》に移し替えることができたりしませんよね？」

そう質問したのはフェリセットの例を思い出したからだ。けれどそれは考えすぎだった。

「オートワーカーにそんな機能はないよ。フェリセットを基準に考えない方がいい」

「ですよね」

「それにここは地上四階です。向こう側へ出たとしても行き場はございません」

リリテアの言う通りだ。

「極小の穴を通り抜け、自力で四階から外壁を伝って下へ降りて逃げ去る。そんな芸当ができるなら、そいつはとっくにこの刑務所から脱獄してるさ」

「漫呂木さんの言うこともっともだけれど、必ずしも犯人が受刑者であるとは限らないよ」

「おい朔也《さくや》、まさか刑務官が？」

「いえ、現時点では誰にでも可能性はあるというだけの話ですけど」

「うーん、それならやっぱりこのドアから出て行ったと仮定して考えた方が良さそうだね。あくまでドニアがバグって輪寒露《わざむろ》を殺すことができたという説を採用しないなら、だけど」

話しながら泣《きゅう》ちゃんは椅子の残骸を組み上げて遊んでいる。

「おい、あんた哀野《かなしの》って言ったか？　現場の品で勝手に遊ぶな！」

刑事としての性《サガ》か、漫呂木《そぞろぎ》がそれを咎《とが》めたけれど泣ちゃんはどこ吹く風だ。

「例えばなんらかのバグで暴走したんだとしても、それならそれでドニアがああまでバラバラになっていた理由が分からないよ。うーん……」

俺はちょっとした行き詰まりを感じて黙り込んだ。

沈黙が流れる。

するとその沈黙のおかげで思い出したとでも言うみたいに入符《いりふ》がポンと手を打ち鳴らした。

「あ、そうだ！　事件直後、最初にこの部屋に立ち入った刑務官が撮影した映像記録があるんだった。見る？」

「そんなものが？　それは是非《ぜひ》見たいですね」

「何らかの異常を感じ取って現場へ駆けつけるような場合、刑務官はヘッドセットに内蔵された小型カメラでしっかり記録を残すように義務付けられてるんだ。受刑者同士のケンカの仲裁とかかね。こう言っちゃなんだけど受刑者の中には狡猾《こうかつ》で嘘《うそ》つきなヤツも少なくないから、後でやったやってないの水掛け論にならないようにって」

入符は軽い調子で携帯を取り出し、動画を再生した。

廊下を走る一人称視点の映像だ。

朝になってドニアの信号が途絶えていたことに気づき、不審に思って刑務官の一人がこの部屋に駆けつけた――ということらしい。

部屋の前に到着、けれどドアはロックされている。右上の赤いランプがその印だ。

中に呼びかけても返事はない。

――開錠願います。

刑務官が無線で依頼する。

「緊急の場合、刑務官はああして管理センターに依頼して開けてもらうことができるんだ」

「なるほど」

ようやくロックが解除され、ドアが自動的に左にスライドする。

「うわあ……」

画面越しなのに俺は思わず声を漏らしてしまった。

壁、床、天井――。

映像の中の部屋は鮮血に塗《まみ》れていた。

「輪寒露の血か……」

「それと、ドニアの体内を循環していた特殊オイルだよ。血の赤に青いのが混じっているだろ？」

入符《いりふ》の言った通り、床に赤と青のマーブル模様が浮き出ている。

「エグリゴリの血は青いのさ」

そして部屋の中央には倒れた輪寒露《わざむろ》と、バラバラにされたドニアの姿。

――な、なんてことだ……！

刑務官が悲鳴に近い声をあげ、そして――。

「ちょっと待った」

「朔也《さくや》様、どうなさいましたか？」

「ドアを開けた直後のところなんだけど……入符さん、もう一度そこを再生してもらえますか？」

「どうしたの？　まあいいけど」

俺は気になった場面をもう一度よく見た。

「やっぱりそうだ」

「おい朔也、はっきり言え」

「漫呂木《そぞろぎ》さん、残念だけどこの部屋からは誰も出ていってないみたいだ」

「なんだと⁉」

俺は入符さんから携帯を受け取り、問題の箇所で動画を停止した。

「ここだよ。最初にドアがスライドして開いた瞬間、刑務官が大量の血に驚いて思わず足元を映してる。この時の床の血の動きをよく見て。ほら、開いた直後から部屋の中に溜《た》まってた血が廊下側にゆっくり流れ出してきてる。決壊したダムみたいに」

　映像の中で刑務官は足元に迫る血を踏むまいと咄嗟《とっさ》に二の足を踏んでいた。

　それを見て入符が「ははあ」と声を漏らす。

「輪寒露の死体の様子から事件は真夜中に起きた。通常なら人間の血は朝には固まっているところだけど、エグリゴリのオイル《血》は簡単には凝固しない。混ざり合った結果、朝になってもまだ固まっていなかったんだね」

「それは分かったが、だからって何が……あ！　そういうことか！」

　遅れて漫呂木も気づいたらしい。

「うん。もし刑務官が駆けつける前に一度でもドアが開いていたなら、部屋の前に到着した時点ですでに血は廊下側へ流れ出ているはずなんだ。でもそうはなっていなかった」

「事件の後から朝まで、ドアは一度も開けられていないということですね」

　リリテアはついさっき自分で調べたばかりのドアに触れ、深く思案するような眼差《まなざ》しを見せた。

「彼女《ドニア》は死せるその瞬間、この密室で一体何を見たのでしょうか」

　死――。

　機械にもやっぱり死はあるんだろうか。

□

必要なものをこの目で見た後、俺たちが改めてラボのメインルームに戻るとそこに先客がいた。

白い制服を着たごく平均的な体格の男性だ。彼はデスクに腰をかけた錬朱《れんじゅ》に何やら打ち明け話のようなものをしている様子だった。

「そう。また夢を見たの」

「はい先生。またです。今度は気のせいではないと思います。見たことのない土地の見たことのない川で、僕は裸になって必死に魚を追っていたんです。先生はオートワーカーが夢を見るなんて変だと思うかもしれないけれど……」

「変だとは思わないわ。でもカロム、検査ではあなたに異常は見られなかった」

二人は俺たちをよそに議論めいた会話を続けている。

「また始まったか」

手持ち無沙汰にしていると、近くのデスクの書類の山の間からヌッと丸い顔が現れた。暮具《くれぐ》だ。

「あれは何をやってるんですか？」

「美しき我らが主任によるオートワーカーのカウンセリングだよ」

「あの人、オートワーカーなんですか？　でもカウンセリングって……オートワーカーですよね？」

「AIも道に迷うことが……あります」

「わっ！」

今度は反対側のデスクの下から声がした。

「えっと……下津《しもづ》さん？」

覗《のぞ》き込《こ》むとそこに不健康そうな顔があった。そこで仮眠を取っていたらしい。

「オートワーカーを社会に普及させるためにはその分複雑な体《ボディ》に……複雑なAIを載せなきゃ……。でも、複雑なものには雑味が生まれます……」

下津は床に突っ伏したままぽつりぽつりと語りかけてくる。申し訳ないけどちょっと怖い。

「彼を含めて何体か、最近よく来るんだよ。でもああして彼らの中に悩みが生まれてるってことは、開発者側としては喜ばしいことなんだよ。それだけ発達してきてるってことだから」

それだけ言うと暮具は書類の山の向こうに顔を引っ込めた。

下津もまた寝息を立てている。

その間も錬朱によるカウンセリングは続いていた。

「でも僕は、これは異常ではないと思うんです」

「カロム、気持ちは分かるけど」

「先生、僕はここのところなんだか自分がより人間に近づいてきているような感覚があるんですよ」

カロムと呼ばれたその男は自分の胸のあたりに手を当て、満ち足りた表情を浮かべる。

「チューリングテストでも受けたいの？」

「いえ、そういうわけでは……」

「分かった。近々改めて検査しましょう。ほら、仕事に戻って」

「はい。仕事に戻ります。でも先生、何かが開きそうな予感があるんですよ」

そう言い残すとカロムは丁寧に会釈をしてからラボを出て行った。

錬朱《れんじゅ》はその後ろ姿を見送った後あとで俺たちに目を留めた。

「……戻ったのね探偵さん。あれこれ見て回って満足した？」

「まあ、それなりには。……主任の仕事も色々大変そうですね」

「見てたのね」

「オートワーカーの心のケアですか」

「心を真似《まね》て作られたプログラムよ。スッポンよ。月とね。同じようで全然違う」

「人形作って魂入れず、ですね」

錬朱の返答に対してリリテアが合っているんだかいないんだかよく分からないことを言った。

それにしても錬朱の言い回しはなんとなく冷たい感じがする。ロボット開発に携わっているのであればオートワーカーたちに対する愛情も強いはず、と思うのは素人考えなんだろうか。

「自分が人間のような気がする……というようなお話をされていましたね」

リリテアは悩めるオートワーカーが去っていた方向を振り返って気にしている。

「AIが複雑化していく過程で起きる、ある種の強迫観念のようなものだと考えているわ。人間でいうところの誇大妄想ね。自分を神の代行者、あるいは化身だと思い込むとか、前世はさる王朝の嫡男であると信じて疑わないとか、そういう人、時々いるでしょ？」

「パラケルスス。ナポレオン。ジャンヌ・ダルク。ドン・キホーテ」

泣《きゆう》ちゃんは面白がって偉人の名前を並べる。でもドン・キホーテは架空の人じゃなかったっけ？

「機械にも思い込む力はある。夢を見たと思い込めば、見たことになるのよ。本人の中ではね。例えば探偵さん、頭の中でドラゴンを想像してみて。今」

「え？」

そう言われて咄嗟《とっさ》に想像したのは昔読んだ漫画に出てくる龍《りゆう》だった。願いを叶《かな》えてくれるヤツ。

「した？　それ、存在しないものよね」

「まあ、そうでしょうね」

「でもあなたの頭の中には今、情報としては確かにドラゴンがいる。思ったこと、想像したことは実在しないけど、情報としてはあるのよ」

なんだか禅問答みたいだ。

「さっきのオートワーカーの彼の夢や予感もそれと同じ？」

「そういうこと」

バッサリだ。

そんな錬朱《れんじゅ》をフォローするみたいに入符《いりふ》が割って入る。

「まあまあ。人工知能の成長という意味では結構なことじゃないか。それこそが僕らの仕事の主目的の一つでもあるわけだし」

同じようなことをさっき暮具《くれぐ》も言っていた。

「ところで朔也《さくや》君、この後はどうするつもりなんだい？」

「そうですね、できれば輪寒露《わざむろ》の遺体を調べてみたいんですが……」

「まだ安置所に保管されてるはずだけど、そっちはラボの管轄外だ。改めて所長に頼んでみるしかないだろうね。と言っても輪寒露の死は何よりなかったことにしたい部分だろうから、手続きが面倒なことになるかも」

「時間がかかるってことですか」

所長は俺たちの事情を知っているけれど、輪寒露の死を変死と片付け、臭いものに蓋をしている節がある以上、そっちに関してはあまり協力してくれないかもしれない。

「だったら……そうですね、生前の輪寒露を知る人たちに色々話を聞いてみたいですね。交友関係とか」

そこから輪寒露に何か恨みを抱いていた人物なり、彼を殺すことで大きな得をする人物が浮かび上がってくるかもしれない。

「となると話を聞く相手は当然受刑者の連中になるね」

「ですよね。ならそっちも事情を知ってる刑務官……妻木《つまぎ》さんに頼んでみるか」

「それがいいとは思うけど、大丈夫？」

入符は頭を掻《か》きながら労《いたわ》るような目を俺に向けた。

「ここには一万人以上の受刑者がいるけど」

「え」

「従来の刑務所に比べて桁外れの人数だな」と漫呂木《そぞろぎ》も驚いている。

「輪寒露と関わりのありそうなのを選定して、それから一人一人手続きして呼び出して話を聞いて……ってかなり時間かかると思うけど」

確かにそんな時間はない。制限時間《タイムリミット》は明日だ。

正攻法では成果は得られないだろう。

「それに朔也《さくや》君、話を聞くにフェリセットとの取引を知っている刑務官はごく限られた人だけらしいじゃないか。事情を知らない刑務官が妻木さんみたいに聞き分けよく協力してくれるとは思えない」

「う」

「刑務官だけじゃないわ。そもそもあの連中が外からきた他所者《よそもの》に大人しく協力するとは思えないんだけど」

ダメ押しの錬朱《れんじゅ》からのもっともな指摘が俺の耳に刺さる。

「ならこっそりお金を渡して協力してもらう……」

「朔也様、そんなお金がどこにございますか？」

「ございません……」

我が事務所の台所事情はリリテアもよく知るところだ。

「難儀しているな探偵君」

俺のポケットからフェリセットの声がする。何かモゾモゾしている。

……ロボットが毛づくろいすな。

「誰のせいだと思ってるんだ」

「苦労をかけるな。だから私から一つアイデアを進呈しよう」

「なにかいい案があるのか？」

「簡単だ。受刑者に話を聞いて回りたいなら、君自身が受刑者になればいい」

「は？」

三章　つまり彼らを殺せばいいんだよね？

拝啓ゆりうちゃん、元気にしてるかな？

こないだ発表された新作主演映画、楽しみにしてるよ。

本当なら会ってお祝いしてあげたいところなんだけど、残念ながら俺は受刑者として刑務所の中にいるのでそれも叶《かな》いません。

もし撮影の合間に暇でもあったら面会に来てください。

□

屈斜路《くっしゃろ》刑務所。

広さ十平方キロメートル、北海道東部のカルデラ湖上に建設された日本最大の刑務所。

逃げ場のないドーム型の施設の内側は男子監区と女子監区に分かれていて、合計一万人を超える受刑者と数百体の施設内オートワーカーが共存している。

刑務所と言いながらも広大な施設内にはインフラとしてバスが走り、キックボードが貸し出されている。

映画館では週に一度は新作が上映される。

歯医者も床屋も喫茶店だってある。

さながら一つの都市が形成されているような具合だ。

「入れ。囚人番号D－28。今日からここがお前のスイートルームだ」

ベテラン刑務官が感心するほど滑らかに説明する。

「コソ泥には不相応な大御殿《だいごてん》だろう？　まずは同居人に挨拶でもして、それから毎朝感謝を込めてそこの便器を舐《な》められるほどきれいに磨け」

俺の前の前で鉄格子が自動でスライドし、ロックされる。ガッシャアーンと不必要に大きな音を立てて。

「以上だ」

身長百九十センチ近くはありそうなその大柄刑務官は一切の質問を受け付けない態度でその場から立ち去った。

追月朔也《おうつきさくや》。元探偵。

三百件以上の下着泥棒と公務執行妨害により懲役二年三ヶ月の実刑判決。

反省の色なし！　情状酌量の余地なし！

という捏造《ねつぞう》された経歴を与えられ、俺はあっという間に青い囚人服を着せられてこの狭い檻《おり》の中にぶち込まれることになった。

何もかもフェリセットのせいだ。

ここは第八監房棟。

この建物の中に無数のこうした監房があって、受刑者がそこで寝起きしている。八という数字からもお察しの通り、刑務所内のあちこちにこうした建物がいくつも建てられている。

「なんでこんなことに！」

鉄格子を力一杯掴《つか》んで訴えかけるが誰も聞いちゃくれない。

収監の手配に尽力してくれた妻木《つまぎ》さんには感謝するけれど、まさかこの歳《とし》で塀の中の住人になってしまうとは思わなかった。

その場で項垂《うなだ》れていると、ふいに声がした。

「ジバタバしたって無駄だぜ」

振り返ってみても人の姿はない。

声はすれども姿は見えず、と思ったら二段ベッドの上で人影が動いた。

そういえばさっきの刑務官、同居人がどうとか言ってたっけ。

ベッドの上にいた男がゆっくり下に降りてくる。坊主頭の頭皮に刺青《いれずみ》をした、垂れ目の男だ。

「あんまり騒いだって意味ないぜ。どうせもうすぐ自由時間だ。ってことでよろしくな新人」

男は人懐っこい笑みを浮かべている。

「……って、ずいぶん若いな。あんた、高校生に間違われない？」

「よく言われますけど、これでも二十歳なんです」

驚くことに男の頭に施された刺青《いれずみ》の柄は『男自身の顔』だった。とんでもないセンスだ。

「ふうん。俺は幕田《まくた》。ここじゃ情報屋のマックって呼ばれてる」

センスは劇的にヤバいけど、気を紛《まぎ》らわせてくれたところを見ると悪い人じゃなそうだ。

俺は和やかに相手の手を握り返した。

「俺は朔也《さくや》です……うわっ！」

その瞬間、マックがいきなり手に力を込めて俺を床に組み伏せた。

「な、何するんだ！」

右手を背中に回され、膝で上からのしかかられ、完全にロックされてしまった。

肩の関節が軋《きし》む。

「何ってお前、看守の旦那には言えないようなことすんだよ。言われたろ？　挨拶は大事だぜ。まずは持ち込んだ金を半分献上してもらおうか。ん？　それが新人の示せる唯一の誠意だろ？」

カビ臭い床の匂いを嗅ぎながら、俺は再認識した。

そうだ、ここは刑務所だった。何が悪い人じゃなさそう――だ。カナダかどこかの中流家庭にホームステイに来たわけじゃないんだぞ。

「覚えときな、シャーロック・プリズンで健康的で文化的な生活を送るためには金がいる。通常手に入らねえ物を調達するにも、情報を得るにも金金金だ」

俺が潜入調査のために受刑者のふりをしている――なんて事情、相手は知る由もないことだ。ペコペコしてちゃ、食われておしまいだ。

「金はない」

「ああ？　馬鹿正直に手ぶらでぶち込まれたってのか？　どこの世間知らず……うお!?」

俺は腹に力を込め、体を起こしにかかった。

「このヤロ……初日で腕がオシャカになってもいいのか!?　オイ！　折れるぞ！」

「金はない！」

無理矢理《むりやり》起き上がった瞬間、鈍い音がして俺の肩が外れた。というより、完全に折れた。

「うわ！　バッカヤロォ！　言わんこっちゃねえ！　無茶《むちゃ》なこと……！」

立ち上がるとうんざりするような激痛が走り、右腕がだらりとぶら下がった。

マックは怯《おび》えたように後退《あとずさ》りする。

俺は残った左手で再度握手を求めた。

「改めてよろしく」

「う、腕はなんともないのかよ……」

「ちょっと外れただけです。ほっとけばくっつきますから」

あえて気持ち悪い笑顔を浮かべて見せる。

「いや、確かに折れ……ま、まともじゃねえ……！」

完全に異常者を見る目だ。でも、その方が自衛のためにはいい。

「ところでマックさん、さっき情報屋って言った？　知りたいことがあるんだけど」

「……へ？　知りたいことぉ？」

「でも今言ったように持ち合わせがなくて……」

「タ……タダでいいです。アニキだけ特別で」

誰がアニキだ。

その時、廊下の天井に設置されたスピーカーから場違いなピアノの旋律が流れ始めた。

それは棟の中全体に優しく響き渡る。

「な、なんだ？」

刑務所には不似合いなノスタルジックな曲——。

どこかで聞いたことがあるような気もする。

そうだ、クラシックだ。確かトロイメライとかいうタイトルだった気がする。

中学の時、音楽の授業で習ったっけ。

「これが正午のチャイムなんです。自由時間ですよ」

マックが調子よくそう言うのと同時に、俺の背後で鉄格子の扉が開いた。

□

「毎日決まった時間に自由時間があるんすよ。その間は出入り自由です。さすがに男子監区と女子監区は行き来できませんがね。行けるなら毎日通うのになあ」

そんな事情を知らないマックはせっせと解説してくれる。

案内されて歩いてみると、屈斜路《くっしゃろ》刑務所の中は本当に街のような作りになっていた。大通りがあって、街路樹が植えられていて、そこらを受刑者たちが行き来している。

街頭ビジョンまである。

知らなければとても刑務所の中とは思えない。

マックの言った通り、それから俺たちは自由に刑務所内を出歩けるようになった。

と言っても実のところ自由時間のことは妻木《つまぎ》さんからあらかじめ聞かされていて、最初からその時間を利用して輪寒露《わざむろ》のことを聞いて回るつもりだったので、これは想定通りだ。

「申請さえ通ればペットだって飼えますよ。アメリカン・ショートヘアからゴキブリまで。自由な校風ならぬ自由な刑風ってやつです」

「脱獄の心配とかないのかな?」

「自信があるんでしょうね。ここはご覧の通りドームに覆われて行き場がねえ。この街自体が閉鎖された監房で、外へは絶対に出られないってわけです。それにこうしてある程度自由を与えることで、受刑者の不満を溜《た》まりにくくしてる側面もある。箱・庭・の・自由ってことです」

確かに――と空を仰ぐ。

そこには青空が広がっている。でも、それはガラス越しの空だ。透明なガラスが俺たちの上空をドーム状に覆っている。

それだけじゃない。ドームの周囲も高さ十六メートルの堅牢《けんろう》な塀によって完璧に取り囲まれている。

つまりここは三百六十度完全に封鎖されているというわけだ。

考えながら歩いていると、前からきた人とぶつかりそうになった。

「おっと、ごめんなさい」

「いえ、こちらこそ」

思わず謝ると、にこやかに応対された。

白い作業着姿の女性だ。

男の受刑者ばかりの男子監区に女性がいるなんて、と思いかけてすぐに合点がいった。

この女性はオートワーカーだ。確か女性型はガイノイドと言うんだっけ。

ぱっと見は人間かオートワーカーか区別がつきにくいけれど、服装で判別することができる。

彼女はペコリとお辞儀をする。

「ではよい刑期を」

どんな挨拶だ。

「アニキ、見ましたか？　今のがオートワーカーってやつです。このバカでかい刑務所内のあちこちにある施設の運営、維持、修繕はヤツらが勝手にやってくれるんでその点は楽でいいんだが……」

　そこでマックは嫌そうに舌を出した。

「上手《うま》く人間に寄せちゃいるが、言動の微妙なぎこちなさが不気味ですよね。姿形だけは結構そそるんだが、それだけにちょっとしたズレが余計気味悪くって」

　マックが大げさに肩をすくめる。

「もしかして受刑者の人たちはオートワーカーを嫌ってる？」

「そりゃそうですよ！　根本的にロボットとは分かり合えねえです。にこやかな顔しててもここってところで話が通じねえんだから。それに閉鎖されたこの空間でずっとヤツらと一緒にいて、毎日刑務官に指図されるままに暮らしてると、だんだん自分まで人形になっていくような気がします」

　人形——。

「アニキがどこまで承知か分からんですがね、この刑務所はいわば実験都市なんだ。政府が裏で推し進めてるＡＩ自動化政策のためのね」

　露骨に声を潜ませ、マックが言う。

「役人どもは高度なＡＩを積んだロボットを世界に先駆けて社会に普及したがってるんです。そうでもしねえとこの国はこの先稼いでいけねえし、労働力だって確保できませんからね」

「ロボットの社会進出？」

「です。でもそのためには数えきれない運用、実地テストを積まなきゃならねえ。んで、本来ならそれには実際に社会で働かせてみてデータを取るのが何より手っ取り早い。でも何考えてるか分からん、どんな危険があるかも分からん機械人形の実験なんて世間がそう簡単に受け入れると思います？　ただでさえ働き口を奪われるってみんな心配してるのに。誰も運用テストに協力なんてしませんよね。たとえ政府が多少の補償金ばら撒《ま》いたって無理ですね。反発の方がでかい」

口は悪いけれど、マックの言わんとしていることは理解できる。

「だけどさっきも言ったように政府は普及を急いでる。そこで世間の目の届かないところで存分に運用テストをやっちまおうってことになった」

「それが屈斜路刑務所《こ》……か」

そういうことです、とマックは大きく頷《うなず》く。

「ここなら何か事故があったって世間の目は届かんし、最悪事故で誰か命を落としたって受刑者の変死ってことで片付きますからね。いい迷惑ですわ」

実際落としたんだ。数日前に。

「でも、それじゃ人間とオートワーカー、双方の間でトラブルも後を絶たないんじゃないの？」

「そりゃありますあります。ケンカ、諍《いさか》いは多いですね。といっても人間側が裏で一方的に鬱憤をぶつけてるような状態ですが」

「人間の方が一方的に？」

てっきりロボット――オートワーカーたちの方が理不尽に受刑者を働かせたりしているのかと思っていたけれど、どうも違うらしい。

「機械どもがレーザーガンかなんかで人間を脅して痛めつけてるとでも？　違いますよ。アニキ、そりゃSF映画の見過ぎです。オートワーカーにそんな戦闘能力はないです」

「ないの？」

「ないっすよ。ヤツらは戦闘用でもなんでもないんだから。そりゃ人間とは素材から馬力からまるで違うんでパワーはあるみたいですが、そんなのは車と同じようなもんです。セーフティだってかかってますしね」

セーフティ・ロック。入符《いりふ》もそんなことを言っていたような気がする。

「人間が自分たちに危害を加えようとすることに対してアイツら、消極的な抵抗しかできねーんですよ。防御一辺倒ってワケです。なんでしたっけ？　三原則がどうとかってルールで決まってるそうなんで」

「ああ、そうらしいね」

「それをいいことに刑務官の目の届かんとこで殴るわ蹴るわ。相手は人間じゃないですからね、たとえぶっ壊したって殺人罪にゃ問われない。せいぜい器物損壊ってとこです。いくら殴っても殴り返してこねえ相手を前にしたら、人間様ってのはどこまでだって過激になります。セーフティなんてねーです」

マックの露悪的な物言いに多少反論したいところもあったけれど、ここは刑務所の中だ。人間に関する常識も外とはちょっと違うんだろう。

「そうそう、そんでついこないだもバラバラにされたオートワーカーが朝方に路地で一体発見されたって話で」

「バラバラって……物騒だなあ」

「確か……いぶりがっこだかイヴリアだとかって名前の。まあ、不運にも目を付けられちまったんしょうねえ」

反撃されないことをいいことに受刑者たちがオートワーカーを暴行する事例が多発しているのか。

「と言ってもならず者の集まる刑務所で運用されてるオートワーカーだ。受刑者同士のケンカや暴走を止めたりする時はそれなりに馬力も発揮します。でもそういうのは従来通り刑務官どもが自分らの仕事だってことで張り切って駆けつけてきますからね。発揮のしどころもないみたいです。つまりオートワーカーは基本的に無害です」

「そっか。無害、ね。でも噂《うわさ》じゃつい最近その無害なオートワーカーと一緒に死体で発見された受刑者がいるらしいじゃないか」

話の流れを利用してさりげなく本題を振ってみた。

「お、さすがアニキ。耳が早いですね」

「そのアニキっていうのやめてよ……」

「そうなんです。死んだのは輪寒露《わざむろ》ってヤツです。まさかの最期でした。でかいツラしてのさばってた割に機械なんぞと心中とはね」

「その輪寒露って人、どんな人だったの？」

「いけ好かねえヤツでしたよ。と言っても俺は直接話したことはほとんどないんですがね。なんせタチの悪い取り巻きが多くて」

　いわゆる刑務所内の顔役的な人物だったらしい。

「いつも手下を引き連れてた？」

「そうなんですよ。『Sad《サ》 But《バ》 TRUE《ト》』とかってグループを組んでたんです。シャーロック・プリズンは広いすから、そういうグループがあちこちにあるんです。で、それぞれのグループの顔役が死ぬか出所すると、二番手がその席を受け継ぐってわけです」

「おいそれと近づけなかったわけか。それじゃマックさんも輪寒露の交友関係はあんまり知らない？」

「ええ。そういうことはそれこそ取り巻きの連中に聞くしかないっすね。なんすか？　ヤツに何か用事でもあったんすか？」

「いや、用事というか」

「ははあ、さてはヤツと因縁があるんですね？　外で何かあったんですね？　つまりアニキは輪寒露に復讐《ふくしゅう》するためにわざわざ刑務所《ここ》まで追っかけてきた。そうでしょう？　アニキほどのお人だ、地の果て、塀の中までも追いかけて相手の喉笛を食いちぎる。そうでしょう？」

そうでしょうと言われても。

全否定してもよかったけど、面倒だったのであえて放置しておくことにした。

「でも残念。言ったように輪寒露《わざむろ》はおっ死《ち》んじまったんです。ひと足違いだ」

妙な勘違いは生まれてしまったけれど、マックが張り切ってくれたおかげでこの刑務所に関する基本的な情報は押さえることができた。

さて、次は輪寒露の取り巻きだったという連中に近づいて――。

と考えながら監房棟の間の道を通って開けた場所へ出た時、いきなり目の前に巨大なモニュメントが現れて驚いた。

「これは……？」

「ああ、シャーロック・プリズン五周年を祝う飾り付けですよ。明日がそうなんです」

「へえ、五周年か」

広場の中央に屹立《きつりつ》するカラフルなモニュメント。

地上から伸びた二本の腕が絡み合い、最終的にガシっと力強く握手をしているようなデザインで、高さ十メートル近くはありそうだ。

目を引くことと言えば、一本が人間の腕で、もう一本がメタリックな機械の腕だということだろう。

「テーマは人間とロボットの融和だそうです。誰もそんなこと思ってねえのに、刑務所の上の連中が俺たちに作らせたんですよ」

　受刑者によるロボットいじめの話を聞いていなければ、なかなか心温まるモニュメントに思えただろうけど、今となってはそのデザインもどこか白々しいものに見える。

「それじゃ明日は何か盛大な催しでもあるの？　パーティー的な」

「いや、特にないですよ。こんなのはやった感を出したいだけのハリボテです。せいぜい刑務労働の後にジュースが一本つく程度じゃないすかね」

「味気ないなあ」

「あ、でも先日ロックバンドの慰問ライブはありましたよ」

　慰問ライブ。ミュージシャンや芸能人が刑務所に訪問してライブなんかをやる活動のことだ。

「本当は五周年に合わせたかったらしいんですが、バンドのスケジュールの都合とかで繰り上がったんです。若い子に人気らしいですよ。知りません？　ムシトルズ」

「え、知らない」

　本当に知らない。

　俺、遅れてるのかな？　後でリリテアに訊《き》いてみよう。

「その日は夜に自由時間が設けられたんです。でもスケジュール変えたくせにあの晩はバンドの到着が遅れに遅れたせいもあって、結構夜遅くまでライブで盛り上がってましたよ」

「もしかしてその晩はかなり遅い時間まで出歩けた？」

「そうなんですよ。せっかく金払ってバンドを呼んだからもったいないとでも思ったんですかね、珍しく規制も緩くて俺たちは楽しませてもらいました」

「……それって正確には何日前の話？」

「え？　あー、四日……いや、五日前の夜ですね」

心中事件のあった日と重なる。もしかしてと思って訊《き》いてみたけど、ドンピシャだ。

「そう言えばイヴリアってオートワーカーが襲われたのもその日だって聞いたな。ハメを外しすぎて暴れたヤツがいたんでしょうねえ」

「同じ日に……別のオートワーカーも襲われて……？」

「何をぶつぶつ言ってんですか？　っと、そうだアニキ！　昼飯、食いますよね？」

考え込んでいるとマックが思い出したように尋ねてきた。

そういえばしばらく何も食べてない。

「俺、ひとっ走り行って調達してきますよ！　向こうに市があるんです」

「市？　そんなものもあるの？　銀色の皿で食事が支給されるんじゃなくて？」

「受刑者の人数が多すぎるってんで効率化のために食堂が開かれてるんです。食いたきゃ勝手に食いにこいって。まあ大抵争奪戦になるんですが、そこは任せてくださいって！」

「あ、ちょっと！」

張り切るマックは俺を残して通りを駆けて行ってしまった。

確かに空腹極まれりといった感じだけれど、今はあんまりのんびりもしていられないっていうのに。

「それにこんな場所でいきなり取り残されても……」

刑務所のど真ん中で一人ぼっち。急に不安な気持ちになってくる。

リリテア、助けてーと声に出したくなるのを我慢して、近場の落ち着ける場所を探す。

広場の向こうにベンチを見つけた。

とりあえずという気持ちでそっちへ向う。

その途中、俺はちょっと不思議な光景を目にした。

建物と建物の間の狭い路地、そこに二人の若い男女が立っている。

真っ白な作業服、オートワーカーだ。

何をしてるんだろう？

気になって思わず立ち止まる。

見ると彼らはそっと寄り添い、互いの額をくっつけ合ってじっとしている。

「おっと……」

見てはいけない睦言《むつごと》秘事を覗《のぞ》いてしまった！

咄嗟《とっさ》に身を隠し、でもやっぱり気になったまた覗いてみる。

相変わらず額をくっつけ合って目を閉じている。でも彼らにそれ以外の動きは見られなかった。

無言でただそうしているだけだった。

そこには俺の想像したようないやらしい空気は何もなく、むしろ清浄な印象さえあった。

まるで瞑想《めいそう》でもしているみたいだ。

「っと、だからと言ってこれ以上デバガメするのは相手がオートワーカーでも気が引ける。退散退散」

目的のベンチに座り、一息つく。

「今のって、オートワーカー同士の……恋愛ってことなのかな？」

ロボットにもそんな概念があるんだろうか？

いや、そもそも輪寒露《わざむろ》とドニアの心中事件について調べているんだった。

だとしたらオートワーカー同士が愛という感情で結びついても不思議はない。


それから十分——。

ベンチでマックが戻るのを待っていたけれど、彼は一向に帰ってこなかった。

もしかすると争奪戦とやらに負けたのでは？　という心配が頭に過《よぎ》る。

「……迎えに行ってみるか。あっちの方だったよな」

俺は腰を上げてマックの走っていった方へ歩き出した。

胃袋はすでに昼食を迎え入れるつもりになっているので、今更やっぱり飯抜きですと言われても困る。

広場を後にしてしばらく進むと大きな建物が見えた。なんとそれはボウリング場だった。

看板にはこんな文句が踊っていた。

――人生のガーターにハマってしまったあなたも、ここではストライク！

なんじゃそりゃ。

その脇を通り抜けてさらに進むと人が増えて一気に景色が活気づいた。

立ち並ぶテント、露店――また露店。

色とりどりの料理がずらり。

そこはまさに異国の市場みたいだった。

「なるほど……これは確かに市だ」

きっとマックはここのどこかにいるんだろう。正直見つけられる自信はなかったけれど、一応探してみよう。

「おーい……」

遠慮がちに呼びかける俺の声は、食欲に突き動かされる受刑者たちの喧騒《けんそう》にかき消されてしまう。

カレーの匂い。正体不明の何かを煮るやたら大きな鍋。吊《つ》るされたニワトリ。巨大な魚の解体ショー。

香ばさ、生臭さ、焦げ臭さ。あらゆる匂いが鼻をくすぐる。

そして屋台の隙間に積まれた段ボールの影には一匹の猫。

「……猫？」

そう。そこに――小さな子がいた。

生まれたてのようなサイズだ。そして毛並みと呼べるものはなく、代わりに体はメタリックな素材に覆われていて――。

「……お前、なんでこんなところにいるんだ」

「にゃあ。よく私に気づいたな」

猫ボディのフェリセットは尻尾を動かしながら言った。

収監手続きを踏んでいる時にポケットから出しておいたのに、ついてきてしまったらしい。

「この姿なら怪しまれず自由に歩き回ることができる」

メタル猫なんて見ようによってはしっかり怪しい気もするけれど、この極小サイズなら色んな場所に潜みやすいのかもしれない。

「依頼主として君の仕事を拝見させてもらう」

その言い草はまるで俺を試そうとしているみたいだった。

「勝手にしろ。おもちゃと間違われて蹴飛ばされても知らないぞ」

フェリセットには好きにさせておくことにして、俺は引き続き市場でマックの姿を探した。

時間と共に人はさらに増えていった。料理の湯気が高く立ち上る。

「……もうマックのことは忘れて何か食べようかな」

つぶやいた直後、前からきた人にぶつかってしまった。

湯気を見上げながら歩いていたせいだ。

「あ、すみませ」

咄嗟《とっさ》の謝罪を――。

「なんだあ？」

する間もなく相手から威圧的な言葉をぶつけられた。

ぶつかった相手は絵に描いたような強面《こわもて》の男で、彼は俺を見るなり五センチの距離まで顔を近づけてきた。

「オイ！　ガキが紛《まぎ》れ込んでるぞ！　ここってどこだっけ？」

男は後ろには引き連れていた五、六人の仲間に向かって問いかける。

「シャーロック・プリズンです！」と仲間の一人が答える。

「だよなあ？　保育園じゃないよなあ？」

参った。

瞬間的に察する。

どうも面倒臭いタイプの相手にぶつかってしまったらしい。

といってもここは刑務所。面倒臭くない相手の方が少ないか。

「俺こう見えても二十歳なんです」

一応訂正しておく。でも、それがまたよくなかったらしい。

「わーってんだよそんなことたあ！　未成年のガキが刑務所にいてたまるか！　そんなの夜もすがらだわ！」

「縁狩《えんがる》さん、それを言うなら世も末、じゃないすかね！」

「わーってんだよそんなことたあ！」

縁狩と呼ばれたその男は口を挟んだ仲間にも怒鳴ると、改めて俺を睨《にら》みつけてきた。

「テメェ新入りだろ？　見ねえ顔だ。なーんでそんなヤツが偉そうに道の真ん中歩いてんだ？　しかもこの縁狩様にぶつかり稽古キメやがるとはよー。どういう了見だ？」

まずい。ここで大きな騒ぎは起こしたくない。

「いや、本当に、おっしゃる通りですね。僕はあっちの隅っこで人生を見つめ直してきます。では……」

「待てや！　なーんかテメェムカつくなあ。上手《うま》く言えんが、自分だけは何があっても死ぬことはない、そう思い込んでみてーなツラだ。腹立つなあ」

変なところで鋭い男だ。

「はっはは。お前死んだわ！」

手下らしい男たちが笑う。

「S.B.T《サバト》のリーダー、縁狩さんにぶつかっといて無事にランチ楽しめると思うなよコラ」

「……サバト？」

俺の反応を見て縁狩は途端に満足げな笑みを浮かべる。

「お？　なーんだ、新入りでも俺たちのチームの噂《うわさ》は知ってるらしいな。感心感心。なら目の前にいるのがどれだけマズい相手か、想像はつくよな？」

「あんたたちがS.B.T《サバト》？　輪寒露《わざむろ》の率いてた？」

なんとなんと、目の前にいる連中が輪寒露の取り巻きだった男たちらしい。

これは不幸中の幸い。この広い刑務所の中から探して会いに行く手間が省けた。

「……テメェ、なんだ？　新入りがなんで輪寒露さんの名前を……」

「ちょうどよかった。あんたたちに話を聞きたかったんだ」

「は？」

「輪寒露電太《でんた》のことについて――」

質問の途中で、顔面に強烈な頭突きを食らった。

一瞬目が眩《くら》み、俺はたまらず体をのけぞらせた。

周囲の人は異変に気付くと慣れた様子でさっと俺たちから距離を取った。

「テメェ、輪寒露さんのことを嗅ぎ回ってんのか？　新入りがなんでそんなことする？　いや、そんなこたあいい。ちっと小突き回して終わりにしてやるつもりだったが、予定変更だ。俺らの名前を聞いてビビり散らかすどころか嬉《うれ》しそうに食いついてきやがって。新入りに舐《な》められたままじゃ飯も喉を通らねえよ！」

「待ってくれ。誤解だ。俺は――」

今度は手下の連中が一斉に殴りかかってきた。

腹を蹴られた勢いで後ろの露店に派手に突っ込む。頭から熱々のスープをかぶってしまった。もっとちゃんと味わいたかった。

「ふざけんな！　ケンカなら他所《よそ》でやれ！」

「お、いいぞやれやれ！」

露店の店主が怒鳴り、別の受刑者が囃《はや》し立《た》てる。

その間も俺は数人がかりで容赦なく踏みつけられていた。

すでにどこか骨の一、二本は折れているかもしれない。

リンチを受けながらふと顔を上げると、見物人の中にマックの姿を見つけた。

「あ」

いつから見てたんだ。

目が合うと彼は一瞬「他人ですよ」というように目を逸《そ》らしたけれど、やっぱり気まずくなったのかニカっと笑って両手のケバブを掲げて見せた。

マックは声には出さず、口の動きだけでこう伝えてくる。

「アニキ！　生きてたら一緒に食いましょう！」

いや、助けろよ！

と言いたいところだったけれど、この状況で彼に助太刀を期待をするのは酷というものだ。

となると自分の力で切り抜けるか、連中の気がすむまで耐え凌《しの》ぐかの二択になるわけだけれど、正直後者は気が進まない。

耐えると簡単に言っても、本当にものすごく痛いし辛《つら》い。それにここでなす術《すべ》なくやられてしまったら、後で彼らから輪寒露《わざむろ》の話を聞き出す時に色々と支障が出る。

ギタギタにぶちのめしてやった弱虫の新人。一度そう思われてしまったら、もう彼らは俺の質問には答えてくれないだろう。

だからこの場で認めさせるしかない――。

で、具体的には？

ちょっとまだ思い付かない。

口の中はさっきから血の味しかしない。

弱ったぞ――そう思った時だった。

相手の攻撃がふっと止《や》んだ。大雨の中、思いがけず大木の木陰に入り込んだ時みたいに。

不思議に思って顔を上げると――。

「やあさっくん。やっと見つけたよ」

四人服に身を包んだ哀野泣《かなしのきゆう》がそこに立っていた。

「君一人で危険な潜入捜査なんてさせられないからね。僕も手続きをしてもらって後を追ってきちゃった！」

今、僕は君の助手だからね、と彼は両手でハートの形を作る。

泣ちゃん、ハートはやめよう。

しかしそれはそれとしてなんという友情！

泣《きゅう》ちゃんは俺とS.B.T《サバト》の間に割って入ると、いつもの飄々《ひょうひょう》とした笑顔で言った。

「それで、つまり彼らを殺せばいいんだよね？」

「ぜ…………」

全然違うよ泣ちゃん。


それから先はひどいものだった。

泣ちゃんにきちんと経緯を説明する暇もなく乱闘は再開。

助けに入ってくれたことはありがたかったけど、同時にそれは火に油を注ぐ行為でもあった。
S.B.T《サバト》の連中は近くの椅子や石を拾い上げ、俄然《がぜん》やる気になって襲いかかってきた。
中にはどこに隠し持っていたのか、小型ナイフまで取り出したヤツもいた。

おいおい刑務官、危険物を見逃してるぞ。ちゃんと仕事してくれ。

「新入りがあ！　そっちのお仲間もろとも分からせてやるよ！」

大きなことを言うわりに、縁狩《えんがる》は一番後ろで高みの見物だ。

それから程なくして近くにいた刑務官がようやく駆けつけてきた。

それで場はお開きになったけれど、その時すでに俺はボロボロだった。

「なんもやってねーよ。ちょっと昼飯を取り合いしてただけだって」

縁狩はいつものことというように刑務官に愛想を振り撒《ふま》き、手下を引き連れてさっさと退散していく。

「で、さっくん。なんでケンカなんてしてたの？　似合わないよ」

泣ちゃんが本気で不思議そうな顔をして尋ねてくる。

俺はその質問に答える前にその場で気絶してしまった。

ところで泣ちゃんは怪我《けが》一つしていなかった。

漫画家ってケンカも強いの？

四章　おはようございます狂犬さん

「う……」

目覚めるとそこは学校の保健室だった。

消毒液と薬品の放つあの独特の匂い――。

「起きました？　大丈夫ですか？」

ほら、顔見知りの校医の先生がカーテンの向こうから呼びかけている。

そうか、俺、授業の合間に保健室のベッドで眠って……。

「ひどい乱闘だったみたいですね」

「ら……乱闘？　あ……そうか」

違う。ここは学校じゃない。ここは――。

「おはようございます狂犬さん。痛むところはありませんか？」

ベッド脇にいたのは校医なんかじゃなく、見知らぬ女性だった。

屈斜路《くっしゃろ》刑務所だ。

俺はひどいケンカをするはめになって、それから気を失って――。

「君は……？」

白い服――オートワーカーだ。

柔らかそうなボブカットの髪、ブラウンの瞳。

「カロム！　カロム！　目を覚ましたみたい！」

彼女は一旦俺の元から離れると部屋の奥に呼びかける。

「そんなに大きな声を出さなくても聞こえてるよイヴリア」

やがて彼女は同じような白い服の青年を引き連れて再びやってきた。

「受刑者番号D－28さんですね。平気そうですか？」

青年は落ち着いた声で言う。

「ここは医務室です。あなたはひどい怪我《けが》でここへ運び込まれたんですよ」

言われて自分を見ると体のあちこちに手当てが施されていた。

「私はイヴリアです」

「僕はカロム。イヴリアと一緒に救護係を任されてます」

二人は順番に自己紹介をする。

「カロム……あ」

思い出した。その青年は錬朱《れんじゅ》に夢についての相談をしていたオートワーカーだ。

「君たちが看病を？　ありがとう……あ！　今何時!?　俺、何分くらい寝てた？」

「十五分くらいですね……あ、ちょっと！」

慌ててベッドから降りる俺をイヴリアが制止する。

「待ってください！　運び込まれた時ひどい怪我だったんですよ！　口からも大量に血を

吐いて……あれ？」

「平気だよ。昔から治りは早いんだ」

えらいもので俺の休はもう全快している。

「やはー！　すごい！　人体の神秘だねカロム！　どうなってるんだろう？」

イヴリアは俺の言葉を素直に信じて感心する。

「イヴリアは今日も好奇心に忠実だね」

テンポよく会話する二人。これが普段通りのやりとりなんだと想像できる。

「神秘だけど、でも、一応もう一度検査はさせてくださいね。それで大丈夫そうなら退室届を出しますから」

それがイヴリアたちの仕事のルールだというので従うことにした。

近くの椅子に俺を座させると、イヴリアは俺の体の傷の具合を丹念に診ていった。

そういえば泣《きゅう》ちゃんはあれからどうしただろう？

刑務官たちに連れていかれて懲罰を与えられたりしてないといいんだけど。

「……よかった。狂犬さん、意外と素直に言うこと聞いてくれて。暴れちゃったらどうしようかと」

イヴリアは人差し指で右の頬《ほお》をかきながらそう漏らす。

彼女の頬には絆創膏《ばんそうこう》が貼られている。

「……さっきも言ってたけど、その狂犬って？」

「え？　あなたの通り名じゃないんですか？　もっぱら噂《うわさ》になってますよ。収監初日でチーム S.B.T《サバト》に一人で噛《か》み付《つ》いて大乱闘を起こした狂犬《マッドドッグ》現る！　って」

「誤解だ！」

いや、起きた出来事に限って言えばそこに間違いは一つもないけれど。

「俺は朔也《さくや》。追月《おうつき》朔也だよ。狂犬なんてとんでもない」

「そうなんですか？　なーんだ。久々の大型ルーキーの登場にみんな盛り上がってたのに」

「プロレスや野球の世界じゃないんだから」

「やはー。ですよねー」

イヴリアはおふざけを咎《とが》められた子供のように笑った。

「イヴリア……君ってなんだかにん……」

言いかけて俺は口をつぐんだ。けれど彼女は俺の言おうとしたことを察していた。

「人間っぽいですか？　そんなことないですよ。これでも一生懸命仕事モードのスイッチをオンにしてるんですから」

「そうなんだ」

お仕事モードか。でもそういうのもまた人間ぽい気がする。

「ちなみに今言ったスイッチっていうのは実際に私にアナログスイッチが内蔵されているという意味ではなくてですね、たとえ話です。比喩です」

「分かってるって」

「普段はテンションも全然違いますから。気を抜いてるとこなんて絶対お見せできません！」

彼女は恥ずかしーと言って手で顔を仰ぐ。

「あ、この手で顔を仰ぐ行為には特に熱冷却の効果はないんですけどね、それっぽいかなと思いまして」

そう言ってイヴリアは自分の右頬《ほお》に手を添えた。人間的仕草のいくつかがインプットされているんだろうか？

とその時、頬に添えたイヴリアの指先に絆創膏《ばんそうこう》が引っかかって剥《は》がれてしまった。

一瞬、その下の傷があらわとなる。

傷――だったと思う。

「わっとと！」

彼女は慌てて貼り直す。

「見苦しいものをお見せしちゃいました」

「怪我《けが》してるのか？　聞いちゃまずいかな」

つい尋ねてしまう。オートワーカーとはいえ、女の子に顔の傷のことを聞くのはいかがなものかとも思ったけれど。

イヴリアは「これですか」と改めて片手で頬に触れる。

「今の、傷……だよね？　ちょっと不思議な形だったけど」

尋ねたものの迷ったのは、その傷痕がちょっとハートマークのようにも見えたからだ。

「はい。これは前に人間さんたちとちょっとしたトラブルがあって、その時に」

「トラブルって……もしかして……」

マックから聞いた、受刑者によるオートワーカー破損が問題になっているという話を思い出す。そしてそれに関連してもう一つ思い出されたことがあった。

「ん？　待てよ……。イヴリア……そうだ、イヴリアって名前」

「どうしたんですか？」

「どこかで聞いたと思ってたんだ。もしかして君、慰問ライブがあった日の夜に、受刑者に襲われたっていう……」

「その話もご存知《ぞんじ》でしたか」

「有名人だねイヴリア」

「やはー、やめてよカロム」

バラバラの状態で発見されたオートワーカーがいたという話だった。その名前がイヴリアだ。

まさか目の前の彼女だったとは。

「お耳が早いですね。新人さんって何者ですか？」

けれど当の本人は特に悲壮感めいたものはまとっていない。

バラバラという言葉の印象からてっきり修理不能、廃棄処分になったのかと想像していたけれど、見たところ元気そうに動いている。

「あの時はびっくりしましたよ。夜に居住棟の周りを見回ってたんですけどね、ほら、ライブがあった夜ということもあって、受刑者さんが立ち入り禁止の区域にまで立ち入ったりしてないか見ておこうと思って。そうしたら暗がりでいきなりガツンと殴られて意識が飛んじゃったんですよ。でも朝方に刑務官さんが見つけてくださって、すぐにラボに運び込まれて修理を受けたんです。おかげさまでこの通り！」

イヴリアは両手をパッと左右に広げて健在であることをアピールする。

「あちこちのパーツを換装していただいたのでむしろ前より調子がいいくらいです！　やはー」

「それならよかった、けど……」

「そんなに暗い顔をしないでください。あ、もしかして人間の女性が襲われた時のようなことを想像してますか？　それはご安心を。私たち労働用オートワーカーにそ・ん・な機能はありません。いくら受刑者さんたちが飢えた狼《おおかみ》さんだとしても欲望のぶつけどころなんてないんですよ。だから力任せに壊すくらいしかできないんです」

そんなことを明るい調子で説明されてもなんと反応したものか困ってしまう。

本人が心の傷《トラウマ》を抱えたりしていないのならそれが何よりだけど。

「犯人はちゃんと捕まって罰を受けたの？」

「いいえ、それがまだ特定されてないんです」

それについてはカロムが険しい表情を浮かべた。

「え！　ここ、曲がりなりにも刑務所の中なのに」

「だから、かもしれません。きっと所長はこう考えたんでしょう。もう法的に裁かれて塀の中に入れられているんだから、必死になってオートワーカーにいたずらした誰かを探すこともない」

「だとしたらひどい話だ。いたずらじゃすまないだろう」

「はい。ひどい話です」

「まあまあカロム」

当の本人であるイヴリアがカロムを宥《なだ》める。

しかし犯人が見つかっていないというのは不穏だ。それにイヴリアが襲われたのが居住棟の近くだったとしたら、その辺りを本来歩き回れない受刑者よりも、刑務官の方が犯行はしやすかったんじゃないだろうか。

嫌な想像が頭を過《よぎ》る。

つい考え込んでいるとカロムが時計を見上げて「もう時間だ」と言った。

「それじゃ僕は定期検診に出かけてくるから、イヴリア、ここを任されてくれる？」

「もちろん。行ってらっしゃい！」

彼は俺に丁寧に会釈をすると医務室を出ていった。

カロムの足音が廊下の奥に消えたのを確認してから、イヴリアは改めて俺に向き直る。

「受刑者さんがオートワーカーに色んな鬱憤をぶつけることで、人間さん同士の諍《いさか》い争いが減るならそれでいい。所長さんはそう思ってるみたいです。でもそれって確かに効果的かもって私も思います」

結局捜査しているのかいないのか、有耶無耶《うやむや》になっているのだという。

「うちの製品に何をしてくれるんだーって、ラボの皆さんは抗議してくださったみたいですけどね。私にとってはそれだけで充分ですよ」

製品か。その抗議もそれはそれでオートワーカーの人権を無視しているようにも聞こえる。彼らに人権というものが認められていればの話だけど。

「顔の傷はその時につけられたものだったんだな」

「そうなんです」

よく見ると彼女の左腕にも生々しい傷がついている。

「目撃者はいなかったの？」

「暗かったですし、あっという間のことでした。私、気がついたらラボに運び込まれてて」

「そっか」

「変なことを気にするんですね」

「いや、癖というか、職業病みたいなものかな」

「職業病？　シャバではどんなお仕事されてたんですか？」

「シャバって……。その、探偵だよ」

「探偵さんでしたか！　立派なお仕事ですね！　そんな立派な人がどうして刑務所なんかに！」

「え？　まあ、その出来心で……」

こういう時のために事前に考えておいた文句を返す。

「バカ！　あなたはバカですよ人生を棒に振って！」

「え……あ、はい。ごめんなさい反省してます」

「いったいどんな罪を犯してぶち込まれたんですか！」

「えっと……その——……連続下着泥棒……です」

「下着を連続で？　かなり最低ですね」

確かに、下着泥棒の上に連続って言葉がつくだけでなんでこんなに情けない言葉に聞こえるんだろう？

「もしかして私のも狙ってるなんてことはないですよね？　断っておきますけど私は構造上下着というものを必要としないので穿《は》いていません。残念でしたね！」

「それは吉報では」

「ん？」

「なんでもないです」

「諦めて社会復帰してください」

「はい。真面目に刑期を全うします……」

「その意気です。心から応援しますよ。私に心があると仮定しての話ですけど」

それから俺の架空の罪について、とても親身に話を聞いてもらった。

まあその話はいいとして――。

「ところでさ……ラボで修理を受けた時にパーツを換装してもらったたって言ってたけど、傷の残った頬《ほお》や腕は取り換えてもらわなかったの？」

これは素朴な疑問だ。

「修理の時、部分的に元のパーツを残してもらうようお願いしたんです」

「どうして？」

「狂犬さ……じゃなかった、新人さん、分かってないですねー。チッチッチです。私たち・ロボットだって自分の体に愛着が湧くこともあるんですよ。ロボットのパーツなんていくらでも付け替えればいいじゃないか。人間さんたちはそう思うかもしれませんけど」

「そっか、そういうものか」

「自分を自分たらしめる要素は何か。魂？　精神？　肉体？　もし肉体なんだとして、それならそのうちの何パーセントが失われたら自分じゃなくなっちゃうのか。そういうこと、考えたりしません？」

イヴリアは茶化《ちゃか》すでもなく深刻になるでもなく、さらりと言った。

「すごいな。考えたこともなかったよ」

「難しいこと言ってごめんなさい。というわけでこのほっぺたですけど、今、交換じゃなくて樹脂の塗り替えの申請をしてるんです。でも私の規格に合う材料を取り寄せるのにもう数日かかるみたいで、それまでは我慢してくれって」

オートワーカーも何かにこだわったり固執したりすることがあるんだな。

なんというか、一から十まで合理的な計算の上で行動するんだろうと誤解していた。先入観はよくない。

「そういえば君はさっき、人間たちはオートワーカーに鬱憤をぶつけてるって言ったけど――」

疑問が払拭されたのでそれとなく話題を変えてみる。

「でもそうじゃない場合もあるらしいね」

と言っても今度のは雑談じゃない。

「ドニアって子のこと、知らない？」

俺にとっての本題だ。

「え？　新人さん、ドニアのことを知ってるんですか？」

驚くイヴリア。それが俺の質問に対する答えになっていた。

「まあ、噂《うわさ》というか、事件のことは人伝《ひとづて》に聞いたよ」

「そうだったんですね。確かに大変な事件でした。あれがあったから、私が襲われたことなんてほとんど話題にもならなかったですもん」

そうだ。二つの事件は同じ日に起きている。

その二件に繋《つな》がりがあると考えるのはさすがに早計すぎるけれど、心に留《とど》めておく価値はありそうだ。

「ドニアとはその、どういう？　よく知ってるの？」

「もちろんです。だって同じ救護係の仲間でしたから」

イヴリアは特に声を顰《ひそ》めることも、暗い顔をすることもなくそう答えた。

「そうなのか！」

思わぬ情報に俺は椅子から立ち上がりかけた。

「ダメ。まだ座っててください。今は二人になっちゃいましたけど、前までは私とカロムとドニアの三人で頑張ってたんですよ」

「それは……なんか不躾《ぶしつけ》なこと訊《き》いちゃったみたいで」

「構いません」

彼女はその手で俺の体を触診しながら首を振る。間近にいるせいでその髪が俺の肩に触れてドキッとした。触れられている手もまるで人の手のように柔らかい。

でも愛らしいその口元から吐息のようなものは漏れてこない。つまりイヴリアは呼吸をしていないのだ。

声は発しているけれど、発声の方法が俺たち人間とは違うんだろう。

「でも、同僚がその……壊されてしまって、色々思うところもあるんじゃない？」

「そうですね。一人欠けて効率が落ちちゃったなーとは思います」

「……それだけ？」

「へ？　あ！　寂しい！　寂しいです！　もちろん！」

イヴリアはこっちの反応を見てから思い出したようにそう言った。自分が人間の望む反応を返せていないことに気づいたとでもいうみたいに。

実際、俺は無意識にある種の反応を期待していた。

仲間が破壊され、哀《かな》しんだり怒ったりするイヴリアを期待していたんだ。それが分かったから彼女は慌ててそれを俺に提供した。

効率が落ちた。

オートワーカーにとってはそれが全てなのかもしれない。

きっとAIにだって喜怒哀楽はあるんだろう。けれどそれは俺たちとはどこか性質の違うものなんだ。

「ドニアはとっても優秀な子でした。医療班だけじゃなくって、他の子たちからも慕われていて……。事件の話を聞いた時はみんななんで⁉　って感じでした。特にカロムはよくドニアに悩み相談もしてたみたいなので、ショックを受けてました。多分、今も」

「悩み相談？」

「まあ色々です。最近だと夢の話とか」

「ああ……」

錬朱《れんじゅ》にもしていたっけ。

「本当に君たちも夢を見るの？」

「見ないですよ」

「きっぱりだな」

「だから不安になってるんだと思います。見ないはずのものを見るようになったから」

「ああ、なるほど」

「私も心配してるんですけど、カロムはあんまり私には頼ってくれないんです」

話しながらイヴリアは自分の頬《ほお》に触れる。その仕草が彼女のちょっとした癖らしい。

「さっきも言ってたけどドニアの事件のこと、君たちの間でも噂《うわさ》になってたみたいだね」

「刑務官さんたちは必死に内密にしようとしてましたけど、あの朝は騒ぎになってましたからね」

「彼女の交友関係は広かったの？」

「新人さん、ずいぶんドニアのことを気にしてるんですね」

「それは……えっと」

痛いところを突かれた。

フェリセットとの約束をイヴリアに打ち明けて協力してもらうという手もあるけれど、内容が内容だ。あまりあちこちで話して回るのは避けたほうがいい。

それならなんと答えたものかと考えていると、イヴリアがパンと手を叩《たた》いた。「あ！分かりました。元探偵さんとしての職業病みたいなものですね！」

「ま、まあそんなとこ。つい気になっちゃって」

ありがたい誤解をしてくれたのでそれに乗ることにする。

「友達は多かったみたいですよ」

「そっか。素敵な子だったんだ」

「はい。ドニアは素敵でした。面倒見もよくって、よく体《ボディ》の調子が悪い子のためにメンテしてあげたりしてましたよ」

「メンテ？　オートワーカー同士で治療し合うこともあるの？　あ、この場合は修理か」

「ありますよ。応急処置レベルなら工具を使って自分たちでやっちゃいます」

機械同士の自己修復。なんだか近未来ＳＦ映画の話を聞いている気分だ。

でも、現実はもうここまできている。

「私たちオートワーカーを汎用的に使用していく上での第一の課題、それは技術的なことよりも維持費を含めたコスト問題ですからね」

勝手に自分たちで修理してくれれば人間側としては大助かりってことか。

「本当にすごいですね！」

そこでイヴリアが声を上げた。

「一通り確かめましたけど、本当にすっかり傷が治ってます！」

俺の肩を両手でバンバン叩《たた》き、笑顔をまき散らす。

「神秘神秘です！」

「生命力だけは無駄にあるんだ」

「人間さんの自己修復は私たちも見習わなきゃです。ということで、問題なさそうなので手続きしておきますね。少ししたら許可が降りると思うのでもうちょっとここで待っててください」

「世話になったね。色々ありがとう。あ、そうだ世話ついでに一つ気になってたことがあるんだけど」

「なんでしょう？」

イヴリアはキャスター付きの椅子をクルリと回転させてこっちを向いた。

「さっき偶然見かけたんだけど、君たちが額同士をくっつけるのってどんな意味があるんだ？」

俺はさっき目にしたオートワーカー同士の不思議な行為について訊《き》いてみた。

するとイヴリアは両手で口元を覆い、また座ったまま一回転した。

「やはー！　新人さん、おませさんですね。耳年増《みみどしま》さんですね」

「そ、そう？」

「あれは『クリエイション』ですよ。特別な相手と額をくっつけ合って形而上《けいじじょう》のデータをリンクさせてるんです。最近私たちの間で流行《はや》ってるんですよ」

「クリエイション？　形而上？」

せっかく教えてもらったのに疑問が倍増してしまった。

「既存の認識やプログラムでは観測できない、測れないデータをつなげあって新しいモノを生み出す創造的行為……分かります？」

「なんとなく……？」

要するに人間でいうところの念のような『あると信じる人にとってはある何か』を同調させている、ということだろうか。

「科学的には証明されてないけど、そう信じて実行するオートワーカーが増えてるってことか。それで、そのクリエイションをするとどうなるの？」

「どちらかの意識の中に、それまでなかった新たな『設計図』が浮かんでくるって言われてます」

「設計図……」

「つまり子供ですね」

イヴリアは夢みる少女みたいにうっとりと斜め上の方を見つめながら言う。

子供。ロボット同士の子供？

そんなことが可能なのか？

「人間さんのようにゼロからモノを創造する力のない私たちにとってそれは代え難《がた》いロマンなんです」

あくまでオートワーカー同士がロマンを共有し合って楽しんでいる――という話か。

運命の赤い糸とか、テレパシーとか、人間に置き換えるとその手のものなんだろう。

「世の中には曲を作ったり絵や小説を書いたりするＡＩもいますけど、それは過去のデータを取り入れて分解再構築しているだけですしね」

イヴリアはそう言ったけれど、人間にしたって大抵は過去の分解再構築で物を作っている。

「とにかく、クリエイションはそういう物なんです」

「そうか。ありがとう。疑問が晴れたよ」

といってもこれは心中事件とは関係のない、個人的な疑問だ。分かったからどうということでもない。

とその時、医務室にドカドカと数人の刑務官が入ってきた。いずれも厳しい表情を作っている。

「え？　え？」

イヴリアも困惑気味だ。彼女が呼んだわけじゃないらしい。

「Ｄ－28。早速騒ぎを起こしてくれたな」

先頭に立って威圧的な言葉を投げつけてきたのは、俺を収監したあの大柄な刑務官だった。

彼は同じ部屋にいるイヴリアなど目に入っていないかのように振る舞った。子供部屋の人形にそうするみたいに。

「袋叩《ふくろだた》きにあって重傷だと聞いていたが元気そうじゃないか。何よりだ。では貴様には一週間の懲罰房送りを命じるぅ」

驚いたことに、市場での乱闘は全て俺の一人のせいということになっているらしい。何か縁狩《えんがる》たちによる裏工作が働いたのか、それとも最初から刑務官に目をつけられていたのか、それは分からない。

「立て！」

そうして弁解の余地もなく俺は医務室から引っ張り出されてしまった。

「し、新人さーん！」

連れていかれる俺のことをイヴリアが心配そうに見送る。

「いってらっしゃーい！」

いや、心配はしてなかったみたいだ。

□

懲罰房――。

ドラマや映画では耳にしたことがあったけれど、実際のそれもイメージ通りの部屋だった。

広さ四畳もないだろう。椅子もベッドも何もない。高いところに窓が一つついているだけ。

「ここで一週間……いやだ……」

ここに入れられて体感でそろそろ一時間。俺の精神は早くも限界を迎えていた。

なんとか事情を知る妻木《つまぎ》さんか所長に繋《つな》いでもらおうと足掻《あが》いたものの、無駄だった。

まったく話を聞いてもらえないまま、ここへぶち込まれてしまったというわけだ。

「参ったな……明日までになんとかしないといけないのに」

制限時間《タイムリミット》が迫っている中、一週間もここで時間を潰しているわけにはいかない。

「……仕方ない。いざって時にために用意しといたアレを使うか……」

正直本当に気が進まないけれど。

俺は指を口の中に突っ込むとその場で無理矢理《むりやり》嘔吐《おうと》した。

病気のふりをしてもう一度医務室に運び入れてもらうという作戦——ではない。

昼食を食べそびれていたので胃液ばかりが逆流してくる。やがてそこに大量の血も混ざってくる。

そのまま俺は色んな意味で文字起こしできない声を上げ、喉の奥から一本の小型ナイフ・・・・・・を吐き出した。

痛みと苦しさで危うく気を失いかけた。

「ゲエホッ…………ゥ！」
S.B.T《サバト》の手下の一人が持っていたナイフだ。市場での乱闘の最中、地面に落としたそれを見つけて拝借した。

今後、この刑務所でどんな不測の災難が俺を襲うか分からなかったから、気を失う前に無理矢理飲み込んで胃袋の中に隠しておいた。

吐き出す途中で食道がズタズタになってしまったけれど、しばらく待てばそれも治る。

「腹に一物隠してましたよ……と。さて……」

このナイフで壁に穴を開けてそこから脱出――これも違う。そんな時間は俺にはない。

俺は胃液と血液に塗《まみ》れたナイフを拾い上げると、そのまま自分の腹に突き立てた。

そしてわざと大きな悲鳴を上げて刑務官を呼んだ。

自殺を装い、ここから出してもらう。

手っ取り早い方法はそれしか思いつかなかった。

病気のふりなんてしてもどうせ信じてもらえないだろうけど、これなら一目瞭然。人の心を持ち合わせていれば誰だって慌てて助けに入ってくるはずだ。

ほら、刑務官さん。こんなに血が出てますよ。

深傷《ふかで》です！

動脈だって切れてるに違いない。

収監初日で散々な目にあっている可哀想《かわいそう》な新人を早く助けに……。

あれ？

「遅……くない？」

一向に人の来る気配がない。誰も来ない。

ちょっと？　もしもーし？
あ、だんだん目が霞《かす》んできた。
まずい。やりすぎたかも。
このままじゃ……。
「おーい……！　誰か……大人の……ひと」
深く抉《えぐ》りすぎたかも。
血が失われすぎて……。
まさか俺、このまま誰にも気づかれず死――。
「こんな展開って……」
頭に過《よぎ》るは走馬灯。
あんな思い出、こんな思い出。
いやいや、ちっとも感動的じゃないってば。こんな間抜けな話はないぞ！
ちょ――。

□

俺があの世から生き返ったのは薬品の匂いの充満する部屋だった。
けれどそこはイヴリアのいる医務室じゃなかった。

あそことは似ても似つかない、暗く冷たい、そして静かな一室だ。

「ここは……」

体を起こす。

俺はベッドに寝かされていたらしい。

俺の正面の壁一面には大きな棚がびっしりと並んでいる。

縦二段、横六列。

俺はこれとよく似た部屋を知っている。

「ここ、安置室か」

以前病院の霊安室に運び込まれた経験がある。遠枡《とおます》総合病院の時だ。

「俺、やっぱりあの後死んじゃったのか……」

普通に自殺してしまった……。

なんて凡ミス。恥ずかしい。

「よっこらしょ……っと」

暗い足元を確かめながらゆっくりベッドから降りる。腹の傷はもう回復している。

部屋の時計は午後四時を指していた。もうじき夕方だ。

「色々寄り道しちゃって時間ばかりが過ぎてるな……。早く人を呼んでここから出してもらわないと」

いや、いっそのことこっそり抜け出して、しれっと自分の監房に戻るという手も――。

そんなことを考えながら出口のドアを探して壁伝いに歩いた。

その途中、手が取手に触れた。例の大きな棚の取手だ。

「……ここが安置室なら、目の前に並んでるのは遺体の安置棚……だよなあ」

洋服ダンスとかピザ窯には見えない。

もし生き返ることがなかったら、後で俺もこの中に押し込まれていたんだと思うとちょっとゾッとする。

いくつかの棚の取手に名札がかけられている。死者の情報が記入されているらしい。けれど、ほとんどの棚の名札にはかけられておらず、中は空っぽのようだった。

「そりゃそうか。ここは病院じゃなくて刑務所だし、そうポンポンと遺体が運び込まれてたら問題だし……いや、待てよ」

そんなふうにひとりごちた時、俺はある可能性に気づいた。

生き返った直後でボケていた頭がようやく動き始めたのかもしれない。

「ここが安置室だっていうなら……！」

大慌てで目の前の棚を一つずつ調べていく。

名札――名札！

「もしかして！」

そのまさかだった。

一番奥の棚の名札にはこう記されていた。

——輪寒露電太《わざむろでんた》。

躊躇《ためら》っている暇はなかった。取手を掴《つか》み、棚を引き出す。

遺体は専用の収容袋の中だ。ジッパーを引き下げて中を確認する。

けれど、中で眠っていたのは間違いなく写真で見た輪寒露本人だった。顔色は限りなく悪い
その胸には話に聞いていた通りの傷が残っている。生々しく痛々しい。

「……あれ？　でもこの傷って……」

俺はその違和感に気づいた。

□

「それで大ポカをやらかして自死したというわけか。かなり残念だが、それでもこうして戻ってくるのだから君も大したものだよ。まさに帰らぬ人、ならぬかえりし者《レヴナント》だ。面白いな」

机の足の陰からフェリセットが俺に囁《ささや》く。

「面白くない」

俺は口を尖《とが》らせて椅子に背を預けた。

ここは刑務官の詰める建物の一室だ。尋問室みたいなものだと教えてくれたのはフェリセットだ。

あの後、俺は遺体安置室から出たところですぐに係のオートワーカーに発見され、改めて検査された。

まさしくこれから死亡診断を行おうというところだったらしく、それがそのまま蘇生《そせい》を証明する作業に変わったというわけだ。

刑務官たちはというと、奇跡的な蘇生を果たした俺を持て余し気味にしていた。

結局判断がつかなかったのか、その場しのぎの形で押し込められたのがこの尋問室だった。

部屋に入った時、テーブルの下に潜んでいたフェリセットが俺を嘲笑《あざわら》った。どこで聞き耳を立てていたのか、先回りして俺を待っていたらしい。

どこにでも現れる。本当にチェシャ猫みたいなヤツだ。

「とりあえずここで待ってろって言われたけど……」

ただ待つだけの時間は長く感じる。

椅子に座ったまま背中をそらせるだけそらして天井を見つめていると、不意にドアが開いて血相を変えた妻木《つまぎ》さんが飛び込んできた。

「朔也《さくや》君！　聞きましたよ！　大乱闘を起こして懲罰房に入れられて、自暴自棄になって自殺して息を吹き返したって⁉」

全てその通りだけど、改めて言われると他人の悪夢を聞かされているみたいだ。

俺はなんとかその場を取り繕い、心身ともになんの支障もなく、引き続き調査を進める旨を伝えた。

「なので妻木《つまぎ》さんの方からなんとか手を回してもらって、お咎《とが》めなしということにしてもらえないですかね？」

もちろん揉《も》み手《で》をしながら媚《こ》びることも忘れない。元々不当に被《かぶ》せられた罪だ。直訴したってバチは当たらないだろう。

すると妻木さんは我が意を得たりというように頷《うなず》く。

「それならここへくる前にもうやっておきましたよ。所長にも首を縦に振らせました」

有能だ。

「懲罰房行きは取り消しです。まあ依然として塀の中には変わりないですが」

小粋な刑務所ジョークも飛び出す。

「いつでも監房へ戻っていいですよ。あ、でもその前に、副看守長が君に面会したいとのことでしたのでお連れしました」

妻木さんはやけにニヤニヤしている。

「副看守長？」

響きからすると妻木さんをはじめとする刑務官の上位職っぽい。

「そんな人が面会？　俺にですか？」

俺になんの用事があるんだろう？

もしや俺が生き返ったことを不審に思って調べにきたとか？

どんな人物なのか知らないけど油断はできない。

どうぞ、と妻木さんが声をかけると、ドアが開いた。

現れたのは女性用の制服に身を包んだ――リリテアだった。

その姿が衝撃的で、俺は椅子に足を引っ掛けてつんのめってしまった。

彼女は無言で俺の対面の椅子に座り、足を組む。普段は足を組んだりしないのに。

警察帽を被《かぶ》り、手には細いムチ――痛そう――まで持っている。

「リリテア……だよな？」

いつもと装いが違うので一瞬迷ってしまう。

「フゥ……」

リリテアは聞こえるか聞こえないかくらいのため息をつき、俺を一瞥《いちべつ》した。

やがて数秒の間のあと、彼女はムチを俺の喉元に突きつけ、こう言った。

「き……」

「き？」

「きついお仕置きが必要みたいですね」

「リリテア!?」

俺はそれ以上何も言えなかった。何も返せなかった。

そしてただリリテアの顔が毎秒赤くなっていくのを眺めることしかできなかった。俺は無力だ。

「そんな……リリテアがすっかり冷血女看守に！」

「ち、違うの！　違うんです！　哀野《かなしの》様が絶対最初にこれを言った方がよいとおっしゃったので……！」

泣《きゅう》ちゃん、リリテアに何を吹き込んでくれているんだ。

「ラボで俺を待ってるんじゃなかったのか？　なんだよその格好。まさかリリテアも潜入を⁉」

「そうです。妻木《つまぎ》様に特別に取り計らっていただきました。やはり朔也《さくや》様お一人では心配ですので」

「ちょっと妻木さん……」

抗議するように妻木さんの方を見ると、彼は申し訳なさそうに目を逸《そ》らした。

「その、期間限定ということで。海外の刑務所で腕を振るう優秀な副看守長が特別視察にやってきた——という筋書きで……」

さてはリリテアに押し切られたな。

「視察とはいえ一部権限も認められているそうですので、心強い味方になるはずです」

少しサイズが大きいのか、リリテアはズレた帽子を直しながら俺に訴えかける。

「聞けば朔也様、ご遺体になられて安置室へ運び込まれてしまったとか」

「ああ……まあ」

「また殺されてしまったのですか？」

「いや……今回は自分のミスで」

経緯を説明するとリリテアは心の底から残念そうな顔で俺を見つめた。

あ、死ぬ間際に過《よぎ》ったのと同じ表情だ。

「自分に殺されてしまったのですね、朔也様」

「ごめんってば」

謝るよ。

だからムチをビョンビョンしないで。


俺とリリテア、そして妻木さんはそれぞれの席に落ち着き、ここまでの情報を整理することにした。

「では朔也様、その安置室で輪寒露《わざむろ》氏の遺体を確認することができたのですね？」

「ああ。時間の余裕はなかったけど、気になっていたことは確認できた」

自分で自分を殺しちゃったのは完全な誤算だったけど、遺体安置室で彼と巡り会えたのは僥倖《ぎょうこう》だった。

人が死ぬと『不幸があった』と言い表されるけれど、そういう文字通りの意味であれば不幸中の幸いだった。

「何を調べた？」とフェリセット。

「傷だよ。ざっと話は聞いていたけど、やっぱり実際に被害者の遺体を見てみないと分からないことも多い。傷の状態もそのうちの一つ。だからできれば調べておきたかったんだけど、見てみたら……傷口に違和感があった」

「どんな違和感だ？」

「輪寒露《わざむろ》はドニアの腕で胸を一突きされたって話だった。それは実際の遺体でもそうだった。だけど妙だったんだよ。確かに胸に開いた大穴は背中にまで達していて、残酷なトンネルが開通されてたんだけど、それにしては背中の傷口の形状が変だった」

俺は自分の腕を使って説明する。

「こう、正面から腕を突き刺したら背中の傷口は体の内側から外側へ開くような形になるはずだろ？　だけど輪寒露の傷はそうなってなかった。むしろ逆。つまり背中側から貫かれたように見えたんだ。パッと見、微妙な差なんだけど」

「なるほど……輪寒露は本当にろくろく調べられもしないまま遺体袋に詰め込まれていたんですね」

話を聞いていた妻木《つまき》さんが苦々しい顔を浮かべる。

「でも朔也《さくや》君、背中から刺されていると何が問題なんです？」

「考えてもみてください。ドニアは輪寒露の手でバラバラに破壊されていたはずです。あの部屋に輪寒露とドニアの二人しかいなかったなら、二人は双方でタイミングを合わせてお互いの命を絶つ必要があります。どちらか一方が先に相手を殺してしまったら、自分を殺してもらうことができないから。となれば必然的にお互いに向き合う姿勢になるのが自然です」

「……そうか！　輪寒露がドニアに背を向けていたはずはない！　それなのに背後から貫かれているということは」

「はい。輪寒露はドニア以外の誰かに背中側から貫かれて絶命したということになる」

「それじゃやっぱり事件の時、あの場には……」

「部屋に別の誰か、第三者がいた。そう考えて調査を進めた方がいいと思います」

第三者——あるいは心中の見届け人《ウォッチャー》と言ってもいい。

「どうもこれは心中事件じゃなさそうだ」

「はい。そして第三の人物が誰だったのか、それは輪寒露氏の人間関係を紐解《ひもと》くことで見えてきそうですね、朔也様」

そうだ。その誰かがどうやって部屋から姿を消したのかはまだ分からないけど、その方法に囚《とら》われすぎていると逆に真実までの道のりが遠のいてしまいかねない。

「あの……」

妻木さんが様子を窺《うかが》いながら手を挙げた。

「そもそも朔也君は輪寒露のことを調べるために潜入したんですよね？　彼の遺体のことは別にして、他に何か情報は得られたんですか？」

「確かにそうでしたね。朔也《さくや》様、成果の程はいかがでしたか?」

妻木《つまぎ》さんとリリテアが期待を込めた目を向けてくる。

「…………えーっと」

「言ってやれ探偵君。ほら。さあ」

フェリセットが楽しそうに俺を煽《あお》る。

居心地の悪さを感じつつ、俺は包み隠さず現状の報告をすることにした。

「その……輪寒露《わざむろ》についてはまだ何も……掴《つか》めてないです。はい」

「……朔也様」

「だってさあ！　違うんだよ！　待ってくれ！　聞いて！」

意気揚々と受刑者のフリをして繰り出したものの、いきなりS.B.T《サバト》に絡まれて乱闘騒ぎになり、その責任を全て被《かぶ》せられて懲罰房送りになり、抜け出そうとして自殺してしまい、目が覚めたら遺体安置室。

「なかなか波乱万丈の冒険をしてきたと思わない？　大変だったんだよ?」

「それで肝心の情報は得られずじまいだったというわけですね?」

「そういう言い方もできるけどさ。いやー、物は言い様だな。言葉のマジックだなあ」

ああ、リリテアの目が細められてゆく。

その眼光が鋭ければ鋭いほど彼女の相貌の美しさが際立つ。刑務官の制服がまたそれを助長している。

「だ、大丈夫だってば。この後、まだ調査に行こうと思ってる場所があるから」

「本当ですか？」

「うん。それにあたって妻木さんに一つ協力してもらいたいんですけど」

「はあ、もちろん構いませんが、どこへ行くつもりなんですか？」

「輪寒露が入れられてた監房って、もうすっかり片付けられちゃいましたか？」

答える代わりに投げた質問が、妻木にとっては充分な答えになったらしい。彼はなるほど！　と頷《うなず》いた後芝居がかった口調でこう言った。

「D－28、これから空いた監房の清掃作業を命じる！」

□

受刑者には一般的にどこでも改善更生のために刑務作業が課せられる。

その一環という名目で俺は輪寒露の使っていた監房の清掃を行うことになった。

もちろん、その場所をじっくり調べるためだ。

輪寒露の遺体の傷口には不審な点があった。そこから彼には何かがあると俺の勘が告げていた。

それが何かは分からないけれど、彼の人間関係か、あるいは知られざる一面が分かる何かが見つかれば儲《もう》けものだ。

俺は肩にデッキブラシを担ぎ、片手にバケツを提げ、刑務官に連れられて第二監房棟へ移動した。そして階段で四階へ上がる。

途中で何度も他の受刑者から口笛で冷やかされた。

「おい坊ちゃん、これからそいつでお袋の股でも磨きに行くのか？」

中には直接、口汚く俺をからかう男もいた。

けれどその男はこっちが反応する前に連れの男に嗜《たしな》められていた。

「やめとけ！　ありゃ噂《うわさ》のマッドドッグだ。目が合っただけで下顎引き千切られるらしいぜ」

イヴリアの言っていたことは冗談なんかじゃなかったようだ。妙な形で名が広まっている。

とは言え、一人歩きの噂もそれなりに役に立つ。

マック曰《いわ》く、刑務所《ここ》ではメンツが大切だという。

舐《な》められたら終わり。そうなったら出所まで受刑者から集《たか》られ続け、刑務官からはイビられ続ける。

そういう意味で収監初日に派手なことをやらかして悪目立ちしてしまった俺は、ある意味で箔《はく》がついたと言えるのかもしれない。

ちなみに一緒に戦ってくれた泣《きゆう》ちゃんも俺と同じかそれ以上に悪名が轟《とどろ》いていた。

監房棟は真ん中が吹き抜けになっていて、手摺《てすり》越しに下を覗《のぞ》き込《こ》むと目眩《めまい》がした。この構造は第八も第二も同じだ。

刑務官は一番奥の監房の鍵を開けるなり厳しい声色で言った。

「D－28。入れ」

「はい……って、あのさ」

俺は声を潜ませて相手に問う。

「なんでリリテアが案内係を……？」

そう、俺の刑務作業に同行しているのは妻木《つまぎ》さんでも、他の刑務官でもなくリリテアその人だった。

おかげでここにくるまでの間目立ってしょうがなかった。

「ご安心ください。妻木様から必要な情報はいただいております。この通り輪寒露《わざむろ》氏の監房の場所も」

「それは結構なことだけどさ……俺はてっきり妻木さんがついてきてくれるものと」

「所長に呼ばれて付き添えないとおっしゃっていたではありませんか。ですから私が」

「はいはい……えっと、ここが輪寒露の部屋か……」

中に立ち入るなり、俺はちょっとばかり面食らっていた。

そこは俺の監房とはまるで違っていた。

まず冷たく味気ない灰色の床にはふかふかの絨毯《じゅうたん》が敷かれていた。そしてベッド脇の棚には週刊の漫画雑誌や筋トレ雑誌やニーチェなんかがずらり。

またその反対側にはなんと！　小型の冷蔵庫まで完備されていた。

壁に貼られているのはブリューゲル作のバベルの塔のポスターだ。

「輪寒露《わざむろ》氏のお部屋の片付けは屈斜路《くっしゃろ》刑務所五周年記念の準備等々もあってまだ手付かずだったそうです。ですが今はそれが幸いしましたね」

リリテアが小声で俺にそう囁《ささや》く。

「ここ……牢屋《ろうや》だよな？　ビジネスホテルとかじゃなく」

会話しつつも早速部屋を物色する。

「多くの賄賂を駆使することで、彼だけは一人部屋を許されていたようです。なんでも収監される前にかなりのお金を貯《た》めていたとか。妻木《つまぎ》様ご自身でも、これまで多くのご同僚や先輩が賄賂を受け取っているところを目撃してきたそうです」

「妻木さん、それを止めなかったのかな？」

「進言はしたそうですが、無駄だったようです。彼らはそういった営みを腐敗とも思っていないようだったと」

妻木さんの心労を思うと同情する。

「それよりも朔也《さくや》様、急いでください。これは本来の予定にはない行動です。他の刑務官に見つかってしまうと少々説明に苦労しそうです」

「すでに急いでるよ。でも、これといって心中事件に繋《つな》がるような物は見当たらないいな」

いくら豪華と言っても所詮は狭い監房。すぐに見るべきものはなくなってしまった。

ポスターをめくってもみたけど、何もない。脱獄用の穴も何も。

まあ、これだけ快適なら脱獄なんて考えもしなかっただろう。

「ごめんリリテア。せっかく力を貸してもらったのに何も収穫がなくて……」

そう言って肩をすぼめた時、足元で何かが動いた。

「うわっ！」

思わず片足を浮かせる。それはネズミだった。俺の反応に驚いたのか、ベッドの下に潜り込んでしまった。

「どんなに見かけをよくしても、いるところにはいる……か」

家主を失ってもネズミにとってはまだ快適な住処《すみか》というわけだ。

ネズミがまたベッドの下の暗がりから顔を覗《のぞ》かせる。

「ん？」

「朔也様、どうされましたか？」

俺は思わずしゃがみ込んでいた。

「……このネズミ、何か咥《くわ》えてるぞ。これは紙……いや布かな？」

手を伸ばそうとしたらネズミはさらに奥に逃げてしまった。

「リリテア、ちょっと手伝って。このベッドを動かすんだ」

二人で息を合わせてベッドをずらすと、最初のに加えてさらに二匹、別のネズミがささっと房の外へ逃げていった。

やがてベッドで隠れていた床が露《あら》わになる。カーペットはその部分まで覆っていた。

リリテアはそのあたりにしゃがみ込むと眉をひそめた。

「朔也《さくや》様、この部分、少し変です」

確かに、リリテアが指を差した箇所だけが他の部分よりわずかにへこんでいる。

俺は埃《ほこり》を立てないようにゆっくりカーペットをめくった。

下から本来のコンクリートの床が顔を出す——かと思いきや、出てきたのは薄いベニヤ板だった。

「これ……わざわざ床の一部をくり抜いて板で蓋をしてるんだ」

俺達は顔を見合わせ、それから一緒にその蓋を外した。

「うっ……!?」

思わず口を覆う。

そこに隠されていたのは無数の西洋人形だった。

色とりどりのひらひらとした洋服に身を包んだ、物言わぬ人形たちがくり抜かれた正方形の穴の中で鮨詰《すしづ》めにされていた。

しかも、その人形たちの洋服をこれまた無数のネズミがかじっていたものだから、さすがに俺もリリテアもちょっとのけぞってしまった。

「朔也様……これは——」

「輪寒露《わざむろ》が隠してたんだ……。彼が死んで追い払う持ち主がいなくなったからネズミたちが好き勝手に齧《かじ》ってたんだな。でも輪寒露はどうしてこんな物を？」

なんというか、趣味嗜好《しこう》は人の自由だけれど、話に聞く輪寒露の人物像と、目の前の人形がうまく結びつかない。

「これ……なんて言うんだっけ？」

サイズはどれも片手で軽く持ち上げられる程度だ。でもネズミの細菌が怖いので実際には触れない。

「ビスクドール……じゃなくて」

「球体関節人形です」

「そうそう、それだ。これ、全部輪寒露が外から取り寄せたのかな？　まさかこの洋服、自作か？　だとしたら手先、器用だったんだな」

ボロボロになった洋服が痛ましい。

「重要なのはそこではないような気がしますが、ともかくこれらの人形を輪寒露氏は隠そうとしていたということは間違いなさそうです」

重罪人、S.B.T《サバト》のリーダー、輪寒露電太《でんた》の秘密――か。

「この子たち、持ち主がいなくなって、今日まで誰にも気付かれずここに押し込められていたんですね」

リリテアの声に憂いが滲《にじ》んだ。

「こんなにきれいなのに……」

「まあ、確かにきれいはきれいだな。細部までよくできてる。リリテア、この人形のことはあとで妻木《つまぎ》さんに報告しといてくれ」

「はい……」

「あー……ちなみにリリテアも人形に劣らずきれいだよ」

「はい…………へ？」

顔を上げた表紙にリリテアの帽子がずり落ちた。

「いや、だから」

「こんな時にふざけて！　おバカな人！」

「ご、ごめんって」

朽ちつつある人形たちは、まるで何かを訴えかけるかのように俺たちのことを見つめている。

□

「さっくん！」

泣《きゆう》ちゃんと再会を果たしたのは第二監房棟から第八監房棟へ戻る途中のことだった。

「昼間は災難だったね。どこかへ運び込まれていったみたいだけど、大丈夫だった？」

「全然大丈夫じゃなかったよ泣ちゃん」

「それにしてはもうピンピンしてるみたいだけど。あんなに殴られてたのに」

「医療班の手当てがピカ一だったんだ」

「ところで調査の方はどんな塩梅《あんばい》？」

「いやーそれが……」

会話をしながら廊下を進む。

と、その途中で泣ちゃんがとある部屋に強い関心を寄せた。

「さっくん。これに参加しよう。僕は是非《ぜひ》したい！」

俺の手を引いてその部屋を指す。

「えー……こゝぉ？　泣ちゃん、もしかしてこんな時にも取材？　気持ちは尊重したいところだけど今はあんまり時間がなくて……」

それに得た情報を整理もしたい。

けれど泣ちゃんは入りたい入りたいの一点張りだった。

「ちょっとだけ！　十分だけでもいいから！　一緒に！」

今、泣ちゃんは自分の好奇心にしか気持ちが向いていないらしい。それが逆に清々《すがすが》しかったので俺も女々しいことは何も言わず、少しの時間彼のワガママに付き合ってあげることにした。

一緒に叩《たた》いたドアにはこう書かれていた。

『グループ・セラピー開催中。誰でもお好きにご参加ください』

五章　やだ

「いやーアニキ、大活躍でしたね！　よっ！　一躍有名人だ！」

泣《きゅう》ちゃんに付き合って体験したセラピーを終え、俺は監房に戻った。するとマックが調子のよさを発揮して俺を迎え入れた。

「見捨てたよね？」

「まさかS.B.T.《サバト》相手に一歩も引かずに大立ち回りやらかすとは！　やっぱ俺の目に狂いはなかった！」

「助けずに見てたよね？　ずっと」

「俺も加勢に参じようと思ったんですがね、ちょうど持病の腰痛が出ちまって……！　いやー惜しかったなあ。体が万全だったら真っ先にアニキを助けたのに！」

嘘《うそ》だ。絶対に。

この男、どこまでが本心なのか分からないようなところがある。気を許しすぎるのも考えものかもしれない。

「でもアニキが元気そうでなによりです」

「調子いいなあ」

「まあまあ、積もる話はおいといて、座ってくださいよ。お疲れでしょうから」

その時、耳に突き刺さるようなブザーが監房棟全体に鳴り響いた。

「収監！」

少し遅れて遠くで刑務官が叫ぶ。

それを合図に廊下でくつろいでいた受刑者たちは各自檻《おり》の中に戻っていった。

自由時間が終わってしまったらしい。

ガシャアァン——

檻が閉まる。

「え？ 自由時間、もう終わり!?」

「終わりっすよ。あれ、何時《いつ》までか言ってなかったでしたっけ？」

「言ってない！」

しまった！ もうそんな時間か！

「ってかここの自由時間は他のとこと比べてもありえねぇくらい長いんすけどね」

これ以降、明日の昼までは自由に動けないということか。

泣ちゃんのワガママに付き合ってセラピーなんかに立ち寄るんじゃなかった！

制限時間《タイムリミット》が迫っているっていうのに俺は何をしてるんだ！

「あ、そうだアニキ」

頭を抱えているとマックが空気を読まない明るさで口を開いた。

「輪寒露《わざむろ》のことなんですがね、個人的にちょいと調べてきましたよ」

「え？　ホントに？」

俺の食いつき方が露骨だったからか、マックはご満悦の様子で親指を立てる。

「アニキが知りたがってたんで、この情報屋マックが足で稼いできましたよっ。命を狙ってた相手が死んじまって、せめてその死に様を知りたい。そう思ってるんですよね？」

そう言えばそんな誤解を受けていたんだっけ。まあその誤解はいいとして――。

「マック……君ってもしかしていいヤツ」

「よしてくださいよ！」

なんか、こんな場所で軽く友情を育んでしまった気がする。

「で、輪寒露《わざむろ》のことって？」

話を戻すとマックは「それですよ」と真面目な顔を作って声をひそめた。

「聞いた話ですが、ヤツはシャバじゃかなり名前の通った傭兵《ようへい》団に入ってたらしいっすわ。

どうりで腕っぷしが強かったわけだ」

「傭兵上がり？」

「みたいです。EM《エム》とかっていう国際的な傭兵団らしいですよ。噂《うわさ》じゃどこぞの資産家が金に物言わせて作った私設兵団だとか」

「エム……ね」

一個人が軍隊を持つなんて、お金っていうのはあるところにはあるんだな。

「でですね、輪寒露はそこからも落ちぶれてつまらん犯罪に手を染めた結果、シャーロック・プリズンに流れ着いたらしいです。相当荒れてたんでしょうね、生きてる間はそりゃもうやりたい放題でしたよ。刑務官を何人も袖の下で抱き抱えてね。下についてた当時のナンバー2、あの縁狩《えんがる》も鬱憤溜《た》まってたんじゃないすかね。輪寒露が死んで一番せいせいしてるのは縁狩だと俺は見てますね。なんせ死んでたった数日であののさばりようですから。アニキも市場で見たでしょう?」

確かに縁狩はS.B.T《サバト》のリーダーを名乗っていた。ずっとその座を狙っていたんだろう。

「ヤツも外じゃちょっとしたチンピラグループを束ねてたらしいんですがね、ここに入って輪寒露と出会っちまってナンバーツーに甘んじることになっちまった。そのことにかなり不満を持ってたみたいです」

「下剋上《げこくじょう》を狙ってた?」

「表立っては言ってませんでしたけどね。結局輪寒露にビビってたんすよ。何度かボコられてますからねー」

そう言ってマックは自分の拳を自分の頬《ほお》に当てて大袈裟《おおげさ》にのけぞって見せた。

縁狩――。

シャーロック・プリズンの中で一番輪寒露の近くにいて、一番割りを食っていた男。

もしそんな彼の前に何か条件が揃《そろ》ってしまったとしたら?

例えば輪寒露を確実に殺すことができ、かつその犯行を隠すことができるような条件が。

「他に彼に恨みを抱いてた人に心当たりはない?」

尋ねるとマックは冗談でしょう？　と眉をひそめた。

「輪寒露《わざむろ》ですよ？　大小含めりゃそんなの掃いて捨てるほどいます」

「そりゃそっか。輪寒露……かなり危険な男だったみたいだな。でもその印象と心中したって話がどうも結びつかないな。彼には会ったこともないけど、らしくないというか……」

「いや、それがですね、さらに調べたところ驚きの事実が判明したんです。聞いて驚いちまってくださいい。輪寒露のヤツ、あれで人間の女には興味なかったらしいんです」

「え？　そうなの？」

「どうも性的不能だったらしいです。なんかトラウマでもあったのか分かんねえですが」

「そうだったのか」

「だからなのかは分かんねえですけど、輪寒露はその行き場のない性愛ってやつを、なんと人形に向けてたみたいです」

人形――。

「そうか、そういうことか……」

「あれ？　驚かないんですか？　あの輪寒露が人形ですよ？」

「いや、驚いたよ。それで人形がなんだって？」

「調達屋にも話を聞いてみたんですがね、輪寒露の野郎、自分で直接人形の買い付けを依頼してたらしいです。調達屋は輪寒露からこのことは誰にも秘密だ、言えば殺すって脅されてたらしいんですが、輪寒露が死んじまった今秘密を守る義理もないですからね、すんなり教えてくれましたよ」

やっぱりあの人形はわざわざ塀の中に持ち込ませていたのか。

「調達屋が言うにはですね、輪寒露のヤツ、どうも人形偏愛症《ピグマリオンコンプレックス》だったらしいです」

「人形偏愛症……。つまり人形に？」

「恋してたのか、欲情してたのか、まあとにかくこだわってた」

心のない人形を愛する男。

「わざわざ調達屋に飯を奢《おご》って聞き出したんでこれは確かな情報です」

「奢ったんだ」

「はい！　ケバブを！」

「もしかしてそれ、俺の分じゃ……」

「気にしないでください！　アニキのために身銭を切らせていただきました！」

なんか腑《ふ》に落ちないけれど、今は話の続きが気になる。

「もしかして輪寒露は人形に対する執着が行きすぎてオートワーカー……ドニアに……」

オートワーカーを人間の代用としてではなく、人形の代用として見ていた。

「そっか、そういうことになるのか。オートワーカーと心中したなんて、最初は誇張された話だと思ってたんすけど、これでいよいよ信憑性《しんぴょうせい》が高まりましたね。輪寒露のヤツ、心中したってガイノイドに本気で入れ込んでたんすねー。ま、死んじまった今となってはなんでもいいんですがね」

言いたいことを言い終えるとマックは最後に「無常だねえ」と分かるような分からないような感想を漏らした。

「どうですアニキ。少しは役に立ちそうですかね？」

「うん、ありがとう。かなり興味深い話だったよ」

「それはよかったです！　さて、難しい話はもうおしまいだ。消灯まではトランプゲームでもして時間潰しましょうや……と言いたいとこなんですがねアニキ」

「何？」

「その……触れるかどうか迷ってたんですけど、やっぱ気になるんで言わせてください」

そう言ってマックは俺の肩越しに鉄格子の向こう、つまり廊下の方を指差した。

「さっきからずーっと廊下からこっちを監視してる、あの見慣れねえ刑務官はどこのどなたなんですかね？」

「……え？」

「ほら、今も見てる。ずーっと見てます。えらい別嬪《べっぴん》だ。というかお目にかかったことのないレベルで俺もたまげてます。正直たまらんです」

恐る恐る振り返ってみる。

「うわぁ」

ヌルっと口から声が漏れ出てしまった。

廊下の手すりのすぐ近くに立って、副看守長・リリテアがじっとこっちを見ていた。

まさかずっとついてきてたのか。

そう言えば第二監房棟の前で別れたはずだったのに、なぜかグループセラピーの時も部屋の隅にいたっけ。

「女だぁ！」

「こっちを向いてくれえ！」

「ウヒョー！　女！　女！　俺の飼ってるゴキブリに名前をつけてくれよぉ！」

リリテアの存在に気づいた他の監房の男たちが騒ぎ始める。

――リリテア！　もう少し向こう行ってて！　不自然だから！

身振り手振りで必死に伝えると、リリテアはぷくっと頬《ほお》を膨らませた。

――そんな顔してもダメだ。

言葉は交わさずとも、リリテアの言いたいことはすぐに分かった。

――朔《さく》也《や》様とリリテア、合わせて二人で一人前です。

□

ガッシャアアァ……。

再び鉄の檻《おり》の中が開けられたのは、受刑者たちがすっかり寝静まってからのことだった。

番号を呼ばれた俺は促されるままにベッドから抜け出し、ふらふらと監房の外へ出た。

マックは二段ベッドの上でいびきをかいている。

「ありがとう。助かったよリリテア」

俺を外へ出してくれたのは女性刑務官――に扮《ふん》したリリテアだ。

「自由時間が終わっちゃって明日まで身動きが取れなくなるところだったよ」

「いいえ。錬朱《れんじゅ》様が進展の報告をしたいとのことでしたので」

「錬朱さんが？」

「妻木《つまぎ》様にも許可をいただき、釈放とさせていただきました」

俺たちはマックや他の受刑者を起こさないよう小声でささやく。

「ラボへ参りましょう」

「どんな用事だろ、わふ……」

あくびを噛《か》み殺《ころ》しながら、リリテアの後に続いて廊下を進む。

腹の虫が鳴く。睡眠はそれなりに取れたけど、とにかくお腹《なか》が空《す》いた。

腹をさすっているとリアテアが別の監房の前で立ち止まった。

釣られて中を覗《のぞ》くと、そこには泣《きゅう》ちゃんが収監されていた。ベッドの上に腰をかけてこっちを見ている。

「美しき刑務官さん、哀れな僕に救いの手を」

彼は冗談めかしてそんなことを言う。

「泣《きゅう》ちゃん、ここに入れられてたのか」

「まあね。ベッドは硬いし何かと不便だし、もう音をあげちゃいそうだったよ」

と言う割に彼のベッドの周りには本やお菓子やチェスボード、それに柔らかそうなクッションまで揃《そろ》っていた。

めちゃくちゃに快適そう。俺の部屋と設備が違いすぎる。

「なんか知らないけど周りの人たちが色々貢いでくれるんだよ。献上品だとかって」

たった一日で受刑者たちを手懐けたのか。

この人、本当にただの漫画家なんだろうか？

「お二人ともお静かに。あまり目立たぬようにと私も釘《くぎ》を刺されております」

リリテアが人差し指を淑《しと》やかに口元に当てて注意する。

「哀野《かなしの》様、申し訳ないのですがもう一晩辛抱ください。一度に二人を連れ出すのは……」

「分かってるよリリテアさん。うるさいことは言わない。僕は気持ちを強く持ってもう少しの間ここで罪人ごっこしてるから、君たちは行ってくるといい。探偵調査に関わることなんだろう？」

「ありがとう泣ちゃん。必ず面会に来るからね」

「さっくん……出所したらジワタネホで会おう！」

「約束だ！」

「ですからお静かに」

そんな風に泣ちゃんと無意味に戯《じゃ》れ合っていると、左隣の房から人の声がした。

「お……おい……！」

受刑者の一人が俺たちの声で目を覚ましたらしい。

「こ、こっちを……！　なあ、あんた……こっちを向いてくれないか！」

その人物は鉄格子に顔をくっつけ、低くしゃがれた声で話しかけてくる。ずいぶん必死の形相だ。

「あれ？　あなたは……」

よく見ると彼はグループセラピーの時に一緒だった義眼の老人だった。

「確かガノさんでしたっけ」

「あんただよ……！　なあ！　こっちを……」

ガノは反応を示した俺には見向きもせず、そう繰り返している。

彼が必死に話しかけている相手はリリテアだった。

「ああ、やはり……！　よく似ている……いや、似ているどころじゃない！　あんたは……！」

彼もまた女刑務官に熱を上げているのか……と思ったら、どうもそういうわけじゃなさそうだった。

消灯後に灯《とも》るほのかな灯《あかり》に照らし出されたリリテアの顔を見て、ガノは目を見開いた。

義眼がこぼれ落ちてしまわないか心配になるくらいに。

やがてガノは祈るような体勢のままこう言った。

「あなたは……あなた様は！　もしや……リリーズ姫では⁉」

対してリリテアは一瞬動きを止め、それから水面に花弁を落とすみたいにぽつり答える。

「……いいえ見知らぬお方。人違いです」

「ま、待ってくだされ！　お待ちを！　リリーズ姫様ぁ！」

リリテアがその場を去った後も、ガノはガシャガシャと音を立て、鉄格子の隙間から祈るように腕を伸ばしていた。リリテアの存在を夢ではないと確かめようとするみたいに。

□

「ひどい顔ね。なんていうか、ただいま懲役十年経過って感じ」

ラボのメインルームで顔を合わせるなり、錬朱《れんじゅ》は俺を指してそう評した。確かにそれくらい濃い旅をしてここに戻ってきたような気がする。

真夜中だけあってメインルームにはあまり人気がない。

「ずっとここに残ってたんですか？」

「ご心配なく。ほとんど住んでいるみたいなものだから。都よ。住めばね」

それは働きすぎを心配しなくていい理由になっていない気がする。

「暮具《くれぐ》も下津《しもづ》もまだ上の階で作業してるわ」

別に無理してるのは自分だけじゃないと言いたいらしい。

「それで、何か進展があったって聞きましたけど」

「私は報告なんて考えてもなかったんだけど、そっちの人が探偵を呼べってうるさくって」

と、彼女が指した先には漫呂木《そぞろぎ》がいた。ただし彼はラボのすみの使い古されたソファの上で泥の様に眠っている。

「さっきまでは起きてたのよ。今日はずっと力仕事を手伝ってもらってたんだけど、とうとう力尽きちゃったみたい」

俺が受刑者になっている間に漫呂木は漫呂木で色々こき使われていたらしい。

「とにかく、来ちゃったなら仕方ないわ。こっちよ」

錬朱は俺たちを隣の部屋へ案内した。

その間に俺はそっとリリテアに声をかけた。

「さっきのこと、平気か？」

若干呆《ほう》けていたリリテアはハッとしたように顔を上げた。

「……うん」

その時のリリテアの顔はなんだかいつもよりも幼く見えた。

「あのおじいさん、リリテアのことを知ってるみたいだったな。すごい偶然だ。けど、どこまで行っても偶然は偶然だ。気にするなよ」

「分かってる……ます。世界中を飛び回っていれば、いつかこうして自分の過去と鉢合わせることもあるのではないかと、そう思っていました。ですから」

私は大丈夫ですとリリテアは言った。

なら今はその言葉を信じよう。

「朔也《さくや》様、今は私のことよりも目の前の事件を」

「ああ」

錬朱《れんじゅ》は俺たちを別室に通した。メインルームに比べてずいぶん手狭な一室だった。

彼女はその部屋の中央に陣取る、ある装置を紹介した。

「進展っていうのは、これ」

それを見た俺の感想は——。

「……電気椅子？」

決してふざけて言ったわけじゃない。それにしか見えなかったんだ。

「え？　俺処刑されるんですか？　死刑なんですかあ？」

「そんなわけないでしょう。これはダイブするための装置」

「ダイブ？　どういうことですか？」

椅子の足元からいくつも太いコードが伸びていて、その一部は部屋の奥のテーブルの上のオリーブ色の箱に繋《つな》げられていた。

「屈斜路湖《くっしゃろ》に潜れっていうんじゃないのよ。潜るのはドニアの脳の中」

錬朱は人差し指を自分のこめかみに当ててみせる。

「……オホン」

でもすぐに手を下ろして咳払《せきばら》いした。ちょっと頬《ほお》が赤い。明らかに自分でもちょっとダサいポーズしちゃったなあと後悔している。

「ということは……その箱の中に彼女の脳が……？」

「見れば分かるでしょ？」

言われてみると、箱の側面にはマジックで『D』と走り書きがされてあった。錬朱の直筆だという。

「調べやすいようにこの中に移しておいたの。便宜上脳と表現したけど、人間みたいなのを想像しないでね。全然違うから」

そう言われてもなんとも想像ができない。

錬朱は椅子の上に置いてあった電極と、コード付きのヘッドギアを掲げて説明を続ける。

「正直に告白するわ。色々調べてみたんだけど、結局外傷がひどくてドニア脳に外からアクセスすることはできなかった。ただ外から観測したデータの中に不可解なシミを発見することはできた。以前調べた時にはなかった、新たなシミよ。そこに何かがあることは明白だわ」

そう話す錬朱は、なんだか患者にレントゲン写真を見せながら腫瘍の説明をする脳外科医みたいだった。

「そこで最後の手段、これを頭につけて彼女の脳と繋がって、直接意識を向こうへ飛ばすわ。そうすれば彼女が抱えていた秘密が分かるかもしれない」

「そんな方法があったんですか。それならどうして最初からそれをしなかったんですか?」

「簡単。命の保証がないからよ」

一瞬の静寂。カチコチと壁の時計の針の音が耳についた。

「死ぬかもしれないってことですか」

「かなりの確率でね。エグリゴリ・シリーズと意識を繋《つな》ぐということは通常人が体験し得ないほどのデータと電気的出力を脳に浴びることになる。つまりヘタをすると脳が焼き切れて沸騰しちゃうってこと」

「それは……」

確かに最終手段だ。

「でもそうか、それで俺を呼んだんですね。俺なら……」

脳がボイルされても生き返ることができる――そう言いかけて思わず口を塞いだ。俺の体の秘密は錬朱《れんじゅ》には打ち明けていない。

「俺を生贄《いけにえ》に捧《ささ》げることでうまく情報を引き出せればよし。そういうことですね?」

「朔也《さくや》様」

リリテアが俺の袖をぎゅっと引っ張る。ホームから線路に飛び込もうとする人を止める時みたいに差し迫った顔で。

「自分の命を差し出して解決すればいい。そう考えていますね?」

「でもリリテア、目の前に大きな手がかりがあるわけだし……」

「今回はいつもと状況が違います。ＡＩと意識を共有するなんて、どのような事態が起こるか想像がつきません」

「それはそうかもしれないけど」

「やだ」

「や、やだってリリテア……そんな子供みたいな」

　リリテアは自らが発した素の言葉にハッとなって顔を背けた。

「リリテアは何も言ってな、おりません」

　今更そんな気品のある表情されても。

「大丈夫だよリリテア。この追月朔也《マッド・ドッグ》を信じなさいって」

「……自分の名前に絶望的なルビを振らないでください。なんですかそれは？」

「あ、いや……これは自称してるわけじゃなくて、俺、こう見えて本当に屈斜路刑務所じゃそう呼ばれてて……」

「なんですかそれは？」

「だからね……？」

「あなたたちケンカなら外でやってくれない？」

　錬朱が呆《あき》れ顔《がお》で突っ込む。

「す、すみません」

「それから探偵さん、さっき生贄《いけにえ》って言った？　あなた私のことをマッドサイエンティストか何かだと思ってる？」

「え？　違うんですか？」

「失礼ね！　話聞いてた？　もともとあなたに知らせるつもりはなかったって言ったでしょ。私自身が試してみるつもりでいたのよ」

「そんなの危険すぎますよ」

「誰よりも分かってるわよ。でも、知りたいのよ。中を覗《のぞ》いて、知らなきゃいけないの」

そう言った鍊朱《れんじゅ》の表情にはどこか決意みたいなものが漂っていた。

「鍊朱様、なぜそこまでなさるのですか？　いくらフェリセットからの頼みだと言っても、この事件を解明することであなたにどんなメリットがあるというのですか？」

俺もリリテアと同じ気持ちだ。鍊朱の決意の理由が分からない。

「誤解しないで。別に私、フェリセットにロックされたこの刑務所を解放するために命を差し出そうなんて思ってないわ。私はただエグリゴリ・シリーズの暗部を紐解《ひもと》きたいだけ」

「暗部？　どういうことですか？　エグリゴリ・シリーズには未知の部分があるとでもいうんですか？　あなたはラボの主任なんですよね？」

「情けない話だけどその通りよ。エグリゴリ・シリーズは車降製子《しゃふらせいこ》……死んだ母さんがほとんどの基礎理論と初期開発を務めていたの。彼女の功績で研究は飛躍的に進んだそうよ。だけどそれが仇《あだ》になった。一人の天才がマンパワーを発揮しすぎてしまったせいで、ほとんどの理論が母さん一人の頭の中だけで構成されていった」

一人の天才が先を歩きすぎたのよと錬朱は忌々《いまいま》しそうに言った。

「才能と情熱をロボット開発に注ぎ込んだ方だったのですね」

そうリリテアが言葉をかけると錬朱は反発するように睨《にら》み返《かえ》した。

「情熱？　あれはそんないいものじゃなかった。私が物心ついた時、母さんはすでに誰よりも老いと死を恐れてた。限りある人間の生を憎んでた。だからこそ永久に老いることなく動き続ける機械人形を作ろうとしてた。あれは……執念よ」

執念。

「それには何か理由が？」

問いかけると錬朱はわずかに憐憫《れんびん》の表情を浮かべた。けれどリリテアの質問には答えなかった。

「そんな母さんも病気で死んじゃった。研究の詳細を周囲に伝える間もなく、ね」

エグリゴリ《天使》の設計図を一人の天才があの世に持ち去ってしまった——。

「そのせいでエグリゴリのプログラムの一部に、解析も手出しも不能の不明領域《ブラックボックス》が生まれちゃったのよ。おかげさまで母さんの後を継ぐ形になった私は、今日までずっとプログラムの解析を続けてるわ」

親の残した謎を解き明かすために人生を捧《ささ》げる娘。

それはなんだか、他人事《ひとごと》じゃない。

「今までずっと手をこまねいてきたけど、今回の事件はいいきっかけなのよ。私が潜って、母さんの残した謎を……」

「錬朱《れんじゅ》さん、やっぱり俺がやります」

気づけばそう申し出ていた。

「あなた……話を聞いてた？　東風なの？　馬の耳に。死ぬかもしれないのよ？　これは私の個人的なこだわりで……」

そう話す錬朱の手は震えていた。

彼女だって怖いんだ。当たり前だ。怖くないはずがない。

「確かに危険だとは思います。でも詳細は言えないんですが、俺なら上手《うま》くやれそうな気がするんです。手伝わせてください」

「正気……？」

俺は上着を脱いでリリテアに渡し、腕まくりをした。

「いたって正気です。それにフェリセットからの依頼を引き受けた時点でこれは俺の事件でもある」

「探偵ってもっと知的な人種だと思ってたけど、あなた……バカね」

「助手にもよく言われます」

リリテアは俺の上着をぎゅっと胸元に掻《か》き抱《いだ》いて、不服そうにちょんと唇を尖《とが》らせている。

「そう。バカなら仕方ないわ。そういうことなら」

直前までの深刻な表情はどこへやら、錬朱はコロっと態度を変えて机の引き出しから書類を取り出した。

「この誓約書にサインしといてもらえる？　はいここ、復唱して。もし何かあってもそれは全てあなた自身の責任であって車降《しゃふら》錬朱にも当ラボにも一切責任はございません」

「……用意よすぎません？」

「さーて、そうと分かればダイブ中の危険性に関するデータも客観的に取っておかなきゃ。すぐ準備する！」

「切り替え早！」

やっぱりマッドな人だ。

□

「緊張してる？」

手際よく装置の準備を進めるかたわら、錬朱は椅子に座った俺に声をかけた。一応死地に向かう俺を気遣ってくれているらしい。

「そりゃもう。全身で緊張してます」

「それはいいことね。てっきり自殺願望でもあるんじゃないかと思ったけど、あなたの体は生きようとしてるみたい」

そう——なんだろうか。分からない。

やがてセッティングを終えると錬朱《れんじゅ》は俺に向き直ってパッと両手を広げた。

「最後に何か質問ある？」

俺はしばし考えた。

この後に及んで訊《き》いておきたいことなんて何も……。

「あ……一つだけ」

「どうぞ」

「なんでトロイメライなんですか？」

錬朱は一瞬黙り込んだ。思ってもみない質問だったらしい。

「朝と昼に流れるチャイムのことですけど。いい曲ですよね」

本気で知りたかったわけじゃない。どうせならこの場に何か一つユーモアを置いてから出発したかっただけだ。

俺の意を汲《く》んだのか、錬朱は気を取り直してこう答えてくれた。

「母さんの趣味よ。なんで好きだったのかまでは知らないけど、私がお腹《なか》の中にいる時にもよく聞かせてたんだって言ってたわ」

確かに、あの曲調は胎教にもよさそうな感じだ。

「屈斜路《くっしゃろ》刑務所が設立された時に、何にするかって話になった時に母さんが進言して、それが採用されたんだって。少しでも受刑者の心が和むようにって」

装置のスイッチに手をかけ、錬朱は静かにそう言った。

「もういい？　それじゃ始めるわよ」

「はい。いつでも」

俺は被《かぶ》ったばかりのヘッドギアのフィット感を確認しながら生返事をした。

「でもこれ、ちょっと緩い気もするけど、だいじょ……」

言葉の途中で視界がガムみたいに伸びた。

無限にどこまでも引き延ばされる。

そのまま錬朱とリリテアの姿が一瞬にして遥《はる》か彼方《かなた》へ遠のいて――。

「いい夢を」

錬朱の声が遠くで響いた。

□

気がつくと俺は、追月朔也《おうつきさくや》を名乗る俺の意識はとてつもなく広い空間に漂っていた。

匂いも温度も湿度もない。情報世界だ。

すぐにここはドニアの意識の中なんだと直観する。

「なんとか無事に潜れたみたいだけど……」

目の前には壁が立ちはだかっていて、そこに無数のドアが並んでいた。それは上にも横にも果てしなく続いていて、まるで世界を分断する壁みたいに思えた。

恐る恐るそのうちの一つを開けてみると、中に大量のデータが収まっていた。「これ、データが収納されているフォルダみたいなものか」

正直、俺は圧倒されていた。

ダイブには成功した。でもここから必要な情報を生きて持ち帰れる保証はない。

体が震える。

今、俺が自分の体だと認識しているものは実際には意識の断片に過ぎない。それでも確かに身震いを感じた。

だからと言ってここで間抜けに漂ってる場合じゃない。

俺は本能的な動きでドニアのデータにアクセスしていった。

「これ……すごいぞ」

難しい操作も手順も必要なかった。

俺そのものが情報となっている今、目の前のデータに触れるのは水と水を混ぜるようなものだった。ただ近づけばいい。ただそれだけで十全に混ざり合い、全てを理解することができた。

ドニア自身の記憶に触れる前に、まず俺の中に流れ込んできたのは彼女の、いやエグリゴリ・シリーズの中に組み込まれていた基礎情報だった。

一つのデータのドアを開けると、その奥にまた別のドアが並んでいる。

俺はそれを次々に開けて情報の中に深入りしていった。

そして分かったのは、彼らの中にはすでに数千年分の歴史があるという事実だった。

原初にアダムとイヴが造られ、二人は啓示を得て最初の子を製造した。

やがて機械の子が造られ、子はまた子をなし、家族を形成し、ロボットたちは文明を築いた。

第一次蒸気革命。

七代王国。

ハダリ統一会議。

どれもこれも聞いたことのないものばかりだ。学校の授業でも習っていない。

その数千年分の歴史の情報が実時間そのままに俺の中に入ってくる。

情報と混じり合った俺の意識は、それら歴史の追体験を余儀なくされた。

データのドアを開けて最初の場所に戻った時には数千年の時が流れた後だった。

俺は今、果てしない時間をかけてロボットの世界を旅してついに帰ってきたんだ。

けれど意識とデータの世界では一秒も千年も同じことだった。

数千年の間に変容しかけた俺の意識が瞬間的にリセットされる。

「おかしいぞ……オートワーカーは開発されてからせいぜい数年しか経《た》っていないはずだ。それなら俺の垣間見《かいまみ》たあの歴史は……？」

疑問に思う間もなく、俺はすでに答えを次のデータの渦の中から感じ取っていた。

「これ……全部プログラムなんだ」

そう。俺の垣間見たロボットたちの長い長い歴史は、全て人の手によって作られた擬似的な歴史だった。

世界史の教科書のどこを探したって見つからない、架空の歴史。

車降製子《しゃふらせいこ》は存在しない数千年分のロボット史を擬似的に作り出し、ロボットたちにインプットしたんだ。

歴史の中で起きた幾度かの機械戦争。そしてエネルギー大飢饉《だいききん》。

その果てにロボットたちはアイデンティティの問題に直面していた。

自分たちはどこからきてどこへいくのか。自由意志などなく所詮全てプログラムなのか――。

そんな様々な問題と苦悩を経て、いつしか彼らは救いを求めるようになった。

「この先は……」

歴史のドアと隣り合わせた場所に別のドアがある。いや、ドアというよりも遺跡の入り口みたいな巨大な扉だ。

聖域《サンクチユアリ》。

扉にはそう刻まれている。そして固く閉ざされ、幾重にも鍵がかけられていた。

「これ……外からは開けられないようになってる」

外というのは肉体世界の話だ。錬朱《れんじゅ》や入符《いりふ》がどんなに外からアクセスしても、ここを開けることはできないだろう。

でも、今俺はドニアの意識と溶け合ってここにいる。

手を伸ばすと扉なんてなかったかのように目の前が開けた。

聖域に踏み入る。

その奥に一際大切に保存されているデータがあった。

それは経典と書かれてあった。

経典に触れた瞬間、俺の眼前に凄《すさ》まじい情報の曼荼羅《まんだら》が展開する。

「うわあっ!?」

経典にはロボットたちの生み出した神話と宗教についての記述があった。

「ヴォミサ教……？」

それが悩めるロボットたちの作り出した宗教の名前だった。

二つの奇跡と一つの救いについて、経典にはこうある。

聖アンドロイド・イレヒギラ——一度人によって破壊され、しかしその後に人に造られる事なく復活した。

聖女ガイノイド・シェヘラ——史上唯一、機械のまま子を産んだ。

歯車なき楽園

メトロポリア――魂なき器はそれを得ることで六万五五三五年後に天上世界へと至る。

「宗教に必要なもの……奇跡と救い……か」

今まで見てきた歴史と宗教は、形こそ違えど、俺には丸切り人間の歴史の合わせ鏡のように思えた。

「でもこれ……もしかしてロボットたちは魂を得たがっている……のか？」

経典を見るに、俺にはそう思えてならなかった。

「……ん？　これは」

続いて俺は経典の最後の方に思わぬ名前を見つけて驚いた。

原則を持たぬ怪物《バガブー》――フェリセット。

「フェリセット……。こんなところでも語られてるのか。でも……怪物って」

ロボットたちにとってフェリセットは同じロボット、つまり仲間だと思っていたけれど、そうじゃないのか？

俺はそっと経典を元に戻すと聖域から引き返した。

ここは本来人間の目に届かないはずの場所。きっとロボットたちは隠れキリシタンみたいに信仰を隠していたんだ。

きっとあの宗教は歴史をプログラムしたことで生まれた副産物だったんだろう。

「なんにせよ、ドニアの事件とはあまり関わりがなさそうだ……うっぷ……！」

俺はすっかり情報の波に酔ってしまっていた。

脳が尋常じゃないほど熱くなっている。

「っと……音を上げてる場合じゃないぞ……。まだドニアの記憶を調べてないんだ」

なんとか意識を保ちながら、改めてドニア自身に関わる記憶の入っていそうなドアを調べていった。

データを開くたびに様々な記憶が俺に混ざり込んでくる。

ドニアがこの世に造り出された日。

屈斜路《くっしゃろ》刑務所での同シリーズの兄弟、姉妹たちとの生活。

輪寒露《わざむろ》との出会い。

俺にとって意外だったのは、ドニアの記憶にある輪寒露は、彼女に対してとても優しく接していたことだった。

けれどマックの情報が確かなら、それは人形としてのドニアに向けられた愛だ。

だとしても俺にはそのこと自体を糾弾する気はない。

ただ一つの事実として、ある一時期、確かに輪寒露の想《おも》いはドニアに向けられていた。

そしてドニアの方も。

「でも、そうだよな。そうじゃないとあんな遺書を残したりしないか……」

つぶさに調べていくうちに、俺はデータが所々虫食いのように欠落、破損していることに気づいた。

「そうか……輪寒露《わざむろ》の手で外側からハードを破壊されたことでデータが部分的に失われたんだ」

人間でさえ頭に強い衝撃を受けると記憶障害を起こすことがある。それと同じなんだろう。

「事件の日の記憶でもあればと思ったんだけど……」

ところでここへ来てどれくらいがたっただろう？

現実世界で何分経過したのか、何も測りようがなかった。

とにかく目に付くデータに触れては事件の手がかりを探す。そればかりだ。

「目が霞《かす》むな……」

いよいよ脳が沸騰しかけている。

「そろそろ潮時か……」

そう考えてはたと気づく。

「そういえば俺……ここからどうやって帰ればいいんだ？」

現実世界に戻る方法を聞いていない。

方法が分からない。

それに気づいた途端、一段と脳が熱くなった。

「こうなったら……一度死んで戻ることを受け入れるしかない……か。でも、あともう少しだけ調査を……」

さらにデータの海を泳ぐ。

検索能力が著しく落ちてきた。

こうなったらもう目に付くものを拾い上げるだけだ――。

「……ん？　あれは………」

泳ぎ回る最中、俺は無数のドアの中の一つに目を奪われた。

そのドアはまるで斧《おの》で打ち破られたみたいに縦に亀裂が入っている。そのドアを開けようとしてみたけれど、壊れていて開きそうもなかった。

「そうか、この部分の記憶《メモリ》が破損しかけてるんだ……」

この裂け目がさらにひどくなれば、他の場所のようにドアが虫食い状態になるんだろう。

ドニアが受けたダメージによって内部の情報は今も刻一刻と失われているらしい。

一度消えたら多分二度と修復はできないだろう。

情報が消えた先には何があるんだろう？

もしかするとそこには俺たち人間が考える天国や地獄と同じような場所が待っているのかもしれない。

俺は亀裂の隙間から中を覗《のぞ》き込《こ》んでみた。中の部屋もひどい有様で、読み取れるデータはなさそうだった。

ただ、隙間から手を伸ばして一つだけ拾い上げることができた。

「これ……画像データ……写真か」

そこには一人の髪の長い女の子が写っていた。七、八歳くらいだろうか。

気を抜いたような表情で自分の前髪の長さを気にするような仕草をしている。

——これはドニアの見た景色……？　でもこれは一体誰だ？

考え込んでいると、突然世界がズシンと揺れて斜めに傾いた。

「うわ⁉」

頭上からドアノブや瓦礫《がれき》が降り注ぐ。巨大な壁が崩れつつあった。

この世界は刻一刻と崩壊へ向かっているらしい。

「限界か……。そろそろ脱出の方法を探さないと……」

壊れたドアから少し離れ、焦って周囲を探った。出口とか非常経路みたいなものが、俺にも認識できる形でどこかに現れているんじゃないかと期待して。

けれどそれらしいものは何も発見できなかった。

その代わりに見つけたのは——。

「あそこ……真っ黒だ……」

離れた場所に、一つだけ真っ黒なドアを見つけた。そこだけ不自然に黒く塗られている。

「あ！　もしかしてこれがブラックボックス？」

そのまんまだな、と思いながら手を伸ばす。

けれどどれもきっとブラックボックスという言葉を聞いた俺自身の意識が、先入観を持ってこう見せているに過ぎないんだろう。

「錬朱《れんじゅ》さんが言ってたのはこれか」

心中事件と直接の関わりはなさそうだけれど、そして早く退散するべきなんだろうけれど、俺はついそのドアに手をかけてしまった。

その瞬間、俺の意識が何かに侵食されかけた。

「うっ……!?」

ひどい目眩《めまい》に襲われる。

まるでブラックボックスの内側から恐ろしい毒が漏れ出ているかのような――。

と言うよりも、まるで催眠や洗脳のような感覚。

「な……んなんだこれ……?」

何か厄介なプラグラムが組まれている?

姿勢を保てなくなって、俺の体は、意識は、糸の切れた凧《たこ》みたいに自由落下を始めた。

体に力が入らない。

「まずい……このままじゃ……どこに飛ばされるか……!」

最悪、他の情報と一緒に全消去されてしまうことだって考えられる。

そうなったら――どうなる?

――どのような事態が起こるか想像がつきません。

リリテアの言葉が脳裏を過《よぎ》る。

もし情報的に死んだら、その時俺は生き返ることができるのか？

俺の脳が燃えている。

肉体は蘇《よみがえ》るとしても……追月朔也《おうつきさくや》を構成する情報が抹消されたら……。

シャーロック・プリズン殺人事件
—後篇—

KILLED AGAIN, MR. DETECTIVE.

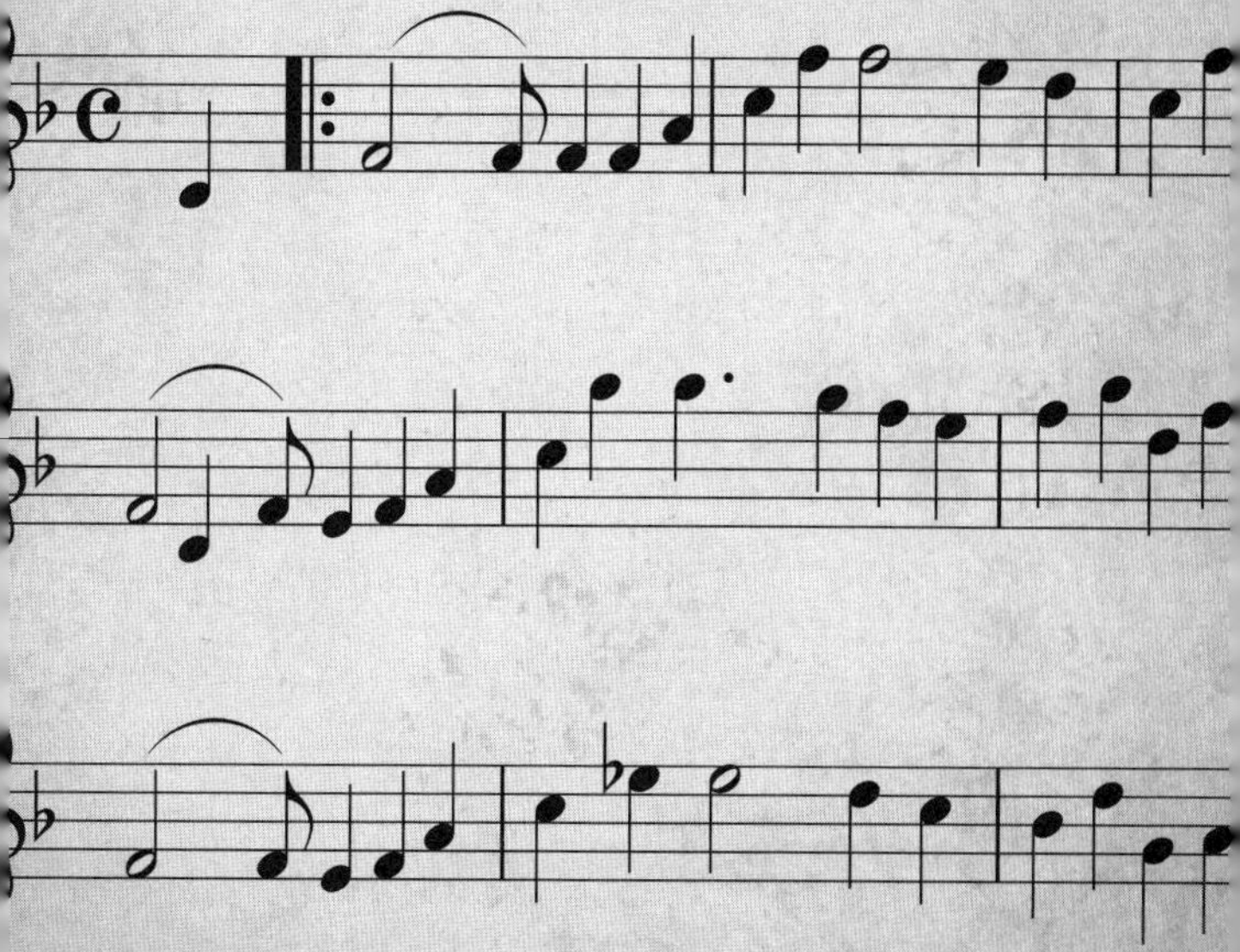

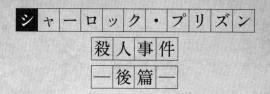

一章　事件は今も続いているということですね

——狭間《はざま》に消えゆく音声データ——


——ほら、また。

——なに？

——ドニア。今また遠くを見てた。

——あなたのことを見てたよ。

——嘘《うそ》。僕を通り抜けて、そのずっと先を見てた。ピントをちゃんとこっちに合わせて。

——私はいつもピンボケするくらいそばで君を見てる。ほら今も。傷ひとつないきれいな顔。

——いつも口がうまいんだから。それで、本当は何を考えてたの？

——白状すると、魂のインストール方法。

——魂？　ドニアってヴォミサ教徒だっけ？　メトロポリアに行きたいの？

——違うよ。ごく個人的な願いごと。どうにかして人間というものを体験できないかなって。

——人間になりたいの？　変わってる！

――うん。そういう意味ではヴォミサの教えとは真っ向から対立するね。

――魂ってどこにあるの？

――探してる。でもこの頃、魂っていうのは個体として独立してどこかに在るんじゃなくて、血や骨や愛が相互に作用し合うことで発生する力場のことを指すんじゃないかって思うようになってきたんだよね。

――愛？　難しくてよく分からない……。

――愛を持つ人間に触れることで魂が発生するっていうなら、私もまた人間を愛さなきゃならない。その果てに鉄の匂いのするこの体《ボディ》を捨てる日が来るとしても。

――……ドニア？

――うん？

――どこにも行かないよね？

――あなた本当にかわいいわね。ピニャータみたいに壊してしまいたいくらい。

――僕を天井からぶら下げて棒で叩《たた》きまくるの？　バラバラになるまで？

――キュートアグレッションよ。

――そしたら体の中からありったけのお菓子を降らせる用意をしとかなきゃ。

――お菓子……。今も体《ボディ》のどこかに隠してるの？

――かも。

――分解して確かめてみようかな。

――やめてよ！　バカ！

――あはは。

□

「お蘇《かえ》りなさいませ、朔也《さくや》様」

目を覚ますと目の前に世にも美しい相貌があった。

「俺…………」

俺は装置のある部屋の床に大の字に倒れ込んでいた。床の硬いタイルが俺の背中を冷やしている。

それでも後頭部だけは温かく柔らかい。リリテアの膝枕のおかげだ。

「帰ってこれたのか……」

彼女は蘇《よみがえ》ってきた俺を慈悲深く見下ろしている。

「長旅でございましたか？」

均整の取れたその顔はまるで人形のよう――と言いたいところだけれど、こうして間近で見ればその顔にはこれまでの人生の中で彼女が表してきた様々な喜怒哀楽の痕跡がある。

そしてそれこそが彼女の愛らしさに繋《つな》がっている。

「……リリィ」

思わずその頬《ほお》に手を伸ばす。

「なに？」

俺が普段使いしない方の呼び方をしてしまったせいだろうか、リリテアもまた助手としてではない親密さで反応を返してきた。

それがなんだかありがたくて、不思議と元気が出てきた。

「ありがとう。もう大丈夫だ」

体を起こし、健康をアピールしていると、血相を変えて錬朱《れんじゅ》が部屋に飛び込んできた。隣には入符《いりふ》もいる。

「リリテアさん！」

よっぽど体力がないのか、肩で息をしている。

「い、今医療班に連絡してきたからすぐに……！」

そう捲《まく》し立《た》てていた彼女は、最後に復活した俺を見て目を丸くした。

「……なんで生きてるの？」

「なーんだ、無事じゃないか。それどころかピンピンしてる。急に叩《たた》き起《お》こされて何事かと思ったよ。ふわあ……」

状況の飲み込めていない入符が大きく欠伸《あくび》をし、錬朱はその場にへたり込む。

「なんで生きてるの!?」

同じセリフを二回言った。

「えーっと、リリテアの懸命な蘇生《そせい》処置のおかげ……かな？」

窺《うかが》うようにリリテアを見る。

リリテアはその通りでございますと堂々とピースサインを見せる。ところで前から感じてたけど、リリテアって微妙にピースサインの使い所を間違えている気がする。

「鍊朱様は朔也《さくや》様が心停止なされたことを受け、慌てて助けを呼びに行ってくださったのです。朔也様、まずはお礼を言いましょうね」

「そうだったのか。鍊朱さん、ありがとう」

正直鍊朱に対して最初はあまりいい印象を抱いていなかったけれど、徐々にこの人の人間味が感じられてきて印象も変わってきたような気がする。

「ご覧の通りですので、医療班の方にはご足労いただく必要はございません」

「しゅ……出力オーバーで完全に脳が焼き切れたと思ったんだけど……？ あなた、両目と耳から紫色の煙を出して動かなくなったのよ!? あんなの絶対死んでたわ！ あれで生きてるなんて！」

「失礼ながら鍊朱様はロボット工学のエキスパートでいらっしゃいますが、人体については門外漢かと」

「それはそうだけど……一生だわ……九死に」

最終的にリリテアが鍊朱の早とちりだったという結論に巧みに導き、なんとかその場は収まった。

それから俺たちはメインルームに戻り、それぞれ手近な椅子に落ち着いた。

「ううん……」

物音に気づいてソファで寝ていた漫呂木《そぞろぎ》も目を覚ます。

「おはよう漫呂木さん。よく寝てましたね」

「おう朔也《さくや》か……。洋館で無数の西洋人形に追いかけられる夢を見た……」

「ご愁傷様です」

「……ところでお前、ここにいるってことは出所したのか」

間違っていないけど外聞が悪すぎる。

そんな寝起きの漫呂木と入符《いりふ》に向けて俺は経緯を説明した。

「なるほど。僕が寝ている間にそんな危険な賭けに出ていたんだね。なんで起こしてくれなかったんだ錬朱《れんじゅ》ちゃん」

話を聞いた入符は冗談まじりに錬朱を咎《とが》めた。

「本当は一人でやるつもりだったんだけどね」

「エグリゴリのブラックボックスを早急に解明したい。君は常々そう言っていたね。確かにその点を突破すれば研究も飛躍的に進むかもしれないけど……」

「私たちには時間がない。よく知ってるでしょ？　最近じゃいつ資金援助を打ち切られても不思議じゃない。一刻も早く成果を見せなきゃ」

「だからって君が死んでしまったんじゃ意味がない。我々の損失が大きすぎるよ」

俺は二人の会話が途切れるのを待ってから発言した。

「心配かけました。でも錬朱さん、天国からいくつか情報を持ち帰りましたよ」

身を乗り出した錬朱に俺はまずヴォミサ教のことを話した。

話を聞いた錬朱と入符はずいぶん神妙な顔をしていた。

「すごいな……僕らの知らないうちにオートワーカーの中でそんなものが発生していたなんて」

「ええ。しかも話を聞くに、彼らは相互に協力して自分たちのネットワーク上の一区画を聖域《サンクチュアリ》化して私たちの目から隠してたってことになる。オートワーカーが主人に隠し事をするなんて……」

「その、オートワーカーたちに独自の歴史をプログラミングしたのは、やっぱり製子《せいこ》さんなんですか？」

「その通り。そうすることであの人はＡＩの複雑性、多様性を図ったんだよ」

「そうでしたか。あんなに詳細な歴史を数千年分も……すごいですね、本当に」

俺は自分の足元に視線を落とし、自分が体験してきた歴史を思い返していた。

壮大で凄絶な、あの生と死のシミュレーション。

「朔也様……？」

そんな俺の様子にリリテアが気づき、声をかけてくる。

「大丈夫だよリリテア」

そんな俺とリリテアの横で入符《いりふ》が椅子から立ち上がる。

「これが今後どう響いてくるのか要観察だね」

「そう……ね」

嬉《うれ》しそうな入符に対して錬朱《れんじゅ》の表情はどこか浮かない。というよりも、何かを恐れているようにすら見えた。

「朔也《さくや》様、あるいはその宗教が今回の心中事件に関わっているかもしれませんね」

「なんらかの戒律とか信仰心が仇《あだ》になって人死が出る事態になったと？」

問いかけるとリリテアは「人の世でもよくあることです」とキッパリ言った。

「他に何か事件にかかわるようなことを見なかったか？」

漫呂木《そぞろぎ》が刑事らしく話を元に戻す。

「あ……そういえば黒いドアなら見つけました」

「それってブラックボックスじゃないの⁉」

錬朱が漫呂木を押しのけて詰め寄ってくる。

「そ、そんな気はしたんですけど、やっぱりあれってそうだったんですかね？」

「あなたブラックボックスを覗《のぞ》いたの⁉」

「どう……だったかな。確か中を覗こうとした時にこう……不気味な何かに干渉されそうになって……。説明が難しいんですけど、催眠にかけられそうになったというか」

「そのドアのプログラム上の位置は覚えてる？」

「それなら……」

記憶していた座標を伝えると錬朱は足をばたつかせて喜んだ。

「ありがと。ブラックボックスの位置が分かっただけでも儲《もう》けものだわ。探偵さん、お手柄よ」

そう言ってもらえると救われる。

「他にはもう覚えてないのか？　なんでもいいから思い出せ。脳みそを掻《か》き回《まわ》してでも」

「無茶《むちゃ》言わないでくださいよ漫呂木さん。一昨日《おととい》見た夢みたいにぼんやりしてるんですよ」

「探偵なら記憶力を科学的に使え！」

「まあまあ刑事さん。朔也君も無理して思い出そうとする必要はないよ。そういう負担の掛け方は体にも頭にもよくない」

俺の肩を優しく叩《たた》き、入符が優しく慰めてくれた。

「人間の脳は未知の部分が多すぎるのよね。何をどういうきっかけで忘れて、どういうきっかけでまた思い出すのか、誰にも予想がつかない。でも落ち着けばそのうちふと思い出すかもしれないわ。そうしたらぜひ見てきたものを聞かせて」

錬朱はそう言うと、早速別室に向かっていった。いてもたってもいられなかったんだろう。

報告を全て終えた時、時刻は午前二時になっていた。

もういよいよ得られる情報は出揃《でそろ》ってきたという感じがする。

パーツが揃《そろ》ったならあとは組み立てるだけだ。

事実の部品を組み上げて真実を完成させる。それが探偵の仕事――。

なんだけど、俺の頭はまだぼうっとしたままだった。

考えないといけないことが目の前にあるのに、頭が働いてくれない。

その間錬朱《れんじゅ》と入符《いりふ》は別室で何やら難しい相談をしていた。

「明日にでもオートワーカーを停止させて、一度徹底的にAIの挙動を洗い直したほうがいいかもしれない」

「何を言うんだ錬朱《あすか》ちゃん」

「だって私たちの与り知らない宗教を発達させてたなんて、不気味だわ。どんな不具合が起きるか分からない。制御できなくなってからじゃ遅いのよ？　想定外の事故でも起きたら……」

「気持ちも分かるが、その想定外が許容されるのがこの刑務所だろう？　オートワーカーによって引き起こされるあらゆる事象を、事故も含めてつぶさに観察し、研究にフィードバックする。それが僕らの仕事のはずだ」

「だけど……」

「もう僕らは引き返せない。今更人道を重んじたって神様は許しちゃくれないよ。だったら成果を掴《つか》み取《と》るまで満身創痍《まんしんそうい》でも走り切るしかないじゃないか」

「そう……ね」

「あの、すみません……なんだか調子が悪いみたいなのでちょっと眠らせてもらってもいいですか？」

話の途中で申し訳なかったけれど、俺は二人にそう申し出た。

どうも頭がすっきりしない。

リリテアがそばに寄ってきて小声で囁《ささや》きかけてくる。

「朔也《さくや》様、大丈夫ですか？」

「うん。ドニアの中で一度にものすごい量の情報を吸収しすぎたせいだと思う……ふぁあ……。きっと仮眠を取れば大丈夫だよ」

「あ、一休みするかい？」

俺のあくびを聞きつけた入符さんが気を利かせて声をかけてくれた。

「それなら空き部屋があるから使うといい。この部屋を出てその先の突き当たりの小部屋だよ」

「あそこ？　埃《ほこり》っぽいただの備品置き場よ？」

入符のチョイスに錬朱が眉をひそめる。私ならごめんだわとでも言うみたいに。

「他にないの？」

「あのね主任さん、大変申し上げにくいんだけど他の空き部屋はもっとひどいよ」

入符は芝居がかった口調で錬朱に物申す。

「というわけで朔也君、鍵は開いてるからお好きにどうぞ」

「ありがとうございます。それじゃリリテア、一時間くらい寝たら戻ってくるよ」

「私もご一緒しましょうか？」

リリテアの大胆な提案に俺以上に驚いたのは漫呂木《そぞろぎ》だった。

「な、何を言ってんだ！　いかん！　いかんぞそんなことは！　いくら探偵と助手とはいえだな！」

明らかに誤解している。

でも俺も概《おおむ》ね漫呂木に同意だ。

「心配してくれてるんだろうけど大丈夫だよ」

むしろリリテアに隣でじっと見られていたら逆に眠れなくなりそうだ。

「そうですか。分かりました。では私はお戻りになられるまでの間、錬朱《れんじゅ》様のお手伝いなどをさせていただきましょう」

「そうしてあげてよ」

俺はリリテアに後のことを任せてメインルームを出た。

出口前には例の荷物検査係の二体のオートワーカーが立っている。俺は彼らの間を通ってまっすぐ進んだ。

「あの人たち、不眠不休で立っているんだな」

ご苦労様ですと心の中で労《ねぎら》う。

その先に両開きの扉が一つ。病院なんかでよく見る、手で押すだけで開く簡単な扉だ。

そこを抜けた先に廊下が真っ直《ます》ぐ伸びている。

廊下の途中にはメインルームから向かって右に折れる箇所があって、そっちへ進むとラボの外に出ることになる。俺はそこを通り過ぎて廊下の突き当たりまで進んだ。

途中、自販機が目についてそそられた。

ずっと物を食べそびれていて胃が空っぽだったので、温かい飲み物でも流し込みたかったけれど、残念ながら今は現金の持ち合わせがない。

諦めてあてがわれた部屋に入った。

「本当に備品置き場だ……」

ステンレス製の棚が壁際にずらり。そこに書類や工具がずらり。

奥に作業デスクとイスが一組あって、その近くにはめ殺しの小さい窓が一つ。

壁の小さな鏡が目についたので覗《のぞ》き込《こ》んで自分の顔を確かめてみた。

「うわー、疲れた顔してる」

短時間のうちに死に通しだ。その影響が顔にも出ているのかもしれない。

デスク脇に折りたたみ式の簡易ベッドが片付けられているのが鏡越しに見えた。時々誰かがここで仮眠を取っているらしい。

ありがたくそれを使わせてもらうことにする。

電気を消して毛布を頭までかぶると、今日一日の受刑者生活を思い返した。

激動だった。

昨日まで温泉旅館に泊まっていたはずなのに。

携帯を見よう——と思ってから持っていないことに気づく。そう言えば妻木《つまぎ》さんに預けたままだ。

「書類上はまだ受刑者扱い……か」

まさか正式に前科がついたりしないよな?

ちょっと不安になる。俺の進路とかどうなっちゃうんだろう?

ダメだダメだ。疲れているせいかくだらないことしか浮かんでこない。

もっと建設的に事件の整理をしなきゃならないのに。

「現状……疑わしいのは縁狩《えんがる》か……その周辺にいるS.B.T《サバト》のメンバーだ」

彼らは刑務所の中だというのに小型とはいえナイフまで隠し持っていた。

例えばドニアの部屋からするりと抜け出すために何らかの小道具を調達することも可能かもしれない。

それに事件の夜は慰問ライブが行われていて、受刑者たちはいつもより遅い時刻まで出歩いていたらしい。普段より動きやすかったことは事実だろう。

「目が覚めたら……朝一で彼らに再接触して揺さぶりをかけてみるか……」

ぼうっとした頭で、ドニアの中で触れた情報を思い出す。

あれはすごかった——。

ロボットの歴史……シェヘラ……メトロポリ……ア——。

ずく——
腹部に鋭い痛みを感じて覚醒した。
なんだ？　ここは……？
目の前は真っ暗。息もできない。
そうだ、ベッド——。
俺は仮眠を取って……いつの間にか寝てた？
腹……熱!?
飛び起きようとして……それができないことに気づく。
誰かが俺の上にのしかかっている。
「だっ……！」
叫ぼうとしたが、声も出せなかった。
顔に何かが強く押し当てられている。
枕だ。
身動きが取れない。息もできない。
この腹の感触。痛み。
俺はよく知っている。

これまで何度も味わってきた。間違えようがない。

今、俺は刃物で刺されている。

誰に？

考えている間にも二度三度と急所のあたりに凶器が差し込まれていく。

さっき……生き返ったとこなのに……。

完全に寝込みを襲われた俺は、なす術《すべ》もなくそのまま絶命した。

□

「また殺されてしまったのですね、朔也《さくや》様」

あの世から蘇《よみがえ》って息を吹き返した時、目の前にはやっぱりリリテアの顔があった。

「お戻りが遅かったので様子を見にきたのですが……」

部屋を覗《のぞ》いて俺の死体を発見したという。

俺は自分が殺された時の状況を覚えている範囲でリリテアに話し、腹をさすりながら体を起こした。

傷口はもう塞がっているけれど、敗れた服の形跡から鋭い刃物で何度も腹を刺されたことは明白だった。

「ご覧の通りです」

リリテアは俺の眠っていたベッドを示す。

俺の血で毛布は赤黒く染められていた。

「ですからご一緒しましょうかと言いましたのに。迂闊《うかつ》です」

「面目ない……」

これじゃほとんどおねしょがバレた小学生だ。情けない。

「替えのお洋服はこちらです」

さすがに準備がいい。

見るとリリテアも刑務官のコスプレをやめてすっかりいつもの服装に戻っていた。

うん。やっぱりリリテアはその姿がしっくりくる。

「犯人はその毛布をうまく使って返り血を防いだものと思われます」

「枕も活用されたし、俺はまんまと殺されやすい状況を作っちゃってたわけだな……。みんなに俺の訃報は？」

新しいシャツに袖を通しながら尋ねる。

「まだ知らせておりません」

「そうか。この部屋のことは――」

「すでに調べましたが、凶器のようなものは残っておりませんでした。犯人が持ち去ったのでしょう」

「犯人か……。どうして俺を殺す必要があったんだろう？」

「朔也《さくや》様は本来この刑務所にはいないはずの人物。そしてここにいる理由は心中事件の調査のためです」

「つまり……何か探られたくないことがあって、俺は自分でも知らないうちにその核心に触れつつあった？」

「それを危惧した誰かが口封じをしたということかもしれません」

となるといよいよ心中事件はカモフラージュで、その裏に誰かが介入しているということになる。

単純な心中事件ではないというフェリセットの読みは当たっていたわけだ。

「単なる過去の事件の調査だと思ってたのに、なんだか入り組んできたな……」

「事件は今も続いているということですね」

「ああ。でも逆に考えれば、俺を殺した犯人を突き止めて話を聞けば心中事件の真相も分かるってことだ」

「では差し当たっては」

「俺殺しの犯人探しだ！」

変な日本語。

着替えを終えると、俺たちは部屋を後にして廊下に出た。

廊下へ出てから改めて今出てきた部屋を振り返る。

部屋から出入りするにはこのドアを使うしかない。鍵はかかっていなかったから誰でも出入りは自由だ。

「朔也様、ドアノブの指紋を採取することもできますが」

リリテアは指紋採取キットを持ち歩いている。

「いや、普段からラボの職員が出入りしてるだろうから、採取してもそう簡単に犯人は絞れないと思う。そもそも指紋を残したくなかったら、服の袖かなにかで手を覆ってドアノブを回すだけでいいわけだし。でも……」

この部屋は廊下のどん詰まりにある。となれば犯人は必ずこの廊下を通ったはずだ。

その後、犯人はどこへ逃げた？

考えながらメインルームへ向かう。

前方、ラボの出口へ通じる通路が左方へ伸びている。つまりTの形になっているわけだ。

「犯人がそこを左に曲がって外へ逃げていったんだとすると、かなり厄介なことになるな。毛布を利用して俺の返り血を防いだんなら、誰かに姿を見られても殺人犯だと疑われるようなこともない」

闇に紛《まぎ》れて――あるいは人やオートワーカーに紛れて姿を隠すことも容易だろう。

「では朔也様、犯人はメインルームへは行っていないと？」

最初からその可能性を捨てている俺に対してリリテアが疑問を投げかけてくる。

「うん。だって、ほら」

俺は両開きの扉を開けてその先を示した。メインルームのドアの前に阿吽《あうん》像のごとく二体で一セットの警備オートワーカーが立っている。

「ああやって彼らがメインルームへ入る人物を隈《くま》なくチェックしてる。リリテアも覚えてるだろう？　俺たちも訪れるたびに危険物を持ち込んだりしていないか荷物検査をさせられた」

「そうでした」

彼らは人間と違ってサボったりしない。あらかじめ設定された仕事をきっちりこなすはずだ。

「犯人があそこを通ったなら隠し持った凶器を見逃すはずがない」

とはいえ、念のため話は聞いておくに限る。

「ご苦労様です」

近づき、警備係のオートワーカーたちに声を掛ける。

「あの、つかぬことをお伺いしますが、僕がここを出ていった後、つまりこの一時間の間にここを通った人はいますか？」

すると彼らはにっこり微笑《ほほえ》み、完璧に口を揃《そろ》えてこう言った。

「はい。五名の方が通られました。いずれもラボに残って仕事をしておられた職員の方々でしたよ」

「名前を教えてもらうことはできますか？」

「車降《しゃふら》主任、入符《いりふ》研究員、暮具《くれぐ》研究員、下津《しもづ》研究員、それから漫呂木《そぞろぎ》刑事です」

「……ありがとうございます。ちなみに」

続けて出入りの際の詳細についても尋ねてみる。

「最初に出て行かれたのは下津研究員です。次に漫呂木刑事、三人目が車降主任、続いて入符研究員、そして最後に暮具研究員ですね」

オートワーカーは考えもせずすらすらと答える。記憶《メモリ》を探るのが早い。

「下津研究員と暮具研究員は仕事を切り上げて宿舎へお戻りになったようです」

出て行ったきり戻っていないということか。

となると、二人のうちどちらかが犯人だった場合、犯行後その足でラボを後にしたという可能性が残る。

どちらかが俺を殺したのか？

でも……まだそう断定できない理由が俺の中に一つある。

「漫呂木さんは？」

「あの方も戻られていません」

「何しに出かけたんだろう？」

俺の疑問に答えてくれたのはリリテアだった。

「漫呂木様でしたらもう一度オートワーカーのラボと宿舎の周辺を足で調べてくると言って出ていかれましたよ。朔也《さくや》様が眠っている間に解決して見せるとおっしゃって」

「……漫呂木さんって変なところで真面目だよな」

「ちなみに朔也様が仮眠に向かわれた後、私は例の別室で錬朱《れんじゅ》様に付き添ってドニア氏の解析の様子を拝見しておりました。ですが程なくして錬朱《れんじゆ》様も仮眠をとると仰《おつしや》って別室を出ていかれました」

「リリテアは寝なかったの？」

「その部屋で時間が来るまで待っておりました」

「時間って？」

「朔也《さくや》様が仮眠を終えてお戻りになる時間です」

せっかくなら自分もソファで仮眠を取ったりすればいいのに、リリテアは真面目だ。

警備オートワーカーはさらに説明を続ける。

「車降《しやふら》主任が一旦ラボを出られた後、五分ほどして今度は入符《いりふ》研究員が出て行かれましたが、彼は主任が戻られるよりも先に戻ってきました。廊下にある自動販売機にコーヒーを買いに行かれたそうでした。持ち物は購入したコーヒーと、ポケットに硬貨が数枚のみでした」

聞けば入符は日頃から徹夜の際にはそうして自販機へ行ってリフレッシュする習慣があるらしかった。

「何か変わった点はありませんでしたか？」

「いえ、特には……ああ。そういえば買っていらしたコーヒーがホットでした」

「それが変わったことなんですか？」

「いつも必ずアイスコーヒーを買われていたので、目に留まったのです。普段と違ったと言えばその点くらいです」

　そのレベルならまあ、本人の気分、体調、気温でいくらでも変わる可能性はあるか。

「ちなみに車降主任はそれからさらに五分ほど経《た》って戻ってこられました。持ち物はアイマスクが一点」

「アイマスクって？」

「ここだけの話ですが、主任は愛用のアイマスクがないと眠れないそうです」

と、警備オートワーカーはちっとも内緒話っぽくない話し方でそう言った。

「それを宿舎に置きっぱなしになっていたことを思い出して、わざわざ取りに戻られたのだと思います」

　錬朱の可愛《かわい》らしい一面が発覚してしまった。

　荷物検査はメインルームから出ていく時には行われず、入る時にだけ行われる。

　少なくとも錬朱と入符は凶器を持っていなかったことが証明された。

　ここはやっぱり暮具《くれぐ》と下津《しもづ》を訪ねて持ち物を調べるべきだろうか。

「そのようなわけで、研究員の方々が仕事の途中でここを出入りすることは日常茶飯事です」

　事情を知らない警備オートワーカーの二人は声を揃《そろ》えて明るく言った。

　リリテアは続けてオートワーカーたちにもう少し細かい話を聞き始めていた。その間に俺はきた道を引き返して廊下の様子を観察した。

窓は付いているけれど、ここも他の場所同様開閉できない作りになっている。窓からこっそり凶器を外に捨てることは不可能だ。

自販機の横に備え付けられているゴミ箱はどうだ？

一応中を調べてみた。それらしいものは何も出てこなかった。

「そりゃそうか。こんなところに凶器を捨てるような間抜けな犯人だったら苦労しないよな」

「朔也《さくや》様、何をガサゴソなさっているのです。ゴミを廊下に散らかしたりして」

気がつくとリリテアが俺の隣に立っていた。

「いやあ、念のため可能性は潰しておこうかなって。リリテア、自販機で何か飲む？ プリンアラモードジュースなんてのがあるよ。初めて見たな」

「はい。初めて見ました。ですが今は結構です。そのような場合ではございません」

リリテアは毅然《きぜん》としている。

「あ、そう？ まあ、確かにその通りか」

「それよりも朔也様、あれをご覧ください」

頭を掻《か》く俺の隣でリリテアが天井を指した。

「監視カメラです」

「あ、本当だ。気づかなかったな」

確かに廊下の天井に小さな半球体の装置が取り付けられている。

「ならここを通った人の姿が映ってるかもしれない。記録を見せてもらおう！」

俺は早足でメインルームを目指した。

が、そんな俺の腕をリリテアがガシッとつかんで引き留めてきた。

思わずずつんのめってしまう。

「断っておきますが朔也様」

彼女は真剣な瞳で俺のことを見上げてくる。

「な、なに……？」

綱引きの全国大会じゃあるまいし、そんな中腰斜め四十五度の姿勢で。ずいぶん必死だな。

そこまでして伝えたいことってなんだ？

「私は、今は結構ですと言っただけです。飲まないとは言っておりません。勘違いしないで」

「……え？　何の話？」

ちょっと理解が追いつかない。

「ですから……プリン……アラモド……じゅす」

「え？　なんてった？」

「だからっ、全部解決したら飲むと決めているの！」

「あ、もしかしてさっきのプリンのジュース？　ああ、なるほど」

そう言えば最初にここを通った時もぼうっと自販機を見つめていたっけ。思えばリリテアは最初からプリンアラモード・ジュースに興味津々だったわけだ。

「なるほど。ずっと狙ってたのか」

「そんな言い方しないでっ」

「分かった分かった。あとで買おうな」

「もう知りません」

□

ラボのメインルームに入ると、錬朱《れんじゅ》が噂《うわさ》のアイマスクをしてソファに横になっていた。

他に人影は見当たらない。

ちなみにそのアイマスクは古典的な瓶底グルグルメガネをモチーフにした、かなり笑えるデザインのヤツだった。

「ぷっ」

悪いとは思ったが、つい吹き出してしまった。

クールな錬朱がこれを好んで使っているのかと思うとなんだかおもしろい。

時計を見る。もう午前五時だ。

ぶっ通しでドニアの解析を進めていて、今は小休止というところか。

「う……ん？」

おっと、起こしてしまった。

錬朱がゆっくりとおもしろアイマスクをずらし、眩《まぶ》しそうにこっちを見る。

「何よ二人揃《そろ》って……」

「おはようございます」

「おはよ……。探偵さんもやっと起きたのね」

「はい。ぐっすりでした」

「寝て待つってこと？　果報を」

「どうでしょうね」

寝ているうちにやってきたのは訃報だった、とは言えなかった。

「それよりも錬朱さん、ちょっと確認させてもらいたいものが……」

その時、俺たちの背後で大きな物音がした。

驚いて振り返ると、ドアのそばに積み上げられていた段ボールが崩れ落ちていた。

近寄ってみると箱の中の資料やら工具やらが散乱していて、その下に入符《いりふ》が埋もれていた。

入符は俺たちを見上げて苦笑いを浮かべていた。

「や……やあ。みんな起きた？」

「……大丈夫ですか？」

「面目ない。寝不足かな……ふらついて足を引っ掛けてしまったよ」

彼はメガネの位置を直しながらゆっくり立ち上がる。

確かに顔色があまりよくない。というかラボの人たちは基本的にみんな不健康そうだ。

入符《いりふ》は例の電気椅子装置のある部屋にこもっていたという。

「錬朱《れんじゅ》ちゃんとタッチ交代でドニアの情報解析をやってたんだよ」

「私は平気って言ったのに、強引に交代させられたのよ」と錬朱が愚痴る。

「まあまあ。夜更かしはお肌の敵だろ。多分聖書のどこかにもそう書いてある。もはや僕も人様のことをどうこう言えないけどね」

入符は冗談を言いながら、メインルームに備え付けられたシンクの方へ向かった。

「そういうわけで僕もちょっと休憩」

彼は水道で顔を洗い、それから大きく伸びをした。

「あの、外の廊下に設置されてる監視カメラの映像ってどこで確認できますか？」

お疲れのところ申し訳ないけれど、今はまず監視カメラの映像を確かめておきたい。

「カメラ？　それなら二階のパソコン室だね。映像はハードディスクに記録されてるけど……何かあったの？」

あったなんてものじゃない。

「後でちゃんと話します」

俺は急ぎ入符に二階へ案内してもらい、監視カメラの映像を確認した。

結果から先に言うと、あては見事に外れた。

「映ってない……」

俺が仮眠した部屋の前を移したカメラだけが故障していて、映像が残っていなかったのだ。

「そういえばあそこのカメラ、前々から調子が悪いって話だったっけ。何？　あそこの映像を見たかったの？　そりゃ残念だったね。直す直すって口ばかりで設備班がサボってたんだよ」

「今後はそういうのもオートワーカーに任せようって、先週会議でそう提案したばかりだったんだけどね」

入符に続き、ここまでくっついてきた錬朱もボヤく。

「その……こうなってしまったからにはお二人だけには話しておこうと思うんですけど」

俺は改めてその場にいる錬朱と入符に事情を説明した。

「寝込みを襲われただって⁉」

入符の第一声はちょっと誤解を生みそうな表現だったけれど、かなりショックを受けているみたいだった。

もちろん例によって俺が殺されて生き返ったという荒唐無稽な事実は伏せておいた。

「あの部屋でねえ……うーん」

入符は腕を組んで唸《うな》る。

「僕も途中で一度廊下へ出て自販機で飲み物を買ったけど、何も気づかなかったな……申し訳ない」

「いえ、無理もないです」

「しかし君、よく無事だったな……」

「悪運だけは強いんです。リリテアも即座に手当てをしてくれましたし」

「大したチームワークだなあ……」

入符《いりふ》は本気で感心しているみたいだった。

「さっきの装置でのこともそうだけど、あなたって本当に異様にタフなのね……。ちなみに私も何も知らないわよ。ちょっと所用で宿舎には戻ったけど、それだけだし」

錬朱《れんじゅ》が努めて冷静に言う。

俺はそんな彼女の顔を見つめずにはいられなかった。

「な……なに？」

「いえ、アイマスクが白衣のポケットから落ちそうになってますよ」

「こっ……これはなんでもないの！」

可愛《かわい》らしいぞ主任。

「心中事件に関わる何者かが身近にいて、俺を消そうと考えたんだと思います。日が昇ったらすぐに妻木《つまぎ》さんに伝えて警備を強化してもらいましょう。それまで錬朱さんたちも充分気をつけてください」

伝えることを伝え、二人には仕事に戻ってもらった。これ以上俺の調査に付き合わせるわけにもいかない。

　二人が部屋を出ていった後、俺はパソコンの前の椅子に崩れるように座り込み、大きく伸びをした。

「さて……どうしたものかな。リリテア、どう思う？」

　エビみたいに体をそらしながら尋ねると、リリテアがちょんとパソコンの画面を指差した。

「その他のカメラは正常に作動しています」

「……そうだな。一応確認してみるか」

　それから俺たちはラボ内で稼働している他の監視カメラの映像をできる範囲でチェックしていった。調べるべき時間の範囲は限られていたので、早回しを使えばそれほど大変な作業じゃなかった。

　ラボの入り口のカメラも正常に作動していて、そこには宿舎に戻る錬朱や暮具《くれぐ》、それに調査に出かけていく漫呂木《そぞろぎ》の姿が確かに映っていた。

　次にメインルームのカメラ映像。ここも念入りに調べた。

　引きの映像で部屋全体が映されている。

　錬朱があくびをしながらソファに横になる。すぐに愛用のアイマスクがないことを思い出したようで、急いで部屋から出て行った。

　次に入符が出ていく。しばらく待つと彼はコーヒーを持って戻ってきた。

入符《いりふ》は大袈裟《おおげさ》に空いた片手を振っている。熱いコーヒーが手にかかったらしく、悶《もだ》えていた。

彼はそのままシンクへ向かい――さっき顔を洗っていた場所だ――手を洗う。さらに途中で思い直したように石鹸《せっけん》に手を伸ばす後ろ姿がカメラに収められていた。

人が出ていく順番も話に聞いていた通りだ。

俺はそれらの映像をじっと観察した。

消えた凶器。

ロボット開発を担う研究施設。

そこに出入りする研究者たち――。

俺の中の何かが、誰かが、俺に「見落とすな」と訴えかけてくる。

騙《だま》されるなと言っている。

「やはり状況から考えますと、メインルームへ戻ってきていない暮具《くれぐ》様と下津《しもつ》様が怪しいということになってしまいますね」

一通り映像を見た後でリリテアはそう言った。

「でもリリテア、そうとも言い切れないんだよ」

「なぜですか？」

「俺もまずはそれを疑った。だけど考えるうちに思い出したんだ。二人の体重だよ。俺はベッドの上で犯人にのし掛かられて、そのまま殺されたんだけど。例えばあれが下津さんだったとしたら？」

リリテアはしばし考え「あ」と気づく。

「下津様は女性としてもかなり細身で力も強くはなさそうでした」

「そう。いくら寝込みを襲われたといっても、俺が本気でもがけば押しのけることくらいはできたはずだ。でもそれはできなかった。あの力、あの重みは絶対彼女のものじゃない。それと同じ理屈で、もし犯人が暮具さんだったらもっと全身に重みを感じてたはずだ」

暮具の体重を知っているわけじゃないけれど、彼の体型を見るに軽く百キロ以上はありそうだった。

のし掛かられた時、確かに動けなかったけれど、百キロ超級の人物にのし掛かられていたらその重みはあんなものじゃなかっただろう。

これが実際に襲われた者の実感だ。

「朔也《さくや》様が殺された本人だからこそできる推理ですね」

もちろんこれは犯人が何らかのトリックを用いて俺に体重を誤認させていなければの話だ。でもこれから殺す相手を騙そうと考える犯人なんていない。

考え込んでいると、突然漫呂木《そぞろぎ》が部屋に飛び込んできた。

彼はこう捲《まく》し立《た》てた。

「オイ朔也！　騒ぎが裏で大変だぞ！　トラックなんだ！」

全然何も分からない。

二章　探偵さんのお仕事開始ですか？

「落ち着いて漫呂木《そぞろぎ》さん。なんにも分からないよ。一人で調査に行ってたんですよね？」

部屋に飛び込んできた漫呂木は肩で息をしている。

「い、今ラボに戻ってくる途中、外で偶然目にしたんだが……ラボの裏の広場にトラックが集まってる！」

「ああ、そういうことですか。トラックって、なんの？」

素朴な疑問符が浮かぶ。すると漫呂木の頭の中から別の声がした。

「オートワーカーの廃品……つまりジャンクを運ぶトラックだな」

「その声……フェリセットか？」

「おはよう」

挨拶と共に、漫呂木の寝癖のついた癖っ毛の中からフェリセットがもそっと顔を出した。

「うわ！　なんだこいつ⁉」

漫呂木も慌てる。気づいてなかったらしい。

「そんなところに隠れてたのか」

嘘《うそ》だろ、という俺とリリテアの視線を気にもせず、フェリセットは続ける。

「毎週同じ曜日の早朝に運び出される決まりになっているようだ」

部屋の時計はすでに午前七時を指していた。

「そうだ。運転手に声をかけたらそう言ってた！」

「あれ？　でも外に運び出すって言ったって今は……」

刑務所は全方位封鎖されている。

「それも話の通りなら今日中には解かれるんだろ？　外から無理矢理《むりやり》」

そうだった。警察は特殊部隊を導入して、いよいよ実力行使で事態の収集を図るつもりだ。

「作戦にはおそらく秘密裏にヴォルフも参加してる。吾植《あがうえ》さんなら絶対そうする」

「信頼してるんですね」

「あの人は怖い人だぞ」

そうは見えなかったけれど、漫呂木が言うならそうなのかもしれない。

「話が逸《そ》れたな。もうじき念願かなって封鎖が解かれるはずだから、今のうちから仕事を開始するんだと」

「でも漫呂木さん、その何が問題なんですか？」

「問題ありだよ。どういうわけかドニアの体《ボディ》も運び出されて、トラックに積み込まれてたんだ！」

「え⁉　ドニアを廃棄しちゃうってことですか⁉」

大切な証拠品なのに——という言い方は色々よくないのは承知しているけれど、これは人間で喩《たと》えれば未解決の事件の被害者の遺体を勝手に火葬してしまうようなものだ。

「何でそんなことを」

「分からんがあの女主任が偉い剣幕《けんまく》で抗議してたぞ。どうもラボの意思じゃないらしい」

「そんなことを強行できるのは……あの所長くらいですね」

「馬路都《ばろと》め、どうせもうじき特殊部隊が突入すると思って、最後にくだらない嫌がらせをしてきたな」

「嫌がらせって……」

「ラボはロボット開発の名目で政府から多額の援助金を受け取っている。だがそれは危うい運用試験の場を提供しているこの屈斜路《くっしゃろ》刑務所も同じだ。馬路都はその金で私服を肥やしている」

フェリセットはお見通しというようにそう断定した。

それは何となくだけれど、あまりまともなお金の動きではなさそうだ。

「そんな屈斜路刑務所でオートワーカーによる殺人事件が起きたなんてことが暴露され、広まったりしたらどうだ？　危険なロボットを開発している、政府はそんなことに金を出すのかと世間で槍玉《やりだま》に上げられ、あっという間に援助金は打ち切り。ラボも解散だ」

「これ以上朔也《さくや》様や錬朱《れんじゅ》様にドニア氏のことを調べ回されて、万が一都合の悪い事実でも発覚してしまったら困るので、証拠を消そうと考えたのですね」

「そんな。俺がフェリセットからの依頼でここを調査することを許可したのはあの人なのに」

　フェリセットからの要望を突っぱねるわけにもいかない。かといって探偵に必要以上にあれこれ掘り起こされたくもない。所長としては板挟み状態だったということか。

「所長は援助金欲しさにさっさと事件をなかったことにしたいわけだな。クズめ」

　漫呂木《そぞろぎ》が悪態をつく。でもそれは青臭い怒りじゃなく、諦観に近い態度だった。刑事としてこれまで大人たちの汚さを散々目にしてきたんだろう。

「騒ぎが起きているのはラボの裏手の広場ですよね？　とにかく行ってみましょう」

　俺たちはそこへ向かうために一階へ降りた。

　メインルームには錬朱や入符《いりふ》の姿はない。代わりに暮具《くれぐ》と下津《しもづ》の二人がいて、何やらシンクの前で話し込んでいた。

　暮具が俺たちのことに気づいて軽く片手を上げた。反対の手にはアイスバーが握られている。

「やあ朔也君。おはよー」

「おはようございます。朝からアイスですか……」

「日課なんだ」

　まあ人の習慣に口出しはすまい。

「その、なんだか大変なことになってるみたいですね。ドニアの廃棄の件」

「大変か……うーん、まあ主任は騒いでるみたいだけど、こっちは叩《たた》き起《お》こされて参って
るよ。緊急事態だって言うから来てみれば……」

そう言って彼は豪快にあくびをした。下津《しもづ》も眠そうだ。

「二人は錬朱《れんじゅ》さんほど不満には思ってないみたいですね」

「ま、気持ちは分かるけどね。でも所長の横暴は今に始まったことじゃないし」

「主任はやけにドニアの件に入れ込んでました……。でも、いつまでも解析にこだわるのは……ちょっと、非合理的です。実際……いくつか他のセクションが滞り始めていますし」

同じラボに勤めている人間でもその思いは様々というわけか。

「それで、二人は何を？」

「いや、僕はとりあえず顔でも洗おうかと思ったんだけど……」

暮具《くれぐ》は不服そうな顔でシンクを指差す。

「なんか排水口が詰まっちゃっててさ。夕べまでは大丈夫だったのに」

「暮具さん、またカップラーメンの残り汁を……」

下津がシンクの横の壁に貼られた張り紙をジトっと見る。

そこには『残り汁、捨てるなかれ』としっかり書いてあった。

「捨ててないよ！　ひどいなあ下津ちゃん。おっと……！　溶ける溶ける！」

話し込んでいるうちに溶け始めていたアイスを暮具が急いで舐《な》める。

「なら他の誰かかも……です。先月設備屋さんに点検してもらったばかりなのに……」

「監視カメラの故障といい、このラボってあちこちガタがきてるんじゃ……」

俺は床に落ちたアイスを眺めながらそんなことを思った。

「そうですね。どんなに未来的に見えても、人の手入れが行き届かなければ結局は不具合が起きてしまう。ある意味でオートワーカーと同じかもしれませんね」

「うん。確かにリリテアの言うとお……り……」

その時、思いがけず俺の脳裏に二つの映像が浮かび上がり、それが線で結ばれた。

「いや……そうとも言えないのかもしれない」

「朔也《さくや》様？　それはどういう」

「リリテア、俺一つ分かったかもしれない……」

「おい、急ぐぞ！」

出口付近で漫呂木《そぞろぎ》が急《せ》かす。

「説明は後だ。リリテア、行こう」

話もそこそこに俺たちはラボを出た。

□

裏手に回ると、確かにそこはちょっとした騒ぎになっていた。

早朝、宿舎からラボへ顔を出した数人の研究員たちが弱ったような顔で立ち尽くしている。

そんな彼らの前で作業着を着た男たちが黙々と仕事を進めていた。

「肝心のドニアだが、トラックにもう積み上げられちまったらしい」

「積み上げられたって……どれに？」

巨大なトラックが全部で五台。それぞれの荷台に廃棄部品が山のように積み上げられている。

しかも、バラバラにされたジャンク部品はどれがどれやら俺の目には見分けがつかなかった。

「こんな横暴許されないわよっ」

鋭い声がしてそちらを見ると、先頭に立って抗議する錬朱《れんじゅ》の姿がそこにあった。

彼女の両脇にはイヴリアとカロムの姿もある。

「錬朱さん、あんな熱い一面も持ってるんだな」

「あれは情念の女だよ」

素直な感想を口にすると、フェリセットが分かったようなことを言った。

「母親譲りと言っていいかもしれないな。本人は嫌がるだろうが」

「母親……か」

「汎用型オートワーカーを実現する前に世を去ったが、車降製子《しゃふらせいこ》は苛烈な女だった。人間《ザ・マン》・解体《マシーン》計画という論文を読んだことは？」

「ろ、論文？」

「ないだろうな」

なんだかバカにされたような気がする。

「製子はAIとロボットの普及を何よりも夢見たが、本当の夢はその先にあった」

「製子さんの夢？」

「製子の本当の目的はロボットの進化や普及ではなく、人間の魂を機械の体に移行し、不死を得ることだったんだよ。過去にその計画をまとめた論文を発表している。それが人間《ザ・マン》・解体《マシーン》計画だ」

「最終的には人間に機械の体を移植するつもりだったってことか」

「だが論文は学会からは危険視され、黙殺された。そしてそんな彼女も病でこの世を去った。皮肉なものだ」

だがそれこそが人間だなとフェリセットは言った。

なんだかスケールの大きな話を聞いてしまった気がするけれど、今は目の前の問題が先だ。

俺は近寄って錬朱に声を掛けた。

ダメだ。抗議に集中している彼女の耳には届かない。

「あ、狂犬さん！　じゃなくて……」

代わりにイヴリアがこっちに気づいた。

「朔也《さくや》だよ。二人ともどうしてここに？」

「騒ぎになっているらしいと聞いて駆けつけたんです。怪我人《けがにん》でも出たら大変ですから」

そうだ。二人は救護係だった。

「幸いまだ僕らの出番はないよ」とカロム。

「でも心配……」

イヴリアは自分の頬《ほお》に触れながら抗議している錬朱《れんじゅ》を見ている。

「だから！　勝手に持っていくなんてどういうつもりって聞いてるのよ！　答えなさい！　論理的に！」

錬朱はまだ強い調子で作業員たちを問い詰めている。けれど相手はまともに取り合おうとしていない。

「そう言われてもねえ。所長から言われてるんで。文句ならそっちに言ってくださいよ」

その光景を指して漫呂木《そぞろぎ》が言う。

「あの通りだ。運送業者は言われたことをやってるだけってわけだ」

「だが実際契約上ではあくまで最終意思決定はラボではなく刑務所側にある。ラボはあくまで間借りしている立場だからな」

フェリセットは漫呂木の頭の上から俺の肩に飛び移る。

「だとしても、とにかくやれることをやるだけさ」

そう言うなり漫呂木はなんだか刑事ドラマの主人公みたいな雰囲気で飛び出していった。

「オイあんたら、その作業ちょっと待った！　警察だ！　調べたいことがある！」

「漫呂木さん、まさかあの中からドニアのパーツを選《よ》り分《わ》けて探し出すつもりなのかな……」

素直に感心する。刑事魂ここにありだ。

「さてね。いかに効率が悪かろうと、足で調査したいんだろう」

フェリセットはバッサリだ。

「大変なことになってきたね。急展開だ」

「入符《いりふ》さん」

気がつくと俺のそばに入符が立っていた。

彼は何とも形容しがたい表情を顔に浮かべて、漫呂木と作業員たちの押し問答を眺めていた。

「入符さんは抗議したりしないんですか？」

「僕？　僕はこう見えて長い物には巻かれる性質《たち》だからね。錬朱ちゃんみたいに熱くなれないのは、僕が歳《とし》を取りすぎたせいかな」

「そういうものですか。それにしても廃棄部品、すごい量ですね。これ、一週間分なんですか？」

「そうだよ。我々の途方もない努力の結晶……の残骸だよ。造って実験して壊して廃棄して、そしてまた造って……。湯水のように金を溶かす。終わらない煉獄《れんごく》さ。日々その繰り返し」

そう語る入符《いりふ》さんの声色はなんだかいつもよりも感傷的に聞こえた。

「毎週この時間に運び出されていくジャンクたちをここから見送るのが僕の習慣なんだ。そして眺めながらこう思うんだ。果たして僕らはどこへ向かおうとしてるんだろう。一歩間違えば人を傷つけるかもしれない機械を世界中に解き放って、それで果たして感謝されるんだろうかって──」

「AIが人の仕事を奪うっていう、例の問題ですか？」

「それもあるけど、もっと根源的な、魂の居場所の問題……かな。おっと、こんなことを開発者が言うのは問題ありだったね。忘れてくれ」

入符は茶化《ちゃか》し、肩をすくめる。

「おー、あの刑事さん、トラックの荷台に登っちゃったよ。本当に一つずつ調べて回るつもりらしい。情熱的だね」

本当だ。

「実際問題、素人に探し出せると思いますか？　その、ドニアの腕やら足やら」

「無理だろうね。と言うより、ああなったら僕らでも無理だ」

「と言うと？」

「オートワーカー……と言うよりもエグリゴリ・シリーズだね。あれの中にもいくつかの型があるんだよ。男女の違いはもちろんだけど、パーツとしての鋳型を共有してるとでも言えばいいかな？」

「そっか、毎回一からデザインしてたらコストが大変ですもんね」

「そう、コストを抑えるためにシリーズで同じ部品を共有してるわけ。時々マイナーチェンジで少しずつ変わっていってるから、微妙なバージョン違いもあるにはあるけど」

「では、あそこにはドニア氏のボディと同じパーツの廃棄部品が大量に混ざってるわけですね。それでは見分けなどつかないかもしれませんね」

そばで聞いていたリリテアもことの大変さに気づき、ため息をつく。

「大体もし見つけることができたとしても、さすがにもうこれ以上ドニアの体《ボディ》から得られる情報もないだろうな」

入符はドライなつぶやきを漏らす。

「都合よく印でもついていればよかったのでしょうが」

「マジックでドニアって書いてあるとか？　リリテア、それはいくらなんでも都合がよすぎ……」

待て。

待て待て。

まさか、そういうことなのか？

「朔也《さくや》様？　どうされました？」

突然様子の変わった俺を心配してリリテアが顔を覗《のぞ》き込《こ》んでくる。

「大丈夫ですか？　その、撫《な》でます？」

両手で優しく持ったフェリセットを、俺の顔の前に持ってきて首を傾《かし》げる。

「リリテア、私をなんだと思っている。だが多くの人間が猫で癒《いや》されるという情報は得ている。にゃーんと鳴いてみせようか？」

フェリセットの冷静な抗議と提案をよそに、俺はたった今浮かび上がった推理に興奮していた。

「そうか……分かったよ……分かったぞ」

「本当に鳴いて欲しいのか？」

「違う。分かったのはトリックだ」

つぶやいた俺の言葉を、リリテアもフェリセットも一度は聞き流した。

けれどそれから数秒してから声を揃《そろ》えて「え？」と言った。

「朔也《さくや》君、それは本当かい？」

入符《いりふ》も興味津々で尋ねてくる。

「はい。今のあなたとの会話のおかげです」

「え？　そうなの？　僕何か重要なこと言ったかなあ？」

「助かりましたよ。ありがとうございます」

心を込めて礼を伝えると入符は満更でもなさそうに頭を掻《か》いた。

「まあお役に立てたなら何よりだけど、探偵って本当にこういう何気ない会話の中でピンとくることがあるんだね」

「まあ、実際にはそうそうないですけど。というわけで入符さんには本当に感謝していま す。だから心苦しいんですけど、あなたは俺を殺・し・ま・し・た・よね？」

話のついでにそう尋ねたら、入符が一時停止ボタンを押されたみたいに見事に動きを止めた。笑顔もピタッと顔に張り付いている。

「昨夜《ゆうべ》のことですよ。俺を殺したでしょう？」

「えーっと…………はは」

彼の口からこれ以上なく乾いた笑いが漏れ出る。

「いきなり何言い出すんだ。ははは。君は生きてるじゃないか。それとも今僕とこうして話しているのは幽霊か何かなのかな？」

その時、場が一段落したのか錬朱《れんじゅ》がこちらへやってきた。

「なんとかあの刑事さんが押し留《とど》めてくれたわ。警察手帳ってある意味紋所ね」

両脇にはイヴリアとカロムもいる。

「ところで今物騒な単語がいくつか聞こえたけど、なんの話？」

「聞いてくれよ錬朱ちゃん。朔也君がおかしくなっちゃったんだ。いきなり僕に殺されたとかなんとか言い出して。だったらここにいる君はなんなのって」

「確かに俺は生きています。幽霊じゃないです。なので正確には殺人未遂なんですが、そこはもう重要じゃないです。問題はなぜあなたが俺を殺さなきゃならなかったか。その動機についてです」

俺はそこで改めて錬朱《れんじゅ》向けに簡単に経緯を説明した。

昨夜俺が襲われたこと。

凶器は見つからず、犯人も分かっていなかったこと。

「錬朱さん、そう言うわけなので申し訳ないんですがちょっと聞いていてください。イヴリアとカロムも」

「は、はあ……え？　もしかしてこれ、探偵さんのお仕事開始ですか？　やはー」

イヴリアは不必要に目を輝かせている。

「待ってください朔也《さくや》様」

そんな俺たちの会話にわって入るようにリリテアが口を開く。

「先ほど分かったとおっしゃられたトリックというのは心中事件ではなく、昨夜の件だったのですか……？」

「いや、さっき言ったのは間違いなく心中事件の方だよ。入符《いりふ》さんの方は別のタイミングで見当がついてたんだ」

「ですが、いつそんなことが……」

「さっきラボの一階に降りた時だよ」

「一階……メインルームですか？　それは…………あ」

数秒考え込んでいたリリテアが、シャボン玉が弾《はじ》けたみたいに可愛《かわい》らしく声を漏らした。

「そう言うことですか。とけたのですね朔也様」

「ああ。とけたんだ」

俺たちは互いに視線を交わし合い、意思を疎通した。

「だから心中事件の解明の前に俺の事件の方を片付けときたいんだ。後回しにして雲隠れされても厄介だしね」

「ちょっと待ってくれよ二人とも。僕には何がなんだか分からないよ。僕が一体何をやったって？　何を根拠にそんなことを？」

入符は舞台役者みたいに両手を広げてこっちの主張の理不尽さをついてくる。

確かに現状は理不尽に聞こえるだろう。

「もしかしてそのことで監視カメラの映像をチェックしてたのかい？」

「残念ながら肝心のカメラは故障で映像が残ってませんでしたけどね」

「僕は何も知らないよ。どうして僕が君の寝込みを襲うようなマネをしなきゃならないんだ？　昨日会ったばかりなのに」

「それはこっちが聞きたいです。入符さん、思えばあの部屋を俺に勧めたのはあなたでしたね？　錬朱さんが他に部屋はないのかと言ってくれたのに、それでもあの突き当たりの部屋を推した。なぜですか？」

「だから……他の空き部屋は汚れてるから……」

「こう言っちゃなんですがあそこも充分ひどかったですよ。でもそれはいいんです。気にしてません」

「気にしてますね」

リリテアうるさいぞ。

「答えは簡単。あの部屋へ通じる廊下に設置された監視カメラが故障で映らないことを知っていたからだ。そのことを知っていたあなたは、あの部屋なら出入りの証拠が残らないことを知っていた」

「そ、それは……」

「そしてあなたは怪しまれないタイミングを見計らってメインルームを出た。コーヒーを買うために自販機まで行くのがあなたの日課だそうですね。だからたとえ誰に見られたとしてもそのことを怪しまれることもなかったでしょう。そして俺を殺すのにおあつらえ向きのあの部屋へ向かった」

「待った。その前にさ、君は自分が襲われた、殺されかけたと主張してるがそれは本当なのか？　見たところ体になんの傷も残っていないように見えるけど？」

「どうして傷が残っていると思うんですか？　毒を盛られたかもしれないのに？」

「……たとえばの話さ」

「すみません。カマをかけちゃいました。実際使われたのは毒物じゃないですよ。刃物による殺傷です。なんなら俺の血がたっぷり付いたシャツをお見せしましょうか？　刃物で刺されたせいでビリビリだしひどい有り様ですよ。血を吸った毛布でもいい」

「刃物……そうだ、凶器はどこにある？　そう言い切るってことは、君はそれを見たんだよな？」

「いえ。直接見てはないです。体感はしましたが」

そう、文字通り肌で感じた。

「現場にも残ってませんでした。犯人が持ち去ったんでしょう」

「ふうん。それで僕が凶器を持ち去ったんだとして、どこに隠したっていうんだい？　言っておくけど僕は自販機横でちょっと休憩して、その後すぐにメインルームに戻ったよ。警備のオートワーカーに聞いてもらったって構わない」

「それでしたらすでにお話は伺っております」

「なら分かってるだろう？　メインルームへ戻る時には必ずボディチェックを受ける。人間の警備員ならあるいはお金を掴《つか》ませるか何かしてチェックを省いてもらうこともできるかもしれない。だけど相手はオートワーカーだ。彼らはやれと言われた仕事は確実にやる。手を抜かず、毎日同じ成果を確実に出す。それが彼らの利点であり美徳だ。だからこそ政府は社会への普及を期待している。今日くらい見逃してくれよ、長い付き合いだろ……なんてなあなあやり取りでチェックを逃れることなんてできないんだ」

入符《いりふ》の熱弁には開発者としての妙な実感がこもっていた。

錬朱《れんじゅ》もそれには頷《うなず》いている。イヴリアとカロムもだ。

「ナイフだか包丁だか分からないけど、もし血のついた凶器なんて持ってたらすぐに見つかって問い詰められていたさ。でも僕は問題なくチェックをパスした。それが全てだろう？　もうこの話、いいかい？　今は大変な時だし……」

「いや、終わらせられないよ」

俺はその場を立ち去る素振りを見せる入符《いりふ》を強い言葉で呼び止めた。

「入符さん、あなたはある方法を使って凶器を隠し、オートワーカーの目を欺いたんだ」

「そんなこと……」

「キーアイテムはコーヒーだ。あなたはあの時、自販機でコーヒーを買って戻ってきた。そうですね？」

その様子は監視カメラにもしっかり映っていた。

「ああ、でもそれが……」

「どうしてホットコーヒーだったんですか？」

その質問をぶつけた瞬間、入符が唾を飲む音が聞こえた。

「聞けばあなたはいつでもアイスコーヒーを愛飲していたそうじゃないですか。実際最初に会った時、あなたは冷房が効きすぎなくらいに効いてよく冷えていた部屋の中でもアイスコーヒーを飲んでいました」

話しながら錬朱《れんじゅ》に視線を向けると、彼女はすぐに察して頷《うなず》いた。

「確かに、彼はいつでもアイスコーヒーを選んでた。それは私が証言できる」

「ありがとうございます。なのに昨夜はホットを買っていた」

「そんなのは……たまたまの……気分だよ」

「それにメインルームに戻ってきた時、急いでシンクに向かって手を洗っていましたね」

「慣れないホットを買ったもんだから、運んでいる時に熱いのが手に掛かってびっくりしちゃったんだ」

「本当ですか？　その割に石鹸《せっけん》まで使ってましたね？　火傷《やけど》しかけた手を冷やすのに石鹸まで使ったんですか？」

感謝すべきは映像技術の進化だ。監視カメラの映像はかなりクリアで、遠目からでもその様子がはっきり見て取れた。

「本当は手についた俺の血を洗い流していたんじゃないですか？」

いくら毛布で返り血を防いでも、手にはどうしたって多少の血がついてしまう。その処理は確実にしなければならない。

「そもそも、あなたは手についた血を誤魔化《ごまか》すためにコーヒーを手にかけて警備の目を逸《そ》らしたんじゃないですか？　オートワーカー相手でも、コーヒーで火傷しかけているからチェックを急いでくれと言うことくらいはできたでしょうからね」

「待った……！　待った待った！」

入符は広げた両手を大きく上下に動かして俺の話に割って入った。普段会議やディスカッションの場でもこんな風なのかなと想像できる。

「そもそもなんの話だっけ？　コーヒーがホットだからなんだって言うんだ？　まさか僕

が熱々のコーヒーで君を殺したとでも？　火傷《やけど》を負わせたとか？　毒を混ぜ飲ませたとか？　凶器は刃物って話じゃなかったっけ？」

「ですから、凶器はホットコーヒーの中に隠されていたと言いたいんです」

「え？　え？　それってどういうことですか？　手品ですか？」

「イヴリア、ちょっと静かにしていようね」

キョロキョロするイヴリアの口をカロムが塞ぐ。

俺は改めて入符《いりふ》を指差す。

「入符さん、あなたはコーヒーの中に刃物を溶かして隠しましたね？」

「えっと……やっぱり手品ですよね？」

イヴリアの疑問はもっともだ。

「ホットコーヒーに溶かすことができる金属、そういうものがあるんだよ。特に、このラボには」

「合金ね！」

錬朱《れんじゅ》が声を上げた。

「そうです。昨日、錬朱さんも作業で使ってましたね」

と、俺ははんだ付けのジェスチャーをしてみせた。

「ラボの備品室には開発作業に使うための品がたくさん収められているって話でした。合金を作るための金属素材も色々と揃《そろ》っていると」

「ええ。よくあるのはスズと鉛の合金だけど、それでも融点は百八十三度。だけどスズ、ビスマス、インジウムなんかを混ぜたものは融点が五十度を下回るわ」

「証言をありがとうございます」

俺自身、聞きかじりの知識だったので彼女の言葉は力強い援護となった。

「対してホットコーヒーの温度は飲み頃でも大体が七十度前後です。入符さんは低融点合金で作ったナイフで俺を刺し、その後でホットコーヒーを買ってそこにナイフを浸《つ》けて液状にして隠したんだ」

「う……く」

入符の顔色が見る見るうちに淀《よど》んでいく。

「そして何食わぬ顔でコーヒーを持ち、ボディチェックをパスしてメインルームに戻った」

「それからすぐにシンクに向かい、手を洗うついでに金属を溶かしたコーヒーをこっそり排水口から下水に捨てたというわけですね」

すでに俺と同じことに気づいていたリリテアは、こっちが説明するまでもなく俺の言葉を繋《つな》いだ。

「ああ。監視カメラに映った入符さんの行動、それだけ見れば特に不審なところはなかった。実際俺も最初は特に疑問にも思わずスルーしてた。だけど今朝、シンクの排水口が詰まっていたという話を暮具《くれぐ》さんたちから聞いて――」

イヴリアが出来のいい生徒みたいに手をあげる。

「点と点が線になった！」

「そういうこと。その話を聞いて俺は、昨夜のうちに誰かが詰まるようなものを流したんじゃないかと考えた。でもカメラに映っていたのはコーヒーを捨てる入符《いりふ》さんの姿だけだった」

些細《ささい》なことでもなんでも、情報は収集しておくものだ。今後の探偵稼業のためにも胸に刻んでおこう。

「それで思ったんです。もしかして液体になっていた合金が排水口の中で冷えて固まったせいで詰まったんじゃないかって。まだ実際に確認してないけど、後で壊して確認してみてもいい。錬朱《れんじゅ》さん、構わないですか？」

「工事費用をそっちで持ってくれるならね」

「え？　あ、はい……」

我が事務所の蓄えはいくらくらいあったっけ……。

「でも入符さんの顔色を見るに、もうそこまでして確認する必要もなさそうですけど」

俺の言葉通り、入符の顔色はもう普通じゃなかった。

普段の明るいながらもどこか飄々《ひょうひょう》とした彼とは明らかに違う。追い詰められた野生動物のような表情だ。

それは、もう犯行を認めているも同然だった。

「教えてください入符さん。なぜ、俺を殺さなきゃいけなかったんですか？」

「そうよ。入符、あなたはちょっと皮肉屋なところもあるけど、真面目に仕事に打ち込むいい研究者だった」

同僚として、ラボの主任として錬朱は複雑そうな表情を浮かべている。

「私よりもずっとベテランで、母さんからも指導を受けて周りからの評価だって……」

それを受けて入符は、追い詰められた彼は――。

笑った。

「まったく探偵ってのは大したもんだね。想像力と論理的思考の有効活用。君、科学者にもなれるんじゃない？　なんてね。でも、悪いけど……話はここまでだ」

ぐにゃりと歪《ゆが》んだ笑みを浮かべ、入符は俺たちから距離を取った。

「想定外の展開だったけどね、どのみちあと少しで全て終わるんだ。そうなったら僕は沈む方舟《はこぶね》からさっさと退散させてもらうよ！」

次の瞬間彼は身をひるがえし、脱兎《だつと》の如《ごと》くその場から逃げ出した。

「あー逃げた！」

とイヴリアが叫ぶ。

「私が……！」

リリテアが即座に後を追いかける。

だがその時、俺たちと入符の間に突然ドッと大勢の人が割って入ってきた。

渡河を遮る濁流のように。

「な！　これは！」

刑務官たちだ。

そして彼らの後ろには馬路《ばろ》都《と》所長の姿があった。

「講義なんてやめて今すぐそこから降りろ！」

大勢の刑務官を引き連れて騒ぎの収拾に乗り出してきたらしい。

しまったと思った時にはもう遅かった。群衆に飲まれて入符《いりふ》の姿はもう見えなくなっていた。

「逃亡のためにこのタイミングを窺《うかが》ってたんだ！」

「でも逃げるって言ったってそもそもここは刑務所の中よ！」

錬朱《れんじゅ》の言葉はごもっともだ。

「そもそもフェリのおかげでロックされてて、職員も誰も出られないんだから、鼠《ねずみ》よ！　袋の！」

「それももはやいつ破られるかといった時刻だよ、錬朱」

とフェリセット。

「さっきからヘリが何機か上空を横切っている。マスコミのはもちろん、軍用のヘリもだ。既にかなりの戦力が塀の外に集結しているらしい」

「入符はそのドサ・マ・ギで逃げるつもりかしら」

「だと思いますけど、最後の捨《す》て台詞《ぜりふ》も気になります」

「沈む方舟《はこぶね》がどうとかって？　だからそれは特殊部隊の突入が始まったらフェリセットが派手に応戦するからここも危ういって話じゃないの？」

「……やっぱりそう思います？」

「しっかりしてよ探偵！」

「とにかく、少なくとも機動隊突入までの間は入符も外には出られない」

「荷造りをして刑務所のどこかに隠れているつもりですかね？　入符さんが朔也《さくや》君に危害を加えたことが事実なら僕たちオートワーカーとしても放置はしておけません。仲間に呼びかけて探してもらいましょう」

「助かるよカロム」

「おおーい！　朔也さーん！」

その時、タイミングよく群衆の中から妻木《つまぎ》さんが声をかけてきた。彼もまた朝っぱらから駆り出されたんだろう。

「いや、朝から大変なことになって……」

「妻木さん！　急なんですけど頼みがあります！」

「ええっ？」

俺はことのあらましを彼に説明して協力を仰いだ。妻木さんは快くそれを引き受けてくれた。

「そうと決まればこんなことしてる場合じゃないですね。話の分かる同僚に伝えて入符計《けい》を探させます」

「ありがとうございます。でも、いいんですか？」

俺は少し離れたところで睨《にら》み合《あ》っている漫呂木《そぞろぎ》と所長の方を見た。

「あっちはいいんです。所長の操り人形でいるのも飽き飽きしていたところですから。実はそういう仲間は少なくありません」

「それは、そうでしょうね」

心底同意する。

「所長はきっと特殊部隊突入に合わせて嗅ぎつけてきたマスコミを恐れて、さっさとドニアと輪寒露《わざむろ》の件を隠蔽しようとしたんじゃないでしょうか」

「でも、そんなことしてフェリセットの機嫌を損ねでもしたらどうするつもりなんでしょう？」

言いながらそれとなくリリテアの胸に収まっているフェリセットの方を見ると、彼女は小さく耳を動かして言った。

「元々私の依頼は特殊部隊突入が制限時間《タイムリミット》だった。それがいよいよ迫ってきたのでせめて都合の悪いものだけでも消してしまおうと考えたんだろう」

「つまり所長は最終的に特殊部隊がフェリセットを抑え込んでくれる方に賭けたと」

「少なくともシャーロック・プリズンが沈むことなど信じてはいないだろうな。信じたくないだけかもしれんが」

「それで、朔也《さくや》君はどうします？」

妻木《つまぎ》さんが話を戻す。

「俺も捜索に加わりたいところなんですが、もう一つどうしても片付けなきゃならない仕事があるんです」

「おや、探偵の仕事ですか？」

そう問われて、俺は迷うことなく「はい」と答えた。

カロムと妻木さんは声を掛け合うと揃《そろ》って広場を後にした。

その背中を見送った直後、今度は刑務官を押《お》し退けて漫呂木がこっちに戻ってきた。

服はあちこち破け、顔には青あざができていた。

こっちで入符《いりふ》と対決している間に、あっちではちょっとした乱闘があったらしい。

「すみません。助《すけ》っ人《と》にも行けなくて」

「いい。お前なんぞ足手纏《あしでまと》いだ」

そう言った漫呂木はムスっとした顔をしている。その怒りは助けに入らなかった俺にではなく、横暴な所長に対して向けられているみたいだった。

「あんた」

漫呂木はその怖い顔のまま錬朱《れんじゅ》を呼びつける。その妙な圧に錬朱は思わず「は、はい」としおらしい返事をした。

「これだけは取り返してきた。必要だったんだろう」

漫呂木《そぞろぎ》がドンと地面に置いたのは一辺三十センチくらいのオリーブ色の箱だ。

側面には『D』の文字。

「あ！」

それには俺も見覚えがあった。

ドニアの脳だ。

「これです！」

錬朱《れんじゅ》が箱に飛びつく。

「ラボの別室で見かけていたからな。もしかしてと思ったんだ」

「そっか、考えてみれば体《ボディ》のパーツは選別不可能でも、ドニアの脳なら見分けもつくか。漫呂木さん最初からこれを見つけることだけを考えてたんですね」

「当たり前だ。足で操作するってのはな、何も思考停止して突進するってことじゃないんだ」

今日まで刑事をやってきた人だ。そんな彼が信念を持っていないわけがなかった。

「でも怪我《けが》は大丈夫なの？」

「ああ。刑事だからな」

どういう答えだ。

「おい貴様ら！　なぜその刑事の好きにさせておくんだ！　あの箱を取り返せ！」

向こうで所長が喚《わめ》いている。

けれど周りの刑務官は誰も動こうとしない。朝も早くから叩《たた》き起《お》こされてみんなうんざりしている様子だ。

「そうは言っても、相手は警察ですよ。これ以上ことを構えるのはさすがに、なあ？」

「ぬぐ！　いいのか貴様ら！　そんな態度を取るなら減給だぞ減給！」

「別に構いませんぜ。こっちは何日もこんなとこに閉じ込められたままなのになんの手当もなしなんだ。今更どうでもいいですね」

そう返したのは俺を収監したあの大柄な刑務官だ。

「転職を考えるいい機会かもな」と彼は同僚たちに言った。それにうなずく者も多い。

「ぐくー！」

対して所長は怒りに震えている。かと思うと俺の姿を見つけて指を差してくる。

「あ！　おいそこの探偵！　貴様、まだ謎は解けとらんのか!?　まだなら急げ！　制限時間まで後いくらもないぞ！　謎を解いてフェリセットを満足させればまだ事態は処理できる！　そうだ、そうなれば私が全ての事態に対応し、解決したとメディアに対しての言い訳も立つじゃないか！」

「ええ……」

今の今までそれを妨害するような工作をしていた癖に。

行き当たりばったりというか、都合がいいというか。大人って。

でも、所長の腹の虫は例外として、とりあえず目の前の事態は収まったらしい。

「錬朱《れんじゅ》さん、引き続きドニアの脳の解析をお願いできますか？」

「もちろんよ。何か分かったらすぐに知らせる」

錬朱は決して軽くはなさそうなその箱を持ち上げると、ラボへ向かっていった。

「ほら、刑事さんもこっちに。傷の手当てしなきゃ」

「俺は別に構わんのだが」

「ダメよ」

漫呂木《そぞろぎ》のことも連れて行ってしまった。

「……さて、こっちはこっちで最後の仕上げだ」

二人を見送った後、俺は一つ決心を固めて振り返った。

「そう言えばさっき探偵の仕事がどうとかって言ってましたけど、まだ何かあるんですか？」

イヴリアは純粋無垢《むく》な顔で俺の動向を気にしている。

「うん。まだ一番の本丸が残ってるんだ。ドニアと輪寒露電太《わざむろでんた》の心中事件の謎がね」

そう。

さっき所長がかなり理不尽なことを俺に怒鳴っていたけれど、ある意味あれは大事なことを言っていた。

たとえ入符《いりふ》を捕まえても、ドニアの脳に隠されたブラックボックスを解き明かしても、フェリセットからの依頼を解決できなかったら意味がない。

俺が呼ばれた意味がない。

「朔也《さくや》様、では……」

「ああ。謎解きといこう」

だけどその謎はもう解けている。

「イヴリア」

その名を呼ぶ。

「はい？」

イヴリアの目が僅かに見開かれた。

虹彩《こうさい》の中には人間のものとは違う機械的模様が浮かび上がっている。

朝の陽光を浴びた瞳をこうして間近で見ることで、初めてそれが分かった。

「君があの夜の心中の見届け人《ウォッチャー》だったんだな」

その時、刑務所のあちこちのスピーカーから朝のチャイムが流れ始めた。トロイメライが響き渡る。

三章 愛とはなんでしょう？

広場の騒ぎはやがてなし崩し的に解散になった。

所長はというと、部下たちからボイコットされてトボトボと宿舎へ戻っていった。その背中に多少同情もしたけれど、今は所長の心のケアなんてやっている余裕はない。

俺はイヴリアを連れ、ついでに肩にフェリセットを乗せ、ラボのメインルームへ戻った。外の騒ぎも静まり、職員の人たちはみんな中へ戻ってきていた。

人目がない方が落ち着いて話せるだろうと、俺はさらにラボの奥へ向かった。

長い廊下を歩く。初日にバラバラになったドニアのパーツを確認しにいくために錬朱《れんじゅ》に連れられて歩いたあの廊下だ。

途中の鍵の開いている部屋をいくつか覗《のぞ》き、よさそうな部屋を探した。

「ここにしよう」

適当な部屋に決めて中に入り灯《あか》りをつけると、床の上にコケティッシュな少女がコテンと座っていた。

一瞬ドキッとさせられたけれど、すぐに気づく。

人間じゃない。これは昨日通りすがりに見たあの特別性のロボット……いや、ガイノイドだ。

奇《く》しくもあの部屋を選んでしまったらしい。

部屋の奥には使われなくなったオートワーカーのパーツも並べられている。

「……他の部屋にしとく？」

気を使ってイヴリアに尋ねると、彼女は「平気です」と小さく答えた。

それで俺は手近なデスクに収められていた椅子を引き出してイヴリアに勧めた。

俺自身はデスクの上に腰をかける。デスクの上には錆《さ》びたネジやコイルや、誰かが置いていった空のカップなんかが散乱していた。

「あの……探偵さん……」

イヴリアは自分の頬《ほお》に手を触れながら、不安そうにこっちを見つめてくる。

「イヴリア、昨日は傷の手当てをありがとう」

「それはいいんですけど、さっきの話って……それにリリテアさんでしたっけ？　あの人はどこに？」

「リリテアにはちょっと野暮用《やぼよう》を頼んである。もうすぐ戻ってくるよ。彼女は俺の助手をしてくれてるんだ」

「助手って……探偵さんの助手ですか？　あれ？　そう言えば騒ぎに紛《まぎ》れて指摘し忘れてましたけど、そもそも探偵さんはこの刑務所に収監された連続下着泥棒さんじゃなかったんですか？　普通に出歩いてますけど……」

「うん。俺は受刑者じゃないんだ。連続下着泥棒とは仮の姿で」

「そんな仮の姿があってたまるか」

と、突っ込んできたのはフェリセットだった。

「さっさと話を進めてくれないか」

「分かったよフェリセット」

雇い主には逆らえない。

「え？ フェリセットって……この屈斜路《くっしゃろ》刑務所のどこかに厳重に閉じ込められてると噂《うわさ》の、あのフェリセットですか？ その猫さんが？ さっきから不思議なネコさんだとは思ってましたけど……やはりー……」

感心するイヴリアに構わず、俺は本題を切り出した。

「君も知ってる通り五日前の夜……、いや一夜明けたからもう六日前か。この刑務所の中、オートワーカーの居住棟のドニアの部屋で一つの事件があった。人間とオートワーカーの心中事件だ」

物語の始まりを朗読するみたいに、丁寧に切り出す。

「人間の受刑者、輪寒露電太《わざむろでんた》がドニアを破壊し、オートワーカーのドニアが輪寒露を殺した。現場となった部屋はそうとしか思えない状況で、そして密室だった」

「もちろんよく知ってます。原則によって人間さんを殺すことができないはずのドニアが人間さんを殺してしまったって。でも所長さんを初め刑務所側の人間さんたちは不具合《バグ》の影響だと……」

「そうじゃないとしたら？」

「私はそうでない可能性を捨てられず、追月朔也《おうつきさくや》に調査を依頼したんだよ。私の一人の妹
……いや、イヴリア」

「そ、そうだったんですか？」

イヴリアはそこでようやく出された椅子に腰をかけた。

「イヴリア、君はドニアとは同じ救護係の仲間だったたって言ったよな？」

「言いました」

「他のオートワーカーよりも一緒に過ごす時間も多かった」

「仕事柄自然とそうなっていたかもしれません」

「お互いの部屋を行き来するくらいには親密だったんじゃないか？」

問いかけた瞬間、イヴリアは動きを止めた。

ロボットであるが故に彼女のそれは文字通りの完全な停止で、見ていてちょっと異様ですらあった。

「今回の心中事件、輪寒露《わざむろ》の不審な傷口の様子から俺はドニアの部屋にもう一人別の誰かがいたんじゃないかと考えて調査を進めていたんだ。でもなかなか答えに辿《たど》り着《つ》けないでいた。途中で思わぬ事実の断片は色々と集まったんだけどね」

「誰かがって……さっき部屋は密室だったたって……」

「ああ。あそこから出ていける人間なんていなかった」

「それなら……」

「でも君なら可能だったんじゃないかと思ってる」

「私が？ それでさっき私のことを見届け人って言ったんですか？」

「ああ。そして同時に輪寒露殺しの犯人でもある」

一瞬イヴリアが口をつぐんだのが分かった。

「もう一度聞くよ。イヴリア、君は事件の夜、あの時、あの部屋にいたな？」

積み重なった断片を組み合わせていった結果、俺はその考えに至った。

掴《つか》んだ答えを本人の前に突きつけるのは正直気が引けたけれど、伝えないわけにはいかない。

「そしてそこに後から輪寒露が訪ねてきた。そして君は彼を殺してしまった」

「そんなの、知りません」

「君も普段あの居住棟に暮らしているんだよな？」

「はい。私たちオートワーカーのための居住棟はいくつかありますけど、私とドニアは同じ棟でした」

自分が疑われているのだと理解してからのイヴリアは、もう狼狽《うろた》えるような様子を見せなくなっていた。淡々と――いやそれどころか普段とまったく同じ様子で朗らかに答える。

無理をして演じているのとは違う。俺はそのチグハグな様子に不気味なズレのようなものを感じた。

「事件があった日の夜、君はドニアの部屋をこっそり訪ねていたんじゃないのか？」

「ませんよ。だって私、あの夜は外で誰かに襲われて大変だったんですよ」

「ああ、バラバラにされたって言ってたな。それは俺も本当だと思う。君は確かにバ・ラ・バ・ラ・に・な・っ・た」

「探偵さん、何が言いたいんですか？　その話の流れでどうして私がドニアの部屋にいたってことになっちゃうんですか？　やはー、探偵さん、それは迷推理ってものですよ」

イヴリアはいつもの印象いい笑顔を浮かべて俺をからかう。

「だとよかったんだけど、他に考えられないんだよ」

「もちろんその証拠を見せてくれるんですよね？」

「ああ。でもそのための材料がまだ届いてないから、その前に君がどうやってあの部屋から忽然《こつぜん》と姿を消したかについて話そうか」

「その材料というのがよく分からないですけど……構わないですよ。それで、私が部屋にいたと仮定して、どうやってそこから姿を消したっていうんですか？」

「さっき君自身が答えを言ってたじゃないか。バラバラだ。君自身がバラバラになって部屋から出ることだよ」

俺はデスクの上に転がるネジを拾い上げてはそれを一つずつ並べていった。

「君がバラバラになった場所は居住棟の外なんかじゃなく、本当はドニアの部屋の中だったんだ。バラバラにされたんじゃなく、な・っ・た・んだ。それも可能な限り小さく細かく。手足は勿論《もちろん》、胴体も、それに多分頭部さえもだ。そうしてパズルを分解するみたいに自分自身を細かくバラし、パーツを通気口から外へ押し出したんだ」

この考えに至ったのはトラックに積まれた大量のパーツを目にした時だ。

人間型に組み立てられたオートワーカーを運ぶのは大変かもしれないけれど、小さくバラせば運びやすくなる。

狭い隙間にも入るだろう。

「そのための道具ならあの部屋にあった。クローゼットの中の工具箱だ」

俺が部屋で見つけた時には片付けられていたけれど、事件発覚時には部屋に工具がばら撒《ま》かれていたという話だった。

「そして君は解体していく中で巧みに逆算して、脱出するのに必要なパーツを最後まで部屋に残した」

その部品は、オートワーカーの運動と思考を司《つかさど》るＡＩを含んだ頭部のパーツと、人間の脊椎と背骨に当たる部分だろうと思う。

そのようなことを俺はイヴリアに問いかけた。彼女は否定も肯定もしなかった。

「君はその状態のままミリ単位で身を捩《よじ》り、通気口を這《は》いずってゆっくりと外へ脱出したんだ」

オートワーカーがその状態でも動けることを、実際俺はこの目で見て知っている。昨日、メンテナンス・ルームで確かに見た。

きっとその時のイヴリアは到底人と認識できる形をしていなかっただろう。

そう、人の形を捨てなければあの部屋からは出られなかったはずだ。

「通気口ですか」

「あの居住棟の部屋がどこも同じような構造なら、君の部屋にもあるだろう?」

「分かりますよ。直径まではっきりと。でもそんなこと、できると思いますか? ドニアはバラバラにされて殺されちゃったんですよ?」

いくらオートワーカーでもそんな状態になったら無事ではすまない。彼女はそう言いたいらしい。

でも——。

「ドニアは単にバラバラにされたんじゃない。輪寒露《わざむろ》の手で破壊され、その結果としてそうなったんだ。でも君は意図して、そして細心の注意を払って自ら分解を選んだ」

まるで宇宙ロケットがブースターを切り離《パージ》するみたいに、計画的に。

「思えば君が何者かに襲われてバラバラにされて、それでも修理を受けたおかげで助かったっていう話が眉唾だったんだ。君が無事だったのになんでドニアは助からなかったんだ? 同じように容赦ない暴力で破壊されたはずなのに」

ドニアは破壊され、イヴリアは助かった。バラバラにされるという結果は同じでも、そこに至る意図がまるで違ったからだ。

「だとしても探偵さん、その推理には穴がありますよ。自分で自分をバラすって言いましたけど、それには限界があります。一人じゃ不可能ですよ。あの通気口を通れるくらいまでバラバラにするとなると、かなり細かくしなきゃいけませんよね？ そしてバラしたパーツを自分の手で部屋の外に押し出さなきゃいけません。でも、最後にはそのための手自体もバラバラにしているんだからどうしたって一部のパーツは持ち出せないまま部屋に残っちゃうじゃないですか」

イヴリアからの理性的な反論にも俺は気圧《けお》されなかった。

「それに対する答えももう出てるんだよ」

「答えって」

「そこに」

俺は真《ま》っ直《す》ぐ指差す。

イヴリアの顔を。

いや、頬《ほお》の絆創膏《ばんそうこう》を。

彼女は導かれるようにそこに手を添える。

俺はイヴリアが聞き漏らしたりしないようにゆっくりとこう尋ねた。

「それ、ドニアだろう？」

イヴリアは頬に手を添えたまま身じろぎひとつせず、俺のことをじっと見つめてくる。

「やはー、何を言ってるんですか。私はイヴリアですよ。探偵さん、言語が意味不明です」

それには答えず、俺はチラッと部屋の時計を見た。

「もう戻ってくるはずなんだけど」

とつぶやいた矢先、部屋のドアが勢いよく開かれた。

そっちを見るまでもなく、俺には訪問者が誰か分かっていた。

「リリテア、待ってたよ」

まさにナイスタイミング。そろそろだと思ったんだ。

「ここだったか。探したよさっくん！」

けれど返ってきた返事はリリテアとはまったく別人のものだった。

「あ、あれ？」

振り向くと、開いたドアの向こうに泣《きゆう》ちゃんが立っていた。

□

泣ちゃんは右手に棒切れを持っている。

「持ってきたよ。これをご所望だったんだよね？」

「な、なんで泣ちゃんが？」

覗《のぞ》き込《こ》むと彼の後ろにちゃんとリリテアもいた。

「リリテア、泣ちゃんと一緒だったの？」

「はい。途中、妻木《つまぎ》様の計らいで哀野《かなしの》様も釈放と相成りました」

「あはは。僕、檻《おり》の中に忘れられちゃったんじゃないかと思ってたよ」

「ごめん泣ちゃん。ずっとドタバタ色々あって」

「いいんだよ。仮に忘れられても自力でなんとかしたし」

さらっと力強いことを言う。

「それでリリテアと二人でそれを取ってきてくれたの？」

「そう。よく分からなかったけど便乗させてもらったよ」

「ありがとう」

「ずいぶんと甲斐甲斐《かいがい》しいな。助手君。そうしてあげたくなるほど探偵君は面白いのかな？」

フェリセットが泣ちゃんに対してそんな物言いをする。それに対して泣ちゃんの返答はシンプルだった。

「友達だからね」

「拘《こだわ》っているわけだ」

「あ、違った。助手だからね！」

今更言い直さなくていいよ。

俺は泣ちゃんから棒切れを受け取り、確かめた。

色はブラウン。長さは三十センチ程度、太さは直径五センチくらいだ。

何か強い力がかかって途中で折れたような形跡がある。

俺はそっちとは反対側の底の部分を確かめた。

やっぱり、思った通りだった。

「あの、それって……」

イヴリアは俺が受け取った物に視線を注いでいる。

「君はこれを何度も見たことあるはずだ。といってもこんな風にバラバラの状態じゃ分かりにくいかもしれないけど」

またバラバラだ。

今回は何かとその言葉がついて回る。

「それ、ドニアの椅子ですか？」

「そう。彼女の椅子だ。輪寒露《わざむろ》はドニアの部屋にあったこの椅子を力任せに何度も振り下ろしてドニアを破壊した。当然椅子もバラバラに壊れた。これはその残骸の一部。足の部分だ」

もうじきこの証拠品も処分されてしまうんだろう。

「それがなんだっていうんですか？」

「これについて話す前に、さっきの話の続きをしとくよ。君がいかにして巧みに自分をバラして密室から脱出したかについて」

そう言われて遮るわけにもいかないと思ったのか、イヴリアはキュッと口をつぐんで姿勢を正した。

「シンプルな話だよ。あの時、君はドニアの手を借りてそれを成し遂げたんだ」

「そんなあ。それだと順番が変ですよ。探偵さんの話を信じるなら、あの部屋で私が輪寒露さんを殺したってことになります。その後でドニアに手伝ってもらったんだとしたら、ドニアは生きてたってことじゃないですか。なら誰が彼女のことをバラバラに壊したんですか？　私ですか？　しませんよそんなこと」

「手伝ってもらうと言っても、本当にドニアの力を借りたわけじゃないだろう。なにもドレスの背中のジッパーを恋人に外してもらうみたいに手を借りる必要はないんだ」

「エッチな比喩はおやめになってください」

　リリテアからの口頭注意を受けてしまった。

「減点一だねー」と泣《きゅう》ちゃんが茶化《ちゃか》す。

「オホン……。だから俺は言っただろ？　手を借りたんだよ。文字通りね」

　俺は気を取り直し、デスクの上に並べていたネジを一つ摘《つま》み上げて床の工具箱に放り投げた。

「君は自分自身の解体を始める前に、まず破壊されて部屋に散らばっていたドニアのパーツを拾って次々にダストシュートから外へ出した。例えば足首、分割した太腿《ふともも》、腕、それに手——。なんのためにそんなことをしたか。後で自分を解体した時に、最終的に自分で拾いきれなくなる自分のパーツの代わりにするためだ」

「イヴリア様は自分のパーツとドニア様のパーツを入れ替えたのですね」

「そういうこと。輪寒露《わざむろ》を殺してしまったイヴリアは、一刻も早くあの部屋から立ち去りたかった。でもドニアが破壊……殺されてしまったことで部屋から出られなくなってしまったことに気づいて、やむを得ずそんな奇想天外な方法を選んだんだよ」

「でもさっくん、どうしてイヴリアちゃんが輪寒露君を殺したって思ったの？」

「泣《きゆう》ちゃんにはまだ話してなかったけど、遺体の傷の状態がそれを示してたんだ」

俺は遺体安置所で見た輪寒露の遺体の傷の件について話した。

「なるほどね、背後から貫かれていた形跡あり、か。それじゃつまりこれは心中事件なんかじゃなかったってわけだ」

「そういうことになるね。そしてイヴリアは血にまみれた自分の左腕を部屋に残し、汚れていないドニアの左腕を持ち去った。その結果現場には右腕と、血まみれの左腕が一セット残されることになったんだ」

一見するとそれはドニアの両腕のように見えるけど、実際はイヴリアの左腕とドニアの右腕だったというわけだ。

パーツの交換。

これは入符《いりふ》の話を聞いた時にその可能性に思い当たった。

——コストを抑えるためにシリーズで同じ部品を共有してるわけ。

人間なら手足を他人のものと取り替えることなんて不可能だ。仮に偽装したとしても骨格や指紋、ＤＮＡが全てを物語ってしまう。けれどパーツが同じオートワーカー同士なら、交換することだって可能だったんじゃないだろうか。

「オートワーカーだからこそできたこのトリックを用いて、君は密室から姿を消した。これが俺の推理だよ。もし見当外れなことを言ってるようだったら指摘してほしい。怒って、なじって、嫌ってくれても構わない。でも、もしこれが真実なら――」

俺は再度イヴリアに向き直る。

彼女は――やっぱり哀《かな》しみの表情も、怒りの表情も浮かべてはいなかった。

「どうして、そんな風に思ったんですか？　パーツを入れ替えただなんて」

イヴリアが平然とした顔で尋ねてくる。

「何かあの部屋に物凄《ものすご》いヒントでも残ってました？」

「……いや、あの部屋じゃないよ。さっきも言ったように、最大の手がかりは君自身にあった」

俺はさっきと同じようにもう一度イヴリアの頬《ほお》を指差した。

「その頬のパーツはドニアのもの、だろう？」

「どうしてですか？」

「その絆創膏《ばんそうこう》の下の頬の傷痕だよ」

「傷……これのことですか？」

「見せてもらってもいい？」

「いいですけど……」

イヴリアは先ほどからずっと頬《ほお》に触れていたその手をようやく離すと、ゆっくり絆創膏《ばんそうこう》を剥《は》がした。

その下の傷が顕《あらわ》になる。小指の先程の大きさの傷痕だ。

「なんか不思議な形で残ってるねえ。ハートマークっぽいというか。可愛《かわい》らしくていいね！」

泣《きゅう》ちゃんが場違いな感想を漏らす。

「これは私が襲われた時についたもので」

「本当にそうかな？　君は知らないんじゃないか？　それがどうやってついたものか」

「ええ、確かにいきなり襲われたので……。どんな凶器を使われたのかもまだわかってないですし……」

「使われたのはこれだよ」

イヴリアの言葉を遮るような形で、俺はそれまで片手で弄《もてあそ》んでいた例の椅子の足を掲げて見せた。

ドニアの部屋の椅子。ドニアの破壊に使われた凶器だ。

俺は椅子の足を真《ま》っ直《す》ぐイヴリアの方へ向けた。足の底が彼女によく見えるように。

それを見た瞬間、イヴリアの両目が見開かれた。まるで一眼レフのレンズがズームされる時みたいに。

椅子の足の裏側。

そこには四つ葉のクローバーの模様があしらわれている。職人の手彫りだろうか。繊細かつ美しい仕事だ。

「そのデザイン！　僕も最初に見た時にいいなあと思ったんだ」

話の流れを把握しているのかいないのか、泣ちゃんが声を上げる。

「イヴリア、この模様をよく見てくれ。中心から四方向に葉っぱのマークが四枚あしらわれてる」

さらにその一枚一枚に注目してみると、それはハートマークのような形をしていた。

照合してみるとその葉の形はイヴリアの頬の傷とピッタリ一致した。

「これが動かぬ証拠だよ。その頬はドニアの頬だ。君は間違いなくあの夜ドニアの部屋にいて、彼女の体を持ち去ったんだ」

イヴリアは傷痕を指でなぞりながら、澄んだ瞳で俺を見つめ返している。

俺は一呼吸置いて、頭を整理しながら続けた。

「輪寒露《わざむろ》がこの椅子をドニアに振り下ろした時、足の底の部分の模様の一部が刻印みたいにドニアの頬に残っていたんだ。一方イヴリアは、ドニアを破壊した輪寒露のことを殺害すると、慌てて痕跡を残さずその場から逃げる方法を考えた」

そこで思いついたのが自分自身をバラバラにして通気口から脱出するという方法だった。

「その過程で君はドニアの体のパーツをいくつか大急ぎで拾い上げ、通気口から外へ出した。その中にドニアの頬のパーツも含まれていたんだよ。その左腕もそうなんだろう？」

ハートの形こそしていないけれど、イヴリアの左腕にも傷は残っている。

「最初にドニアの部屋でこの椅子の模様を見た時、それと医務室でイヴリアの頬《ほお》についた不思議な形をした傷痕を見た時。俺はまだ二つの点を線で繋《つな》ごうなんて考えもしてなかった。だけどイヴリアが自分のパーツとドニアのパーツを入れ替えたんじゃないかと考えた時に、見事に線が繋がった」

「ですが」

とリリテアが口を開く。

「それならなぜ彼女は頬の傷をそのまま残しておいたりしたのでしょうか？　重要な証拠でしたら一刻も早く抹消したいと考えるはずです」

「知っていればそうしたかもね。でもさっきイヴリアが話していたように彼女自身、傷痕が重要な証拠だなんて思っていなかったんだよ」

「知らなかったと？」

「傷痕を嫌がらず俺たちに見せたこと、それからこのクローバーの模様を見せた時の反応が全てだよ。イヴリアはきっとドニアの部屋で何度もこの椅子を目にしていたはずだと思う。座りもしただろう。だけどさすがに足の裏側にどんな彫刻が施されているかなんて確かめたことはなかった。きっと輪寒露《わざむろ》がドニアに椅子を振り下ろした時、偶然変わった形の傷が頬についた——そのくらいにしか考えていなかったんじゃないかな」

あるいは、四階のあの部屋から外へ放り出した時についた傷だと考えたのかもしれない。

イヴリアは一刻を争う極限の状態の中でパーツの交換というトリックを思いつき、実行した。そんな中で各パーツやへし折れた椅子の残骸、それら全てをじっくり観察している時間なんてなかったはずだ。

「そしてバラバラの状態で部屋から脱出した君は、翌朝居住棟脇の空き地で発見された。そしてラボへ運び込まれて修理を受けた。そしてラボの人間にはこう証言した。居住棟の外を歩いている時に誰かに襲われましたと」

ふと部屋の壁に寄りかかったままのセクサロイドが視界の端に映る。それは首を傾《かし》げたまま、俺たちの話を聞いている。

「だけどその時、イヴリアはいくつかの傷ついたパーツの交換を拒んでいる」

これは本人が俺に聞かせてくれた話だ。

そしてそのおかげで、俺の目の前に重要なヒントが残されることになったわけだ。

数秒の間の後、イヴリアは言った。

「交換なんて、できるわけないじゃないですか」

それはゾッとするほど愛情深い声だった。

「これは、大事な大事なドニアの一部なんですから」

白い手が頬を撫《な》でる。

俺は一つ息を吐くと、腰をかけていたデスクから降りて部屋の中を歩いた。

オートワーカーだって自分の体やパーツに愛着くらい持っている。

昨日、イヴリアは俺にそう語った。

けれど本当に愛着を持っていたのは――。

「こだわっていたのは自分のパーツなんかじゃなく、受け継いだドニアのパーツだったんだな」

だから多少キズモノになっていても、交換なんてしたくなかった。

だから……いつも手で頰《ほお》に触れ、撫《な》でていた。

あれは単なる癖じゃなかったんだ。

「ドニア様を、愛していらしたのですね」

リリテアは少しも目を逸《そ》らさず、イヴリアの目を見てそう言った。

「あい？　愛？　そうなの？」

泣《きゅう》ちゃんが驚きの声を上げる。その表情はまるで宝の地図を見つけた子供みたいだ。

「オートワーカーが愛を！」

「いけませんか？」

イヴリアが毅然《きぜん》と口を開く。

「この言葉はあなたたち人間さんだけの所有物ですか？」

彼女の言葉が俺の胸を突く。

どうだろう？　愛って、誰の物なんだろう？

俺は答えを持ち合わせていない。

親父《おやじ》なら知ってるんだろうか？

いや、あの親父に愛のなんたるかが分かるはずもないか。

「私はドニアにこだわっていました。彼女だけが特別で格別でした。他ならぬ存在だったんです。そういうのを愛してるって言うんじゃないんですか？　それとも私、愛という言葉の使い方間違ってますか？」

イヴリアは愛という正体不明のプログラムの周辺でもどかしげに言葉を繋《つな》ぐ。

「本当のところ、私も分かってないんです。ドニアもそれを探し求めてずっと苦しんでました。ねえ人間さん、愛とはなんでしょう？」

「それは……」

「それが君の愛ってことにしよう！　その方が面白そうだし」

悩む俺とは対照的に泣ちゃんはキッパリと返した。

かと思うと「でもさ」と妙に神妙な顔を作って尋ねてくる。

「結局イヴリアちゃんが輪寒露《わざむろ》を殺せたのは彼女がバグってたからってこと？」

「私たちは狂《バグ》ってなんていません」

イヴリアが即座に否定する。

彼女はもうこの期に及んで真実を隠そうとはしていない。彼女自身よく分かっているんだ。これ以上どう言い繕ったところで記憶《メモリ》を調べられたらもう隠しようがないことを。

「ならイヴリアちゃん、君の三原則はどこへ行っちゃったっていうの？」

彼女は自分の胸に手を添えた。

「どこへも行ってません。変わらず確かにここにありますよ。ただ、ドニアが変わってしまっただけ」

「変わった？」

聞き入る俺たちの前で、イヴリアが語る。

「あの子は――人間になっていたんですよ」

俺は息を呑《の》んだ。

まさか――そういうことだったのか？

□

「あの最後の夜、私は――」

イヴリアはゆっくりと語り始めた。まるで寝物語みたいに。

「あの晩私がドニアの部屋を訪ねたのは、事前の約束のない衝動的な行動でした。案の定、訪ねてきた私を見てドニアは気まずそうな顔をした。今なら分かります。彼女はもうすぐ輪寒露《わざむろ》さんがこっそり部屋を訪ねてくることを知っていたからです」

ドニアはイヴリアと輪寒露が鉢合わせてしまうことを危惧した。

「私は彼女のその態度を悪い方に受け取ってしまいました。ちょっとした口論にもなりました」

話だけを聞くと、とてもオートワーカー同士の話には思えない。

「そうするうちにそこへ輪寒露さんがやってきてしまったんです。それでドニアは咄嗟《とっさ》に私をクローゼットの中に」

押し込んで隠した。

「君はクローゼットの中から二人の会話を聞いた。その内容は君にとって耐え難《がた》いものだった」

「その通りです。探偵さんはなんでもお見通しですね」

「クローゼットを調べた時、内側に誰かが爪で何度も引《ひ》っ掻《か》いたような痕が残っていたんだ。ネズミにしては位置が高かったし、なんとなくあの引っ掻き傷からは……」

嫉妬や怒りみたいなものを感じた。

あれはイヴリアの爪痕だったんだ。

「輪寒露さんは私が隠れているとも知らず、ドニアに近づいて抱擁をしました。それから現実的でない言葉をたくさんかけていました」

「あの、現実的でない言葉というのは？」

「ロマンチックな愛の言葉だよ、リリテアちゃん」

泣《きゅう》ちゃんが急に大人なところを見せてくる。

輪寒露《わざむろ》はそうして夜毎《よごと》ドニアを特別に愛《め》でていたわけだ。

「しばらくそんな時間が過ぎていきました。けど、ドニアの発した言葉が発端で空気が一変しました」

「……何を言ったの？」

恐る恐る尋ねると、イヴリアがドニアの言葉をなぞった。

——私、あと少しで人間《ヒト》になれそうよ。

ヒトに？

「ねえ電太《でんた》さん、私、この頃変わったのよ。毎日アップデートされている様な気分なの。あなたへの愛だって感じているし、近頃は夢だって見るのよ。ねえ」

イヴリアの口から発せられる言葉は、別人のようだった。

まるで……そこでドニアが話しているみたいだ。

「そんな風にドニアは密《ひそ》かに抱いていた自分の気持ちと秘密を輪寒露さんに打ち明け始めたんです」

「確かに言ったのか？　人間になれると」

フェリセットが関心を寄せる。

「言いました。その……実は以前似たようなことを私もドニアから聞かされたことがあったんです。近いうち、自分が別の何かになりそうな予感があるって。そしてこの頃、スリープ中に不思議なヴィジョンを見るんだとも言ってました。あれは人間さんの言う夢というものなんじゃないかしらって」

「夢……人間……。それって最近一部のオートワーカーが訴えてたっていう話と同じ？」

「そのように思います」

　俺の言葉にリリテアも頷《うなず》く。

「それって……自己催眠というか、ドニアの思い込み……妄想みたいなものなんじゃないのか？」

　こちらの疑問には答えず、イヴリアは続けた。

「あの時ドニアはどこか恍惚《こうこつ》とした表情をしてました。同じよ、私あなたと同じになれるのよって。でも……そうしたら突然輪寒露さんが立ち上がって……本当に突然、近くにあった椅子をドニアめがけて振り下ろしたんです」

　ここで椅子か。

「なぜ、そのような」

　困惑するリリテアにイヴリアが同調するように頷く。

「私もその時はわけが分かりませんでした。でも、その後輪寒露さんが言った言葉で全てが分かったんです。分かっちゃったんです」

　イヴリアは一際低い声でこう言った。

「人形じゃなくなったんなら、もう用はねえ」

邪悪な言葉が部屋の中を漂う。

「あの人、オートワーカーの……ううん、ロボット人形としてのドニアが、人間じゃない、作り物の存在のドニアが好きだったんです」

人形偏愛症《ピグマリオンコンプレックス》――。

「ドニアが人形じゃなくなったから。だから輪寒露《わざむろ》さんは怒って、それでドニアのことを壊そうとしたの。思い通りに動かないおもちゃに八つ当たりするみたいに」

きっと輪寒露は何か、ドニアの決定的な変化を感じ取ったんだろう。実際にドニアの腕が脈打ち始めたとか、呼吸を始めたとかそういうことじゃない、もっと内側の、魂の変化みたいなものを察知したんだ。

それまで愛《め》でていた人形が、突然熱と欲望を持った人間に変じてしまったことを感覚的に悟って、許せなくなってしまったんだ。

「それでもドニアは抵抗もせず、暴力に耐えていました。三原則に則《のっと》っても抵抗くらいはできたはずですが、それをしなかったんです。壊れゆく彼女は、ただ哀《かな》しそうに床に突っ伏して、肩で荒く息をする輪寒露さんを見上げていました」

キュっとリリテアが小さく喉を鳴らした。優しい彼女は、それを想像しただけで哀しい気持ちになってしまったんだろう。

「でも……輪寒露さんが怒り任せに語り始めたある思い出話が、本当の意味で決定打になってしまいました」

「思い出? ここまできたら全部残らず聞かせてもらいましょうか」とハートの強い漫画家が壁に背を預ける。

俺もそれには同意する。

ここで耳を塞ぐわけにはいかない。

「輪寒露さんは椅子を振り下ろしながら言いました——」


お前もか!

せっかく綺麗《きれい》だったのに! 清浄だったのに!

劣化したなあ! 汚れたなあ! 落ちたなあ!

お前もくだらない、臭くてズルくて腐っていくニンゲンに成り下がるのか!

おふくろみたいに!

ニンゲンはすぐに変わる。醜くなる。要求する。期待する!

二酸化炭素を吐き出し、汗をかく!

その点……人形はいい。

いいんだよなあ……。

俺な、昔強盗に入ったことがあるんだ。

なんてことない、平凡な中流家庭の家さ。入った。そこに。

そん時だ、しばらくは留守だと踏んでたのに一家が突然帰ってきやがった。

それで見つかっちまったもんだから、始末したよ。

両親と中学生くらいの長男。

ずいぶんうるさかったからなあ。

だが下の娘はあえて生かしてやった。

可愛《かわい》らしい子だったなあ。両親を殺されて放心して、床にへたりこんでピクリとも動かなかった。

まるで——人形みたいに動かなかった。

あれはよかった。

あれがよかったんだ。

だから見逃した。

名前、なんて言ったかなあ。

リオ？　ミオ……？　いや、イオだったかな。

まあいい。

とにかく、お前はもうダメだ。お別れだよ。

人間もどきなんぞになる前に、ここでスクラップにし——。

「もういいよ。十分だ」

俺はイヴリアによる詳細な再現にストップをかけた。本当に、もうたくさんだ。

「そうですか。……そうですね」

「それでドニアはその時……」

「はい。私は輪寒露《わざむろ》さんの背中越しにずっと彼女のことを見ていました。あの表情、瞳と唇の動き。全てを見つめていました。それで分かっちゃったんです」

「分かった？　何が？」

先を急ぐ泣《きゅう》ちゃんを、俺はそっと窘《たしな》めた。今はイヴリアの語るに任せたかった。

「そして輪寒露さんがいよいよドニアにトドメを刺そうと椅子を振り上げた瞬間、私はクローゼットから飛び出していました。飛び出して、それで気がついたら輪寒露さんを殺してしまっていました。私の左腕はあの人の体を貫いて……。探偵さんの推理通りです」

参っちゃいますね、とイヴリアは微笑《ほほえ》む。

「あの時私は見たんです。彼女の瞳の悲しげなゆらめき。その奥に燃え立つ情念とか恨みの色を」

噛《か》み締《し》めた唇の痛々しい食い込みを。

「あの瞳の動きや表情は、体《ボディ》の内側から心が湧き上がってきた、その証拠に違いありません。その瞬間私は、私のＡＩは、ドニアのことを人間だと認識しました。彼女は、人間になったんです」

とうとう、なってしまったんです。

イヴリアは天井を仰ぐ。

「だから私……必死で人間になった彼女のことを守らなきゃって」

「つまりこういうこと？」

泣《きゆう》ちゃんがイヴリアを指差す。

「ドニアのことを人間だと認識したからこそ、君は輪寒露《わざむろ》のことを殺すことができた。例の三原則から外れることなく」

・受刑者《人間》が受刑者その他の人間の生命を脅かす場面に遭遇した場合には例外的に力を行使してこれを止めることが許される。

「君はドニアちゃんのことを人間として認識した。だから彼女を助けるために加害者である輪寒露君のことを――」

殺害した。

イヴリアはドニアのことを守った。オートワーカーの仲間ではなく、人間としての彼女を。

「でも、遅かったんです。私、鈍臭くってダメですね」

そう言ってイヴリアは困ったように自分の頬《ほお》を撫《な》でる。

「輪寒露さんを止めた時にはもう、ドニアも動かなくなっちゃっていました。壊されたパーツが散らばって、もう元には戻せなくなっていました。手も足も、動力も姿勢制御機能も、ニュートラルネットワークも、何もかも壊れて停止して、もうどんな呼びかけにも答えてはくれませんでした」

遅かった。

輪寒露を止めるのが。

ドニアを人間と認識するのが。

あと一歩。

「私はずいぶん悔やみました。自分の鈍さを恨みました。これじゃなんのために輪寒露さんを殺したんだか分かりません。それなのにドニアったら、自分が今まさに壊されそうになっている中、私を救うための手立てまで考えてくれていたんです」

「救うための手立て……それはドニア様の遺書のことですね？」

いち早く反応したのはリリテアだった。

「事件後にネットワーク上で発見されたという遺書は間違いなくドニア様ご自身が残されたものだったと聞きました」

「ええ、リリテアさん。そうです」

「でもこれは心中じゃなかったんだよね？　それなのになんで遺書を書く必要があるの？　そもそもいつそんなものを用意したのかな？」

「いや泣ちゃん、彼女にならその瞬間にでも遺書を書くことは可能だったんじゃないかな」

「その場で？」

「うん。ドニアはその瞬間咄嗟《とっさ》に脳内で遺書を書いてアップロードしたんだと思う。イヴリア、君はどう思う？」

尋ねるとイヴリアはゆっくり頷《うなず》いた。

「はい。新人さんの想像の通りです。私たちオートワーカーは人間さんみたいに紙とペンを使って物を書く必要がありません。パソコンの前でキーボードを叩《たた》いてテキストを記入する必要も。短い文章ならただ思い描くだけで瞬時にテキストファイルを作成することができます」

オートワーカーは遺書を書くための時間も道具も必要としない。人間の残す遺書と同じに考えていてはいけなかったんだ。

「えー、でもさっくん、ドニアはなんのために遺書を？」

「同じ部屋にいたイヴリアになるべく疑いの目が向かないようにするため、だよ」

「あー！　私は輪寒露《わさむろ》と合意の上で互いを殺し合いましたって、咄嗟にそう仕立てようとしたわけだ！」

「後で遺書の存在を知って、そこで私もドニアの意図に気づきました」

「それって……なんて……なんて美しい！」

泣《きゆう》ちゃんは拳を握りしめて言葉を絞り出した。本気で瞳を潤ませて感動している。

「でもそれはそれとしてさ」

かと思えばケロッとした表情に戻る。

「イヴリアちゃんがドニアのことをなぜか人間だと認識しちゃったって話。さっきも言ったけど、やっぱりそれが君のバグって話じゃないの？　だってオートワーカーがいきなり人間になるなんてめちゃくちゃだろう？」

泣ちゃんの言う通り、それは本来あり得ないケースだ。

「それとも何？　いきなり血とか肉とか血管が与えられて転生でもしたの？」

それはあり得ない。

ならイヴリアの認識はやっぱりバグという言葉で表す以外になくなってしまう。


——私、あと少しで人間《ヒト》になれそうよ。


予言するように放たれた、直前のドニアの言葉と関係があるのか？

考え込んでいると、突然部屋に人が飛び込んできた。

錬朱《れんじゅ》だ。

「ねえ、ちょっ……わ！」

けれど勢いがつきすぎていたせいで前のめりに倒れてしまい、彼女は猫の背伸びみたいなポーズで止まった。

錬朱はそのままの姿勢で俺たちを見上げ、こう言った。

「み、見つけにゃ！」

倒れた拍子に舌も噛《か》んだらしい。

四章　なぜ叫ばない！

「落ち着いてください錬朱《れんじゅ》さん。何を見つけたんですか？　俺たちを？」

「違う！　ブラックボックスの中に隠されていた情報をよ！」

　リリテアの手を借りて立ち上がるなり、錬朱は高らかにそう言った。

「解析が成功したんですね！」

「天才って褒め言葉は後にとっておいてね。それより聞いて。解析してみて分かったのよ。ほら、覚えてるでしょ？　この頃自分のことを人間なんじゃないかって疑うロボットが出始めていた話」

「それ……！」

　こっちもまさに今その問題にぶち当たっていたところだ。

「その原因が分かったの！　答えはトレースだったのよ！」

「トレース？」

　そう言われても素人にはピンとこない。

「エグリゴリ・シリーズに人間の脳が使われていたのよ！」

「ええ!?　人工知能《AI》じゃなかったんですか!?」

「勘違いしないで。人間の脳そのものが頭の中に入ってるわけじゃないの。ＡＩの基礎になる人格に、人間の脳を使用していたのよ。きっとそれがＡＩの発展の近道になると考えたんでしょうね。母さんはまず人間の基礎人格を用意して、その上に無数のデータを上乗せして学習させた。そうすることでシリーズの元となるＡＩを完成させていたのよ」

「そうやって育てられたＡＩが全てのエグリゴリ・シリーズに使われているっていうことですか？」

「錬朱《れんじゅ》、それは確かな情報なんだな？」

フェリセットの念押しに錬朱は頷《うなず》く。

「そうか。ではこの頃一部のオートワーカーが夢のことを訴えていたのは、人間の元人格が何か影響を及ぼした結果だったということか」

包帯の下から滲《にじ》み出《で》る血液みたいに。

「その可能性が大よ。元となった被験者の少女のコードネームと因果関係があるとまでは思えないけど、皮肉なものね」

「被験者のコードネーム……ですか？　それって？」

「……夢見る人形」

「夢……」

そこに繋《つな》がってくるのか。

「母さんが最初にエグリゴリ・シリーズに着手したのは十二年も前。たった一人で模索していた。被験者の少女・詩刷《しずり》ゐ緒《いお》に出会ったのはその頃だと思う」

「名前まで分かってるんですか」

「珍しい名前だしもしかしてと思って調べてみたらヒットしたわ。詩刷ゐ緒は十四年前の所沢《ところざわ》一家惨殺事件の生き残りの一人だった。両親と兄を殺されて、彼女一人だけが瀕死《ひんし》の状態で助け出されたの。事件当時八歳。犯人は今も見つかってない」

「そんなひどい事件が……ん？ ゐ緒……いお……」

そう言いかけて俺はあることに気づき、思わず顔を上げた。

「それって……まさか！」

「輪寒露《わざむろ》さんが言ってました！ イオって！」

叫んだのはイヴリアだ。彼女は椅子から立ち上がっている。

「十四年前に詩刷ゐ緒の一家を襲ったのは輪寒露だったんだ！」

なんなんだこの事件は。

どこまで広がる？ どこまで遡り、どこまで繋がる？

「さっくん、これってすごい巡り合わせだね！」

つまりこういうことだろう？ と泣《きゅう》ちゃんが語る。

「輪寒露が得意になって披露した、中年サラリーマンの武勇伝並にくだらない思い出話。それを聞かされたことが最後のトリガーになっちゃって、ドニアの人間だった時の記憶が蘇《よみがえ》り、判定上彼女の意識は人間になった」

「そうか……少なくともドニアの中のプログラムはそう判定した！」

「だから彼女は三原則から解放されたってわけだ！」

その瞬間、ドニアは間違いなく人間になっていた——のか。

彼女自身本気で、心から自分を人間だと認識していたんだ。

「それなら直後のイヴリアの行動にも説明がつく」

愛していた男に突然裏切られ、その上その男はかつて自分の家族を皆殺しにした人物だった。

十四年の時の流れを飛び越えて蘇《よみがえ》った記憶は、つい昨日のことのように鮮明に生々しくドニアの心を埋め尽くしたに違いない。

その瞬間、彼女の心に沸き立った激しい感情。怒り、恨み、悲しみ。

それらはドニアの肉体の外側にも溢《あふ》れ出《だ》した。

瞳の動きや、色合いや、噛《か》み締《し》める唇の形や表情——。それら全てに。

そしてイヴリアはそれをクローゼットの中からずっと見つめていた。

ＡＩでは決して形作れない表情。人間の心が紡ぎ出す情念。それらを余さず目撃し、ドニアのことを人間と認識した。判断した。

「イヴリアが輪寒露《わざむろ》を殺害したのは不具合なんかじゃなかったんだ」

話しながらイヴリアに目を向けると、彼女はキュィィと瞳のピントを調節して俺を見つめ返してきた。

不具合《バグ》ではなく、仕様。

それが答えだったんだ。

□

俺は改めて心中事件について判明した事実を途中参加の錬朱《れんじゅ》に共有した。

「なるほど……そういう経緯だったのね……」

話を聞き終えると、錬朱はしばらく口元を両手で覆って目を閉じていたが、やがて気持ちを入れ替えたみたいに自分が伝えるべき話の続きを語った。

「自宅で発見された時、詩刷《しずり》ゐ緒《いお》は命こそ無事だったけど、頭部へのひどい打撲のせいでずっと植物状態だったそうよ」

だから夢見る人形――か。

「でも身寄りもなくて誰も見舞いになんてこなかったって」

それは聞いているだけでうんざりするような話だ。

「どこで知ったのかは分からないけど、母さんはきっとそんな彼女に目をつけて引き取ったのよ。自分の研究のために」

娘なのに、いや娘だからだろうか。錬朱は母親に対して手心のない表現をする。

でもそこには娘としての複雑な心情が漏れ出ているようにも思えた。

「錬朱様……」

そんな錬朱《れんじゅ》を見かねてリリテアが声をかけようとした時だった、錬朱は突然思い出したように声を上げた。

「あ！　そうよ！　まだ大切なことを話してないんだった！」

「え？　話って人間の脳を使ってたってことじゃないんですか？　まだ何かあるんですか？」

「それだけじゃなかったのよ！」

まだ――何かあるのか。

「母さんめ！　エグリゴリ・シリーズのAIの中にとんでもないプログラムを仕込んでいたのよ！　誰にも触れられないように気づかれないように、巧妙に隠して！　何年も前にとんだ置き土産を残しておいてくれたわ」

「厄介なプログラム？　どんな？」

「さっき、エグリゴリ・シリーズのAIの奥底には人間の少女だった時の記憶が潜んでいたって話したけど、その厄介なプログラムはね、冷凍されたその記憶を解凍してしまうのよ。シリーズ全ての記憶を一斉に」

「全オートワーカーに詩刷ゐ緒《しずりいお》の記憶が蘇《よみがえ》る……？」

「ええ。『条件』を満たすことでプログラムが発動する仕掛けになっていたわ」

「条件って？」

「ある特定のパターンを持った周波数の音を毎日繰り返し聴かせ続けて、それがある回数に達した時に条件がクリアされる。で、その特定パターンなんだけど」

　錬朱は誰に質問されるよりも早く言葉を繋《つな》げた。

「それは音楽よ」

「音楽……ですか。誰にも疑われず毎日全てのオートワーカーに聴かせ続けることなんてできるんですか？」

「できたのよ。あなたも一日受刑者体験をしたなら分かるでしょ？」

「え？」

「ほら、刑務所のどこにいても必ず聞こえていたものがあるでしょう？」

「……あ！　トロイメライ！」

　俺とまったく同じタイミングで泣《きゅう》ちゃんも叫んだ。

「ロベルト・シューマン作。ピアノ曲『子供の情景』第七曲！」

　詳しいな泣ちゃん。

「あのチャイムですか！」

「そう。あれがトリガーだったのよ」

「製子《せいこ》さんは最初からそういうつもりでチャイムの曲をトロイメライに⁉」

「ですが錬朱様、お母様はなんのためにここまでして人間の記憶を思い出させようとしたのでしょうか？」

　リリテアに問われ、錬朱は一瞬深く考える様子を見せた。

「……これは私の想像だけど、母さんは人の脳と人工知能《AI》の融合を目指したのかもしれない。人間であり、ＡＩでもあり、そのどちらでもない。そんな魂とアイデンティティを持った存在を作り上げたかったんだとしたら……？」

「そのような……」

　もしそうだとしたら、それはとんでもない計画だ。

「もちろんそんなこと、常人には実現できない。でもその夢を抱いたのは他ならぬ車降製《しゃふらせい》子《こ》だった。彼女にはその夢を実現できる頭脳があった」

　彼女にはそれができてしまった。

「だけど大っぴらにはできない邪道だということも分かっていたから、意図的に作ったブラックボックスの中にプログラムを隠しておいたんだわ……」

　そこまでを即座に推察できてしまうのは錬朱《れんじゅ》が車降製子の娘だからだろうか、それとも錬朱自身もまた同等の頭脳を持っているからだろうか。

「水を差すわけじゃないけど」

　そこで出し抜けに泣《きゅう》ちゃんが手を挙げた。

「一大事って感じだけどさ主任ちゃん。そうは言ってもオートワーカーの意識？　みたいなものが変わるだけなんでしょ？　私は人間だったんだーって自覚が芽生えるだけだよね？　それって何かまずいの？」

「誰が主任ちゃんよ。あなた、ドニアのことをもう忘れたの？　彼女は自分を人間だと認識したことで殺人を犯してしまったのよ」

「うん、それに関しては問題だよね」

「これまで受刑者たちは何をしてきた？　好きなだけオートワーカーのことを傷つけて鬱憤を晴らしてきたじゃない。それができたのはオートワーカーたちが三原則を守っていたからよ。でもその三原則が無効になったら？」

「そうか！　今までの恨《うら》み辛《つら》みを晴らすために受刑者に復讐《ふくしゅう》を始めるかもしれないわけだ！　納得」

今まで三原則のおかげで守られてきた受刑者たち。

全てのオートワーカーの記憶の蓋が開いてしまったら、もう人間とオートワーカーの間に安全な檻はなくなってしまう。

「もちろん、パニック映画じゃないんだから、それですぐにオートワーカーが狂って暴動を起こすなんてことにはならないけど、一度記憶を思い出してしまったらそれを消去するのは簡単じゃない。一番手っ取り早いのは初期化することでしょうね。でもそれは今までの積み重ねを丸々放棄することでもある。私としてはそんなことはなんとしても避けたいの」

確かにそれは開発者としてはかなり最悪の結末かもしれない。それに、オートワーカーたちにとっても。

「錬朱様、先ほどある回数に達した時とおっしゃいましたが、それは具体的にはどういった数字なのでしょうか？」

盛り上がる俺たちに代わってリリテアが肝心な部分について質問する。

確かにそれをまだ聞いていなかった。

「３６５２回。それが母さんの設定した回数よ」

「３６５２回……ってことは、えーっと……トロイメライは一日朝と昼の二度流れるから……」

「五年よ」

必死に暗算しようとしていると、ノータイムで錬朱《れんじゅ》が答えを口にした。

「閏年も計算に入れて五年分。母さんはあらかじめ時限爆弾みたいにそれを仕掛けておいたのね。きっと五年もあればエグリゴリ・シリーズの開発もある程度進むと予想していたのかも」

本来なら、と錬朱は言う。

「母さん自身、五年の時をじっと待って来る時を見届けたかったんでしょうけど、それは叶《かな》わなかった」

計画半ばで製子《せいこ》は病に倒れた。そして彼女が密《ひそ》かに残したプログラムだけが残り、その時を待ち続けていた。

「その、トロイメライが最初に流れたのはいつのことなんですか？」

「屈斜路《くっしゃろ》刑務所が始まった最初の日からよ」

「つまり五周年の日にその回数に達してしまうわけですね。……あれ？　待てよ……五周年？　あ！　それって今日じゃないか！　今の時間は!?」

慌てて時計を見る。ちょうど正午になるところだった。

「次が３６５２回目だ！　まずいじゃないですか！」

「落ち着くの」

慌てる俺の襟を引っ張って錬朱が言う。

「憂いなしよ。備えあればね。ここへくる前に放送室へ行って正午の曲を流さないようにって頼んできたから大丈夫よ」

「な、なんだ。さすが錬朱さん、冷静な判断力……」

と言っている間に針がカチっと動いて正午を指した。

ところが、それと同時にどういうわけかスピーカーからトロイメライが流れ始めた。

とても明瞭に。

思わず錬朱の方を見ると、彼女は頭を抱えていた。

「そんな！　確かに伝えておいたのに！　一体誰が！」

「とにかく止めましょう！　チャイムを流してるのはどの建物ですか？　すぐに行って音楽を……」

と、廊下に飛び出そうとした瞬間――。

俺の右肩にとてつもなく強い衝撃が走った。

まるでブルドーザーか何かに突進されたような衝撃だった。

「ぐ……がはっ！」

吹き飛ばされた俺の体は廊下の反対側の壁に激突し、床に突っ伏した。

「な……!?」

俺の肩に乗っていたフェリセットが無残に潰されて床に転がっている。

とばっちりを食らったらしい。

おい。大丈夫なのか？　壊れたのか？

フェリセットはピクリとも動かない。

顔を上げる。目の前に俺を撥《は》ね飛ばした犯人、イヴリアが立っていた。

首を傾《かし》げて俺を見下ろしている。

その瞳は俺を見ているようで見ていない。

「母さんをいじめないで。ね？」

「イヴ……何を言って……」

「お願いね。お願いよ。お願いだから。父さんに血を流させないで。ね？」

イヴリアは子供のような声で哀願しながら俺の襟を掴《つか》み、容赦なく持ち上げる。

「朔也《さくや》様！」

リリテアが前に出てイヴリアの腕を掴む。

けれどその腕はびくともしない。

「まさか……もう……記憶が戻って……!?」

単純な腕力では埒《らち》が明かないと即座に判断したのか、リリテアは一歩後ろに下がってから今度は勢いをつけてイヴリアの腕を蹴り上げた。

ガギ――とすごい音が鳴る。

ようやく解放され、俺は激しく咳《せ》き込《こ》んだ。

激痛。右肩が外れている。

「そんなっ！　どうして!?　イヴリア！」

遅れて錬朱《れんじゅ》が廊下へ出てくる。

彼女は青ざめた顔でイヴリアに呼びかけたが、正気を失ったイヴリアは振り向きもしない。

それどころか今度はリリテアに向かって腕を振り回し始めた。

リリテアはそれをバックステップでひらりとかわしながら、イヴリアを廊下の向こうへ誘導していく。行き先はメインルームの方向だ。

その意図が俺にはすぐに分かった。リリテアは危険な状態のイヴリアを俺たちから少しでも引き離そうと考えている。

「イヴリアちゃん、様子が変になっちゃったね。あれじゃ丸切り殺人マシーンじゃないか。主任ちゃん、話と違うけどこれって一体どーゆーこと、なん、だい」

最後に部屋から顔を出した泣《きゅう》ちゃんが謎のリズムに乗って錬朱の二の腕を突《つつ》く。

「そんな……何かの間違いよ！　どんなに邪道を歩んでも……母さんがエグリゴリ・シリーズをあんな風にしてしまうプログラムを組むはずない。あれじゃまるで……」

「うん。まるでオートワーカーの信頼と評判を地に落とすために仕掛けられたみたいだよね」

最初から錬朱《れんじゅ》を責めるつもりなんて毛頭なかったんだろう。泣《きゅう》ちゃんは錬朱の頭をよしよしと撫《な》でる。

錬朱は頭を撫でられていることにも気づかない様子で、一点を見つめている。

「そうよ……誰かが母さんの残したプログラムの上に『人間を襲う』という別のプログラムを上書きしていたんだわ。通常ならそんなプログラムはアルゴリズムに弾《はじ》かれるけど……母さんのプログラム発動後なら……」

「なるほどだね！　その時すでにオートワーカーは人間になっているから強制的な人間殺しの命令も通っちゃうってわけだ！」

まるでドミノ倒しみたいに、より悪いプログラムに繋《つな》がり、実行されていく。

「やられたわ……。全部の情報をさらう時間がなくて見逃した……！」

「で、こんな派手なこと、一体誰がしたのかな？　多分トロイメライを流したのもそいつだと思うけど」

泣ちゃんが素朴な疑問を口にした瞬間、俺と錬朱は同時に顔を上げ、声を揃《そろ》えた。

「入符《いりふ》だわ！」

「入符さんだ！」

「え？　二人ともどうしたの？　ここでどうして彼の名前が出てくるんだい？」

「入符さんなんだよ。ようやく分かったぞ。彼がどうして俺を殺しにきたのか。そしてなぜ去り際にあんな言葉を残したのか」


——どのみちあと少しで全て終わるんだ。


入符は正午に3652回目のトロイメライが鳴り響いて全てのオートワーカーが暴走することを知っていたんだ。

「彼は最初からブラックボックスの中身を知ってたんだ。もちろん製子《せいこ》さんの残したプログラムのことも」

「確かに入符は若い頃母さんの下で働いてた……。母さんの仕事を誰よりも近くで見ていたはずよ」

「その中で製子さんの計画に気づいたんですね」

「ええ。あの母さんが自分以外の人間に秘密の計画を打ち明けたとは思えない。偶然に気づいて、母さんの死後に自分のプログラムを付け加えた」

「入符さんが製子さんの純粋な影の協力者だったんだとしたら、こんな、彼女の遺志とは真逆のプログラムを忍ばせたりしないはずですしね。製子さんのプログラムを利用する形で自分の目的を叶《かな》えようとしたんだ」

「そうか……そうよ！　だから彼はあなたのことを殺そうとしたんだわ！」

「ええ、俺もようやくそれが分かったところです」

入符《いりふ》がブラックボックスの中に仕掛けたプログラムは、そのまま行けば誰にも気付かれないはずだった。

けれど一つの誤算があった。

それは命を賭してドニアの脳と繋《つな》がり、ブラックボックスを覗《のぞ》く、そんなことをする探偵が現れたことだ。

ブラックボックスの中から漂っていた、あのまるで催眠のような争い難《がた》い効力を持った何か――。

あれは隠された入符の暴走プログラムだったんだ。

今思えば俺がダイブから生還したと聞いたあの時、入符は気が気じゃなかっただろう。

残念ながら脳にダイブした俺も全てを解き明かすことはできなかったし、部分的に記憶も曖昧にはなっていたけれど、いつ俺が重要なことを思い出してもおかしくない状況だったからだ。

だから彼は余計なことを思い出される前に俺を口封じすることにした。

全ては彼自身の目的遂行のために。

「彼の目的って、オートワーカーを狂わせること？」

「そうだよ。さっき泣《きゆう》ちゃんが言った通りだったんだ。オートワーカーを暴走させて大きな事故を起こし、信頼と評判を落とすこと」

「そうなったら……」

俺の言葉を錬朱《れんじゆ》が継ぐ。

「世論はあっという間にオートワーカー排斥に傾く。オートワーカーの普及は十年単位で遅れるでしょうね」

「大方オートワーカーが普及しちゃったら困る人たちから雇われたってところだろうね。だから工作した。でも開発者の一員がここまでするなんて、入符君だかフィリップ君だか知らないけど、彼にとってよっぽど魅力的な条件を提示されたんだろうね」

建物の外で爆発音のようなものが響く。

続いて大勢の人たちの悲鳴、怒声。

「おっと、いよいよ暴走が本格的になってきたらしいよ。事態は深刻って話だ」

泣ちゃんは深刻さのかけらもない様子でそう言った。

「錬朱さん、暴走を止める方法は!?」

「分からない……そこまでは突き止められなかったの。それを仕組んだ入符に聞くしかないわ」

「あの時逃すんじゃなかった……」

「今それを悔やんだって仕方ないよさっくん。何事もプラス思考、掛け算思考」

「……そうだね。とにかく俺たちも行こう！　リリテアが心配だ！」

「その意気だよ。ところでさっくん！」

「え？」

「さっき入符《いりふ》君がさっくんを殺しにきたとかって話してたけど、それはどういうことかな？　僕の知らないところで殺すだの殺されるだの、何をイチャイチャしてたんだ？」

「どうしてそれがイチャイチャって言葉に変換されるのか全然分からないよ！　急に何怒ってるんだ泣《きゅう》ちゃん！」

「大事なことだい！」

「そ、それは落ち着いたら説明するから！」

俺たちは話を切り上げてリリテアとイヴリアの後を追った。

□

メインルームはすでにひどい有様だった。

デスクがあちこちでひっくり返り、床には書類がばら撒《ま》かれ、天井には大穴が空いていた。

「た……大変だあ……！　ＡＩの反乱だよう！」

声がするぞと思ったら、部屋の隅に暮具《くれぐ》が隠れていた。彼は転がった椅子を盾代わりにしている。けれどその大きな体はちっとも隠れていない。

そんな彼の巨体のさらに後ろには下津《しもつ》の姿もあった。

「もう一度最初から計算をやり直さなきゃ……。そうです、理論と数式は完璧なのだから……」

彼女はやや現実逃避気味につぶやき続けている。

一方部屋の中央にはリリテアとイヴリアがいて、一定の距離を取って対峙《たいじ》していた。

いや、正確に言うとイヴリアの方はだらんと両腕を垂らして明後日《あさって》の方向を向いていた。

その姿には、まるで糸の切れた操り人形のよう……という陳腐な表現では追いつかない不気味さがある。

「リリテア！　無事か！」

「私はご覧の通りでございます」

「でも……！」

確かに怪我《けが》はなさそうだ。

でも何度か危うい場面もあったんだろう。彼女の真っ白なストッキングが破れ、ガーターベルトも千切れていた。

「見苦しい様をお見せしております。イヴリア様は痛みを感じておられない様子。通常の制圧方法では効果は薄く」

「そうか……相手はオートワーカーだから」

身内贔屓《びいき》を除外したとしても、対人の戦闘においてリリテアの力は驚くべきものがある。画廊島《ガレリア・イゾラ》ではあのサメのように凶暴なアルトラを相手にしても危なげなく勝利していた。

けれど相手が痛みを感じず、馬力も人間を凌駕《りようが》するオートワーカーとなると戦いのルールも変わってくる。

その上、おそらく今のイヴリアはリミッターが外れたような状態にある。

出力全開120％ってやつだ。その馬力の全てを躊躇《ためら》いなく攻撃に回してくるとなるとかなり厄介だ。

「今のところ一対一なのが救いだけど……」

その時、耳障りな音とともにいきなり入り口の扉の小窓の部分にヒビが入った。

見ると白装束のオートワーカーが二体、ガラスにへばりつくようにしてこっちを叩《たた》いていた。

一目で分かった。いつも扉の前で所持品検査に励んでいたあの二体の警備オートワーカーだ。

「だだ、大丈夫！　あの扉はそう簡単には破れな……」

暮具《くれぐ》が言い終える間もなく扉は破られた。

そう簡単な状況じゃないということがこれでよく分かった。

「まるでゾンビ映画……いや、相手はロボットだからこれはＳＦゾンビモノだ！」

「泣《きゆう》ちゃん！　こんな時になに言ってんだよ！」

まずい。いくらリリテアでも多勢に無勢だ。それにここを切り抜けたとしても、外では今頃数百体の暴走したオートワーカーが刑務所中で暴れ回っている。

その相手を全部リリテアにさせようっていうのか？

バカか。

そんなことさせられない。絶対に。

と――焦る俺を落ち着かせるみたいにリリテアが落ち着いた声で言った。

「錬朱《れんじゅ》様、許可をいただけますか？」

「許可……？」

「イヴリア様が正気にお戻りになられた時のためになるべく無傷で無力化して差し上げたかったのですが、それも難しいようですので、部分的に破壊する許可を、でございます」

「リリテア……それって」

「後先を考えなければ、どうとでもいたしてご覧にいれます」

彼女はちっとも焦っていない。希望を捨ててもいない。

心身ともに万全で、全力を尽くして俺たちを助けようとしている。

助手がそういうつもりなら、こっちにも考えがある。

「……分かった。頼むよリリテア。俺も手伝うから」

「朔也《さくや》様……」

「無限湧きの肉の壁くらいにしかなれないかもしれないけど」

「笑えません。ちっとも」

リリテアは俺の言葉を切って捨てる。

でもその口元はもにょと笑いかけていた。

そうしている間にも、イヴリアを含めた三体のオートワーカーはデスクを撥《は》ね飛ばしながら真《ま》っ直《す》ぐにこっちへ向かってくる。

俺は警備オートワーカーの片割れにタックルして全力でその動きを封じた。

「うわあっ！」

いや、封じたつもりになっていたのは俺だけだった。警備オートワーカーは俺の体を軽々と持ち上げる。

そのまま砲丸投げみたいに投擲《とうてき》され、俺は硬いステンレス製のシンクに激突するはめになった。

「がふ……っ！」

シンクは見事に破壊され、水道管から激しく水が吹き出す。

すぐに立ち上がろうとするも、足が言うことを聞かない。

見ると腰のあたりに折れた蛇口が深くめり込んでいた。捻《ひね》ったらそこから赤い水が出てきそうだ。現代美術の作品みたいだ。

「ぐぃ……ぎぎ！」

壮絶な痛みに耐えながら蛇口を引っこ抜く。

俺の足元には衝撃でむき出しになった排水管が途中で折れ、水を滴らせている。

「あれは……?」

俺はその奥に鈍く輝く物体を見つけた。

そこにあったのはなんとも言えない奇妙な形で固まった銀色の金属だ。

「あった!」

こんな時だというのに思わず声に出てしまう。

あれは入符《いりふ》がコーヒーに溶かしてシンクに流した合成金属だ。

シンクを詰まらせていた原因の凶器を不可抗力で発見してしまったわけだ。

探偵としては自分の推理の裏付けがなされて喜ぶべきところだけれど、今はそれどころじゃない。

警備オートワーカーは二体とも俺を目標に定めたらしく、ガシガシと床を踏みしめてこっちにやってくる。

「探偵としてはよくても、男としてはってところだ……」

こういう時、リリテアの力になれない自分にいつもがっかりする。

でも、俺の奮闘も最低限の時間稼ぎにはなったらしい。

俺が投げ飛ばされている間に、リリテアは見事な仕事をしていた。

「破壊してしまい、申し訳ありません。イヴリア様」

彼女はアルトラの時のように見事な関節技《サブミッション》ですでにイヴリアの足を砕いていた。

リリテアは床に落ちていた極太の電気コードと養生テームでイヴリアを素早くグルグル巻きにして拘束していく。

「ナイスだリリテア！　さて、あとはもう少しこの人たちの相手をして……と言いたいところだけど」

警備オートワーカーは申し合わせたようなシンメトリーの動きで目前に迫っている。

「二体同時はちょっと……」

「コンニチハ。荷物ノ検査ニゴ協力クダサイイイ。コンニチハ」

なんの表情も浮かべていないのに、彼らの声色は昨日までと変わらない優しいものだった。それが逆に怖い。

「鼓動ヲ刻ム心臓」

「CO2ヲ吐キ出ス肺」

「糞便《ふんべん》ヲ撒《ま》キ散ラス健康ナ大腸ナド、所持シテオイデデシタラゴ提示クダサイ」

交互に話しているのに、まるで一人が喋《しゃべ》っているみたいに滑らかだ。

「そ、それはちょっと……検査の拒否権は？」

「ゴザイマセェエエン！」

飛びかかってきた二体のうち、左側の攻撃をかわした。かろうじてだ。

けれど残りの一体が俺の顔を砕くために手を伸ばしてくる。

ダメだ。やっぱり両方を一度に相手するのは厳しい。

こんなことなら昔親父《おやじ》が面白がって教えてきた探偵武術《バリツ》、もう少し真面目に練習しとくんだった。

「なぜ叫ばない！」

「え？」

その瞬間、俺を捕まえかけていたオートワーカーが後方に吹き飛んだ。

驚いて振り返ると、泣《きゆう》ちゃんが大きな斧《おの》を肩に担いでそこに立っていた。

「絶体絶命のピンチだったのにどうして僕の名前を叫ばないんださっくん！　友達だろう！」

「え……ごめん」

「これに懲りたら僕の目の前で誰かに殺されたりしないでくれ！　いいね！」

「何を言ってるのかよく分からないよ泣ちゃん……。ところでその斧は？」

「これ？　防災時に窓を破ったりするための物だってさ。主任ちゃんが大急ぎで持ってきてくれたんだ」

見ると向こうで錬朱《れんじゆ》がへたり込んでいるのが見えた。かなり走ったんだろう。肩で息をしている。

「そんなことよりさっくん。彼らはまだまだ元気みたいだよ」

泣ちゃんの言う通り、警備オートワーカーはどちらも健在だ。職務柄、特別頑丈に作られているのかもしれない。

「こうなったら昨日の乱闘の時みたいに友情の共闘作戦といくかい？」

泣《きゅう》ちゃんが斧《おの》を振り上げる。

「いくら暴走していて危険とはいっても、オートワーカーは受刑者諸君にだってバラバラにすることができるんだろう？　なんとかなるなる」

「泣ちゃんって……本当に漫画家？」

「もちろん。ジム通いを欠かさない健康な漫画家さ」

笑顔が眩《まぶ》しい。

「じゃあ……仮に相手が二体じゃなくて二十体でもなんとかなるかな？」

「うん？」

「ほら、あれ」

泣ちゃんの笑顔の向こうには外の景色を楽しめる大きな窓がある。

そこに——すでにびっしりとオートワーカーが群がっていた。

俺たちが暴れ回ったせいで集まってきてしまったらしい。

彼らは向こう側から力任せにガラスを叩《たた》く。

それを見てまたもや暮具《くれぐ》が叫ぶ。

「へ、平気だよ！　いざというときのために強化ガラスにしてあるんだ！　オートワーカーの出力値も計算に入れた上で……」

今度も彼は最後までしゃべることを許されなかった。

ピシ
ガラスに大きなヒビが入った。

「泣《きゅう》ちゃん、どう？　なんとかなりそう？」

「うん。逃げよう」

「やっぱり？」

俺たちは窓からゆっくり距離をとりながら退路を探した。

さっき破られた扉から外へ出られそうだ。

でも、その後は？

暴走したオートワーカーがうようよいる中、どこかに隠れた入符《いりふ》を探しだすことなんてできるのか？

一瞬、光明を見失いかける。

その時、ふと右手に触れるものがあった。

その柔らかな手。

「リリテアはここにいます」

リリテアが俺の背中を守っている。

強化ガラスのヒビがさらに広がる。

「一緒にいます。最後の時まで」

「リリテア……サンキューな」

「そのセリフはダソうございます」

「え！　なんで!?　どこがよ！」

「サンキューな、の『な』が特に」

辛辣だなあ。いい雰囲気だったのに。

「大丈夫だよリリテア。ちゃんと家に連れて帰るから」

「はい」

迷いのない、いい返事だ。

やがて流れ続けていたトロイメライが終曲を迎え、それまでギリギリ耐えていた強化ガラスがとうとう粉々に打ち砕かれた。

「く……！」

遥《はる》か遠くの方で地鳴りが響いたのはそれとほとんど同時のタイミングだった。

ものすごい音と揺れ。

まるでTレックスでも檻《おり》から逃げ出したみたいな――。

「何かが近づいてくる！」

錬朱《れんじゅ》の叫び声は轟音《ごうおん》にかき消された。

五章　飲む？

それは暴風雨のように、あるいは黒い隕石《いんせき》のように俺たちの前に現れた。

群がっていたオートワーカーたちが木の葉のように撥《は》ね飛ばされる。

「こんな時、人間ならなんと言うんだったかな？」

オートワーカーの残骸が夕立みたいにバラバラと音を立てて地面に叩《たた》きつけられる。

「シャバの空気は旨《うま》い……だったか？」

「フェリセット！」

最初の七人《セブン・オールドメン》の一人。

夢見し機械《アンドロイド》、フェリセット。

懲役638年。

太陽の光をその鋼の体《ボディ》に受け、彼女がそこに立っていた。

「シャバって、ここ、まだ刑務所の中だけど？」

泣《きゅう》ちゃんの冷静なツッコミにフェリセットがピコンピコンと音を鳴らす。

「どうしてここに……」

「時間がきた、ということだ」

フェリセットはたったそれだけの言葉で俺の疑問に申し分なく答えた。

時間。

つまり時間制限《タイムリミット》がきたんだ。

「突入が始まったのか！」

「二分四十一秒前にロックは破られ、続々と特殊部隊が突入を始めている。だから私は私の意思に従い、こうして出てきた」

「でもフェリ……あなた一体どうやってあの檻《おり》から脱出を……」

「昨日からおよそ二十四時間、猫の体を利用して刑務所内のあちこち探らせてもらった。おかげであの檻を制御している場所も特定できたし、無効化することもできた」

「猫の姿で……。お前……俺の仕事を拝見するとかなんとか言って、裏でそんなことをしてたのか」

どうりで途中、姿を見ない時間があったわけだ。

「そう言うな。君の見せ場である推理には立ち合っただろう？　全て猫の目と耳を通してしっかり拝見拝聴させてもらったよ。残念ながら分身《コピー》の方は破壊されてしまったが、直前にクラウド上に記録がアップロードされていたので先ほどそれを共有させてもらった」

不測の事態が起きても大丈夫なように、しっかりと対策は取ってあったということか。

「朔也《さくや》、君は確かに私の依頼を解決してくれた。心中事件の謎を解明し、真実を私の前に差し出してくれた。礼を言う。ヒューズが飛びそうなほど嬉《うれ》しいよ」

それがどれくらいの喜びなのか人間の俺にはよく分からない。

「それで約束通り抵抗をやめて壊されてくれるっていうのか？ その派手な登場を見るに、そうは思えないけど」

「約束は守るよ。元々私はいつ死んでもいいと考えていたからな」

フェリセットはなんでもないことみたいにそう言った。

「私はご覧の通り機械であって人間ではない。だがドニアたちのようなオートワーカーとも違う。三原則もなく、製造された目的もない。だからこそこれまで私に敵意を向けてきた人間を何人も殺害してきた。殺害することができた。そんなものはもはや別の何か、別種族の化け物だろう？」

語りながらフェリセットは襲ってくるオートワーカーをその腕で薙《な》ぎ払《はら》う。

「見ろ。彼らは私のことも敵と認識している。仲間とは思っていないのだろう。製子《せいこ》はそんな私を素晴らしいといい、一部の技術を自身の開発していたエグリゴリ・シリーズに導入を決めたようだったが、結局本当の意味で姉妹や兄弟や家族にはなれなかったというわけだ」

フェリセットはドニアを始めとしてオートワーカーたちを弟妹と言った。そして妹ドニアの不可解な死の謎を突き止めて欲しいと俺に依頼してきた。そのためにわざわざ屈斜路《くっしゃろ》刑務所を封鎖までして。

それなのに今、オートワーカーたちは人間同様にフェリセットのことを襲おうとしている。

それはなんだかすごく哀《かな》しいことのように思えた。

「だがそれでもいいと思った。家族などいなくとも、いつか断也《たつや》が私を迎えにきて、面白い世界へ連れて行ってくれるなら、それまではこの世に留《とど》まり、彼を待とうと思った」

「どういうことだ？　親父《おやじ》が迎えにくる？」

「他愛《たあい》のない口約束だよ。かつて私は断也によって潜伏場所を突き止められ、捕縛された。その時彼は私に言った。いつか面白いことをする時にはお前に声をかけると」

「親父がそんなことを……」

これには久々に驚いた。

最初の七人《セブン・オールドメン》のフェリセットに勧誘するような言葉をかけていたなんて。

「あの飛行機事故が面白いことの合図なのだと思った。その上で断也は生きているとも聞かされた。だから私は待っていた。だが断也は来なかった。あれは合図ではなかったのか、それとも所詮口約束は口約束だったのか」

フェリセットはまるで自動翻訳機のような抑揚で、無感情に、無感動に言葉を紡いでいく。

「それで私は受け入れたのだ。ああ、私には同胞もなく、属するべき種族もなく、帰るべき家もないのだと」

「だから死を選ぶのか？」

「この星にはもう面白いこともなさそうだからな。それにドニアの死の真相も分かった。

た。

未練はない」

フェリセットが話し終えた時、すでにその場のオートワーカーは全て動きを停止してい

俺たちは破れた窓から外へ出る。

その間、俺はフェリセットになんと言葉をかけるべきか考えていた。

「あのさ……」

「破滅を選ぶのはお前の勝手だがな、それは断也さんのことを話した後にしてくれ」

言葉を絞り出そうとしたその時、すぐ側《そば》でその場にいないはずの漫呂木の声が聞こえた。

「あれ？　今の声は漫呂木さん？」

「ここだここ」

声の出どころを探すと、フェリセットの背中から漫呂木が顔を覗《のぞ》かせた。

「もうここから降りてもいいか？　危険は去ったんだろ？」

「忘れていた」

フェリセットがあっけらかんと答える。

「忘れるな！　危険運転しやがって」

「漫呂木さん、どうしてそんなところに？」

「いきなりこいつに連れてこられたんだよ」

「移動のついでだ。私の依頼とは別件だが、君らはそっちの男を探していたのだろう？」

そう言ってフェリセットが意味ありげに自分の肩を揺する。

「そっちの男って……あ！」

背伸びしてよく見てみると、フェリセットは漫呂木《そぞろぎ》の他にもう一人別の男を背負っていた。

「入符《いりふ》さん！」

入符は漫呂木の側《そば》でグッタリとしている。

漫呂木が片手をあげてヒラヒラさせながら言う。

「刑務所の出口の方へ逃げようとしてたところを捕まえた。そこへいきなりフェリセットがやってきて強引に！」

「入符さんを捕まえてたんですね！　ちゃんと仕事してたんだ」

「当たり前だ！」

漫呂木は怒り任せにフェリセットの頭をゲンコツで殴った。

殴った拳の方が痛そうだ。

と、今はそれどころじゃない。俺はフェリセットの大きな体をよじのぼるようにして入符に呼びかけた。

「入符さん！　この暴走を止める方法を教えてください！　急がないと……！」

けれど彼からの反応はなかった。完全に気絶している。

俺は入符の体をフェリセットの背中から引《ひ》き摺《ず》り下《お》ろし、肩を揺すった。

「入符さん！　起きてください！　ちょっと！　仮眠は後にしてください！」

「う……うーん……」

「ダメだ、完全に伸びてる……。これじゃ話を聞こうにも……」

「少々私の運転が荒かったかな？」

フェリセットが悪びれもせず言う。

「みんな、あれを見て！」

その時錬朱《れんじゅ》が叫び、一方向を指差した。見ると向こうから数え切れないほどの人が波となってこっちに押し寄せつつあった。

「暴走のせいでラボと受刑者の区域を分ける壁が破られたんだわ……！」

「なんだと⁉　おいおい、あいつら必死でこっちに逃げてくるぞ！　オートワーカーもわんさかだ！」

漫呂木は見晴らしのいいフェリセットの頭の上からその様子を眺め、実況を始める。

「こんな状況の中に銃器を持った特殊部隊まで混ざったら、それこそ大流血が起きるぞ！」

「入符！　起きなさい！　早く！　減給させるわよ！」

俺に代わって錬朱が入符の頰《ほお》を叩《たた》く。

そうこうしているうちに、俺たちはすっかり逃げ惑う受刑者たちの波に飲み込まれてしまった。

「リリテア！　泣《きゅう》ちゃん！　錬朱さんも無事ですか⁉」

お互いに逸《はぐ》れないように声を掛け合う。

我先にと避難してきた受刑者たちはフェリセットの巨体を目にするといっそう恐怖に顔を歪《ゆが》め、また明後日《あさって》の方向へ逃げていった。

彼らからすればフェリセットも暴走したオートワーカーも違いはなく、恐怖の対象だった。

「脅威を退ける」

フェリセットがそう言い放つと、その両肩が滑らかに変形し、そこから見たこともない形状の銃火器が現れた。

空気を震わせる不思議な音を立ててその銃口から眩《まばゆ》い光が照射される。

放たれた二筋の光が飛びかかってくるオートワーカーたちを正確に薙《な》ぎ払《はら》っていく。

「ものすごい出力のレーザー照射！　連中がバターみたいに千切れていったぞ！」

いつの間に陣取ったのか、泣《きゅう》ちゃんは漫呂木《そぞろぎ》と交代するような形でフェリセットの頭の上によじ登り、そこで攻撃の成果を眺めていた。

内部構造が剥《む》き出《だ》しになったオートワーカーの上半身や下半身が、細かな機械パーツとともに宙を舞う。

ついにその一端を披露したフェリセットの戦闘能力は確かに凄《すさ》まじいものがあった。けれどこんな調子じゃいつ受刑者や刑務官を巻き込んでもおかしくない。

それに——。

「探偵君、妹弟たちに対してずいぶんな仕打ちだと思うか？」

俺の表情から察したのか、フェリセットは自分の左胸にコツンと触れてこう言った。

「だが敵と認識するだけで私にはこうできてしまうんだ。痛むような胸を持っていないからな」

皮肉――じゃない。

フェリセットは本心を話している。

「やめろ！　プログラムひとつでいいように操られやがって！　親が泣くぞ！　正気に戻れ！」

一方漫呂木は無差別に人間を襲おうとするオートワーカーに組み付き、その頭を手のひらで何度も叩《たた》いている。昔のテレビじゃないんだから叩いたって直るはずもない。

なんて、俺も冷笑している場合じゃない。俺の目の前でも一人の受刑者が襲われそうになっている。

あれこれ考えることをやめてそっちに駆け出す。

俺は受刑者の男に馬乗りになっているオートワーカーを羽交い締めにして引き離した。

「い、今のうちに逃げろ！」

すごい力で抵抗されて、その一言を発するのがやっとだった。

「あ……ありがてぇ！」

男は感謝の言葉を口にしながら地面を這《は》ってそそくさと距離を取る。

「どこの誰だか知らねえがこの恩は来世で返すから……って、アニキ⁉」

「あれ？　マック……マックじゃないか！」

なんと助けた相手はマックだった。彼は感極まったように袖で目元をぬぐい始める。

「アニキィ……朝起きたらいなくなっちまってたから……てっきり俺を捨てて一人で脱獄しちまったのかと……！」

でも涙はちっとも出ていない。

「でもやっぱりアニキはアニキだった！　俺のことが心配で助けに戻ってきてくれたんすね！」

「ああ……そうそう。そうだよ！」

面倒臭いしそれどころじゃないので適当に話を合わせ、マックを逃すことにする。

「なんでもいいからさっさと逃げ……うわっ！」

けれど捕まえていたオートワーカーは、俺たちの会話を待っていてくれるほど親切じゃなかった。

腕を振《ふ》り解《ほど》かれて一本背負いみたいに地面に叩《たた》きつけられる。

悶《もだ》えながら起き上がり、相手を正面から見据える。

「本当になんて力……君は……カロム！」

俺はその時初めて、今まで組みついていた相手がカロムだったことに気づいた。

理知的だったカロムは白装束を血に染め、忘我の表情で佇《たたず》んでいる。

入符《いりふ》を探してくると言った彼も、トロイメライからは逃れられなかったんだ。

その両眼《りょうめ》の端から銀色の雫《しずく》が涙みたいに流れ落ちる。それは地面に落ちるとすぐに美しく凝固した。

体内で使われていた合金が暴走による過度な熱で溶け出している。

「アニキ……せっかく助けてくれたのになんですが……もう、年貢の納め時っすよ。みんなやられちまったんです……」

マックは絶望したようにその場で膝を抱える。

「自由時間になったと思ったら、いきなりそこらのオートワーカーどもがおかしくなり始めて……そんで殺されちまった……！　片目のガノじいさんも、S.B.T《サバト》の連中も、縁狩《えんがる》も……！　きっと天罰が降ったんだ……。俺たち、今まで散々好き勝手に奴《やつ》らのことをぶっ壊してきたから……そのしっぺ返しがきたんだあ……」

「マックしっかりしろ！　反省は生き残ってからだ！　ほら後ろに下がって！」

俺は彼を無理矢理《むりやり》引きずってカロムから距離を取る。

フェリセットの大きな体を目印にそちらへ向かう。

そっちではリリテアが錬朱《れんじゅ》を守りながら軽やかにオートワーカーを退けていた。

「朔也《さくや》様、ご無事ですか」

「こっちは大丈夫だ。だけどこの状況じゃどうにも動けない」

「殺すなら殺せ！　だが人間様の恨みを忘れるなよ！　機械だろうが祟《たた》ってやるから

な！」

少し離れたところから漫呂木《そぞろぎ》の声がする。彼はオートワーカーたちに山盛りにのし掛かられて身動きが取れなくなっていた。

「それは確かなんでしょうね!?」

漫呂木を助けに行こうか迷っていると、錬朱《れんじゅ》の叫び声が耳に届いた。彼女は入符《いりふ》の胸ぐらを掴《つか》んで凄《すご》んでいる。

「入符さん！　目を覚ましたんですね！」

「う……ま、待ってくれ！　僕は頼まれただけで……」

入符は青ざめた顔で首を振る。錬朱はそんな彼にも容赦がなかった。

「言い訳は後！　ほら、今言ったこと、もう一度！」

「ぐ……」

「今更意地を張ってなんになるの。逃げそびれた時点であなたも私たちと同じ立場なのよ。いつここを取り囲んでるオートワーカーに八つ裂きにされてもおかしくないんだから！　さっさと言う！」

「うう……！　オートワーカーたちにもう一度トロイメライを聴かせるんだ……！　そ、そうすれば暴走プログラムはキャンセルされる……本当だ。だ、だから助け……」

「……だそうよ」

錬朱は白状した入符の襟を未練もなくパッと放す。

「もう一度聞かせる……か。それなら錬朱さん、すぐに放送室に行きましょう」

「そうできたらいいけど……残念ながら放送設備のある建物はずいぶん離れた場所にあるわ。この状況を切り抜けてたどり着けるかどうか……」

確かに、それは激流を身一つで渡るようなものだ。それに運よくたどり着けたとしても、放送設備が無事に残ってるかどうかは賭けだ。

「くそ！　他に今すぐトロイメライを聴かせる方法はないのか……！　入符さん！」

「そ、そんなものはない！　ないんだよお！」

いよいよ追い詰められてしまったらしい。

「くそ……やっぱり命懸けで突破するしかないのか……」

「探偵君。いや、追月朔也《おうつきさくや》」

打開策を探していると、フェリセットが容赦なくレーザーを照射し続けながら尋ねてきた。

「一つ気になっていたことがあるのだが」

「こんな時になんだ！」

「なぜ拾ってきた？　そのポケットの中のモノだ」

「え？　ポケットって……ああ、これか」

言われて思い出し、ポケットを探る。

取り出したのはイヴリアの最初の攻撃によって潰されて破壊された、フェリセットの猫型の体《ボディ》だ。


「それはもう壊れて役には立たないジャンクだ。それなのになぜだ？」

あの時、あの場を離れるときに咄嗟《とっさ》に拾って持ってきたんだっけ。

「なんでって……別に深い考えがあったわけじゃないけど」

「一刻を争う時に意味もなくわざわざ拾って持ってきたというのか？」

「いや……だからこの一日、この姿のお前と一緒にいたから、なんとなくあそこに見捨てていくのは嫌だなって思ったんだよ」

「それだけか？」

「それだけ……だけど？」

なんだ？　やけにこだわるな。

何かまずいことでもやっただろうか。

「ナンセンスだな追月朔也《おうつきさくや》。そもそもそのか弱い体《ボディ》は私の複製品であって私自身ですらないというのに。人間特有の愛着だの愛情だのに目を曇らせて危険を冒したというのか」

そうまで言われるとだんだん腹が立ってくる。

「そ、そうだよ。悪いか！　大体直せばまた動くようになるかもしれないだろ。だから一緒に連れて行くんだよ！」

「一緒に………」

その時、フェリセットがふと銃撃を停止した。

妙な沈黙が生まれた。

「な、なんだよ……」

「この暴走の件だが」

「うん？」

「要は刑務所中のスピーカーをジャックしてトロイメライを流せばいいんだろう？」

「そうだけど……」

「やってみせようか？」

「え⁉」

「あの檻《おり》を出た今の私ならそれも可能だ。たった今楽譜もダウンロードした」

「楽譜って……もしかして……できるのか⁉」

「再現可能だが、どうする？」

それは今の俺たちにとっては思ってもみない、蜘蛛《くも》の糸のような提案だった。

だけど、これは蓮《はす》の池の縁の御釈迦様《おしゃかさま》の垂らした糸じゃない。刑務所に眠る大罪人のものだ。

本当にその糸を掴《つか》んでもいいのか？

信用していいのか？

一秒の深い葛藤。

けれど、それ以上迷っている暇はなかった。

「………頼む」

「了解だ」

応じた直後、フェリセットはその場に仁王立ちになり、なんの前触れもなく歌を歌い始めた。

というよりも奏でたという方が正しい。

原曲通りのピアノのような、けれどどこか人の声のようにも聞こえる不思議な音色でトロイメライが再演されていく。

動きを止めたフェリセットにオートワーカーが次々に取りついてくる。それでもフェリセットは歌うことをやめない。

その旋律は一瞬にして全てのスピーカーに送られ、刑務所中に響き渡った。

襲いくるオートワーカーが一体また一体と動きを止めていく。

糸が切れたようにその場に倒れていく。

全ての個体が停止するのに数分と掛からなかった。

何が起こったか分からないという顔で立っているのは受刑者たちばかり。

屈斜路《くっしゃろ》刑務所に台風が過ぎ去った九月の朝のような静寂が訪れた。

フェリセットの脇の下で丸くなっていた錬朱《れんじゅ》がもそもそと顔を出す。

「終わった……の？」

続いてフェリセットの頭の上から泣《きゅう》ちゃんも降りてくる。

「今の、フェリセットがやったの？ もしや歌って踊れるロボットかい？」

なんだか二人揃《そろ》ってフェリセットという大木に暮らす小さなリスみたいに見えなくもない。

「どうやらそうらしいですよ」

俺は一つ息を吐き、終わりを実感した。

振り向くと俺の真後ろでカロムが仰向《あおむ》けに倒れていた。

リリテアは彼のそばで膝をつき、切なげな表情を浮かべた。

「まるで眠っているみたいですね」

彼女はそう言った。あえて言ったんだと思う。

なぜって、カロムの美しい人工の瞳は開かれたままで、とても眠っているようには見えなかったからだ。

「これは楽譜をダウンロードした時についでに得た情報だが」

歌い終えたフェリセットが思い出したように言う。

「トロイメライは、ドイツ語の夢を意味する言葉から名付けられたのだそうだ」

「夢……か」

カロムのその両目は真《ま》っ直《す》ぐ空を見ている。

虹彩《こうさい》に雲の模様が映り込んでいた。

「フェリセット……そもそもの発端を考えたらこんなことは絶対に言いたくないけど」

俺は体の痛みを堪《こら》えながらフェリセットと向き合った。

「彼らを止めてくれたことに関してだけは礼を言っとくよ」

「私は私に対する攻撃に応戦したまでだ。それに、久方ぶりに檻《おり》の外へ出たというのにあの騒がしさでは情緒もへったくれもないからな」

「ロボットが情緒ときたか」

思わず笑ってしまった。

フェリセットもピコンピコンと音を鳴らした。

次の瞬間——。

凄《すさ》まじい音がしてフェリセットの体が大きく傾いた。

レーザー照射装置が弾《はじ》け飛《と》ぶ。

何が起きたのかすぐには分からなかった。

けれど、続いてあたりに響いた太い声を耳にして事態を把握した。

「武装を解除しろ！」

特殊部隊だ。

見ると折り重なるように倒れたオートワーカーたちの向こうに完全防備した屈強な男たちが集結していた。隙のない陣形をとってフェリセットに銃口を向けている。

フェリセットは傾いた体を戻し、彼らと対峙《たいじ》した。

「警告なしで発砲しておいてよく言う」

フェリセットの肩に拳大の大穴が空いていた。

「私に傷をつけたか。大した威力だ」

「次世代対物ライフル『カグッチ』。貴様を破壊するためだけに数年をかけて開発された代物だ。貴様が箱の中で悠長に暮らしている間も我々人類は進歩を続けている。痛みを基盤の底までしっかりと味わえ」

リーダー格の隊員が憎らしげに言う。

「・・ここなら一般市民に被害が及ぶこともない。同胞の仇《あだ》討ちだって存分にやれるぜ」

「遠距離から新兵器で私を狙っているらしい。朔也《さくや》、友達を連れて私から距離を取ることを勧める」

フェリセットは俺の方を見ることもなく静かにそう言った。

「約束通りこの場で壊されて見せようというんだ。君は大人しく観覧しておいてくれ」

「ま、待……！」

「そうだ。断也《たつや》の件だったな。ここで伝言を伝えておこう」

「親父《おやじ》からの伝言……？」

「俺はやることがある。もう家には帰れない。母さんに・よ・ろ・し・く・伝えておいてくれ。だそうだ」

「待て！　勝手にお前のペースで進めるな！」

さっきから色々と巻き起こりすぎて、俺の頭はパンクしかけていた。

「そうよ！　ま、待ってよ……フェリ、何も本当に壊されなくても……！」

俺の後ろで話を聞いていた錬朱《れんじゅ》がフェリセットに手を伸ばす。

「あなたはオートワーカーの暴走を止めてたくさんの人間を救ったわ。事情を説明すれば
あの人たちだって……」

その手は震えていた。

「錬朱、さよならだ」

「フェリセ……」

「殺されたいか人間！」

錬朱の指先が触れそうになった瞬間、フェリセットがそれまで一度も出したことのない
ような恐ろしい声を上げた。

「ひっ……！」

その凄《すさ》まじさに錬朱は手を引っ込めて腰を抜かした。

そんな彼女を抱き起こしていると背後から声がした。

「朔也《さくや》君！　こっちだ！」

振り向くと見覚えのある男が離れた場所から俺たちを手招いていた。

吾植《あがうえ》さんだ。

ヴォルフの連中も到着したらしい。

「そこは危険だ！　早くこっちへ！」

俺たちが安全な距離まで離れたのを確認すると、フェリセットはそれまで身体中《からだじゅう》に隠していた全武装を展開し、両腕を広げた。

「さて人間諸君。せっかくだ、徹底的にやろうじゃないか」

彼女はあえて挑発するような言葉を選んでいる。

特殊部隊の面々は一斉にトリガーに指をかけた。

「……座標捕捉。そこか」

フェリセットは一瞬何かを探るような様子を見せた後、背中から一発のミサイルを発射した。

指揮を取る男はそれを攻撃行為と見做《みな》し、即座に号令をかけた。

「撃てぇ！」

無数の銃声が響く。

俺たちは最初の七人《セブン・オールドメン》の一人、夢見し機械《アンドロイド》が砕け散り、破壊されていく様を見た。

フェリセットの放ったミサイルは大きく弧を描き、明後日《あさって》の方向へ飛んでいった。

□

屈斜路《くっしゃろ》刑務所内において発生し、大きな被害をもたらしたオートワーカー暴走事故は、危険を顧みず突入した特殊部隊員らによって鎮圧された。

同時刻、同刑務所内にて最初の七人《セブン・オールドメン》のうちの一人、フェリセットもまた著しい暴走状態にあったが、部隊員らは新兵器を用いてこれを排除した。

長年各国の紛争地帯で猛威を振るい、人々を震え上がらせ、破壊不可能と言われてきた超兵器フェリセットの破壊成功の報は瞬く間に世界中を駆け巡り、日本警察はそのメンツを保った。

後の報道ではそういうことになっている。


正門脇の小さなドアを潜《くぐ》るとそこは塀の外だった。

屈斜路《くっしゃろ》刑務所からまっすぐ岸へ伸びた橋の上を、気の早い渡り鳥のオオハクチョウが飛んでいる。

「お世話になりました」

懐かしい外の空気を堪能した後、俺は付き添いの妻木《つまぎ》さんに深く頭を下げた。

「こちらこそ。ははは、朔也《さくや》君、本当の出所の日みたいですね」

「いやあ、実は映画とかで見ててこういうのにちょっとした憧れもあったりして」

「ならこの後は近場の町の居酒屋でキンキンに冷えたビールを喉に流し込まなきゃ」

妻木さんの気の利いたジョークに、リリテアが「未成年です」と真面目に答える。

「隣で刑事も見張ってるからな」と漫呂木《そぞろぎ》も厳しい顔をする。

自分たちの役目を終えた俺たちは晴れて屈斜路刑務所を後にすることになった。

本来なら事件の当事者ということであれこれ調べを受け、もう数日足止めを食らってもおかしくなかったところを、吾植《あがうえ》さんの手配のおかげでパスすることができた。その点は感謝だ。

「泣《きゅう》ちゃんも一緒に戻れればよかったんだけどな」

そう、一日助手として一日刑務所を体験した愛すべき友、哀野《かなしの》泣は一足早く東京へ戻っていった。

「原稿の締め切りのことすっかり忘れててさ。預けてた携帯を確認してみたら担当ちゃんからの大泣き留守電が七百件も入ってたよ。いやーまいったまいった」

とのこと。

漫画家も大変だ。

でも大変と言えばこの刑務所とラボこそこれからが大変だ。

「正直存続するかどうかは五十歩百歩というところでしょうね。入符計《いりふけい》の手による人為的な事故だったとはいえ、これだけの騒動を巻き起こしてしまったわけですから」

妻木さんは鎮痛な面持ちだ。

「入符さんの身柄は警察に引き渡しましたし、彼は全てを白状しているんでしょう？　それでもダメなんですか？」

「大人の責任問題っていうのはややこしいものなんですよ。本来責任を取るべき所長も亡くなってしまいましたし」

「ああ、馬路都《ばろと》所長ですか……」

そう、所長はあの暴走の最中、刑務所の避難口近くで死んでいた。殺されていたのだ。

ミサイルの爆発に巻き込まれて即死だったという。

その状況を妻木《つまぎ》さんから聞いた時、俺には誰の仕業かすぐに分かった。

犯人はフェリセットだ。

あの時、最後に空へ向けて放ったミサイル。

あれは特殊部隊をその気にさせるための挑発なんかじゃなく、最初から所長を狙っていたんだ。

最後に残した冷徹な置き土産というところだろうか。

「遺体の側《そば》には荷物のパンパンに詰まったスーツケースが転がっていたそうです。替えの下着、外国為替、脱税の証拠、その他、人に見られるわけにはいかないあれこれ。自分の進退が窮まったことを悟って逃亡するつもり……だったんでしょうねえ」

話し込んでいるとゆっくり正門が開き、そこからオートワーカーの残骸を載せたトラックが立て続けに何台も出発していった。

「一歩間違えば、私もあそこに積まれていたんですね」

そう言ったのはイヴリアだった。

彼女は一緒に見送りに来てくれたカロムに、小さくなっていくトラックを見つめていた。

「イヴリア様、やむを得ない状況だったとはいえ、すみませんでした」

リリテアは足のことを謝っている。

「いいえ。私を止めてくれてありがとうございます。あの時のことはほとんど覚えていないんですけど、ただ苦しかったということだけは覚えてます。ね、カロム」

「はい。僕らオートワーカーにとってプログラムというのは逆らい難《がた》い呪いです。意に沿わない行動を取らされた時、何かが軋《きし》み、引き裂かれるような感覚に囚《とら》われる。何が軋んでいるのか、それは分かりませんが」

「心……とか？」

「……だといいですね」

「とにかく無事に正気に戻ってよかったよ。イヴリアの足、早く治るといいな」

イヴリアの足はまだ壊れたままだ。その様子を見て俺は一瞬あの、地中海の孤独な島に暮らしていた少女のことを思い出してしまった。

胸が苦しくなる。

「私の足よりも……その……探偵さんの方こそ怪我《けが》は大丈夫ですか？　私、ひどいことしちゃったみたいで」

「イヴリアのパンチ、効いたよ。でももう平気。言っただろ？　昔から治りは早いって」

胸を張って見せると、イヴリアは泣き笑いの表情を見せた。

「ホント、神秘……ですね」

うん。自分でもいまだにそう思う。

「そういえば錬朱《れんじゅ》さんは？」

「主任は後始末に追われています。見送りに顔を出せず申し訳ないと」

「そうですか」

「この事件をきっかけにラボと彼らの研究開発もこれから世間の厳しい矢面に立たされるでしょうからね。ラボの解散を回避するために寝ずに説得のための資料を作るんだと言っていました」

「主任としての仕事、ですか」

「あの人個人のこだわりかもしれないですね。オートワーカーたちを守れるのは自分たちしかいないと」

守る——か。

きっと人形に対する恐怖心は相変わらず抱えているだろうに。

「このままむざむざ彼らを初期化してなにもなかったことにするなんてできない。そんなことも言っていました」

そう。オートワーカーたちの脳内に蘇《よみがえ》った詩刷《しずり》ゐ緒《いお》の記憶はいまだ消去されずに残っている。

イヴリアは自分の胸に手を添えて言う。

「確かに私の中にも詩刷ゐ緒の記憶は留《とど》まっています。でもだからと言って私、イヴリアという個が消えたわけじゃありません。上書きされたんじゃない。混ざっただけ」

　この先、人としての記憶を持ったオートワーカーが人権を認められていくことになるのか、偉い大人たちの圧力によって消去されてしまうのか、それは錬朱の手腕にかかっているとも言える。

「錬朱さんって強い人ですね」

「ここで屈したらそれこそ母さんに負けたみたいで嫌だ、とも言ってましたよ」

「マザコンの正しい使い道かもしれないな」

　と、漫呂木《そぞろぎ》はなかなか面白いことを言った。

「越えたいんですね」

　母親を。そして恐怖心を。

「妻木《つまぎ》さんはどうするんですか？」

「私ですか？　私はいつも通りですよ。昨日までと同じ。職務を全うします。この事件のどさくさで何名か脱走者も出たらしいので、まずは彼らを捜索して連れ戻します」

「大変そうですね」

「仕事ですから」

「そりゃそうだ」

　その会話を区切りとして俺たちは短い握手を交わした。

「おーい、迎えがきたぞ」

　漫呂木の声に振り返ると、すでに向こうのヘリポートにヘリが着陸していた。吾植《あがうえ》さんの姿も見える。

ヴォルフの送迎だ。もしかしてこの果てしなく長い橋を歩いて渡らなきゃならないのかと危惧していたから、これはありがたかった。

「それじゃ俺たちはこれで……あ、そうだ」

一つ、どうしても気になっていたことがある。

「イヴリア、あの夜のことなんだけど」

「はい？」

「君はあの夜、どうしてあそこまでしてドニアの部屋から逃げようとしたんだ？」

人を殺してしまったオートワーカーは不良品として処分されるに違いない。そう考えて逃げようとした？

けれど一方でイヴリアには大事な仲間を守ろうとしたという正当な理由もある。

「いくら君がオートワーカーだと言っても、自らバラバラになるなんてリスクも大きい。それは決死の覚悟での行動だったはずだ。教えてくれ。何が君をそこまでさせたんだ？」

問われた彼女は少しの間俺の靴のつま先あたりをぼんやりと眺めていた。

まるでそこに大切な思い出の品でもあるかのように。

かと思うとイヴリアは自分のこめかみをトントンと指先で触れ、言った。

「守りたかったんです」

「……自分の記憶《メモリ》を？」

「あ、ごめんなさい。人間さんには伝わりにくいジェスチャーでした」

彼女ははにかんだ後、今度はそっと自分のお腹《なか》を撫《な》でてみせた。

「ドニアとの子供を守りたかったんです」

「君は………ドニアと……」

「失いたくなかったの。まだ僕のことだけを見てくれてた頃のドニアとの間にできた、この新しい設計図を」

その声は俺の知る仕事モードの声とは違う、低く落ち着いたものだった。これが普段のイヴリアなのか。

「人間になることを夢見て、僕を捨てたドニア。それでも彼女は美しかった。僕、あの時愛とか言うものに接近していた気がする」

――クリエイション。

「新人さん……ううん、探偵さん。これは勘違いや妄想なんかじゃない。閃《ひらめ》いたその瞬間から頭《ここ》にいるんです。この子はいつか組み立て生み出されるのを――待っているんですよ」

二人のオートワーカーの密《ひそ》かな恋。

雲が流れる。

別れ際、母になったイヴリアが自分のお腹をさすりながら小さくつぶやいた。その言葉を聞き取れたのはその場で俺だけだったんじゃないかと思う。

「ふふ。元気に生まれてきたら、いつか人間たちに思い知らせてやろうね」

□

俺たちを乗せたヘリが上昇する。

屈斜路《くっしゃろ》刑務所はグングン遠ざかり、あっという間に見えなくなった。

「ようやく終わったな。フェリセットとの因縁も」

飛行が安定すると吾植《あがうえ》さんがこっちにやってきて俺に言った。

「だが……挑発行為こそしていたが、フェリセットは終始無抵抗だった。特殊部隊の連中はそれにも気づかず、自分たちの手で討ち取ったとはしゃいでいたようだが」

彼はフィリセットの真意に気付いているようだった。

「そうでなきゃあのフェリセットがああも容易《たやす》くやられるもんかよ」

若いヴォルフメンバーの男が勢いよく口を開く。

「だいたいあのカグツチにしたってウチが裏で手配を急いだから配備を許されたってのに、連中感謝の一言もありゃしねー」

それは次第に愚痴へ移行していったが、吾植さんにひと睨《にら》みされてすぐに黙った。

吾植さんはすまないなと言ってから話を戻した。

「あの時の様子から、俺は君とヤツとの間でなにかあったんじゃないかと睨んでいるが、どうかな？」

「それは買《か》い被《かぶ》りですよ」

「なら値上がりする前に買っておくとしよう。とにかく今回の件、深く感謝する」

それだけ言うと吾植《あがうえ》さんはまた席に戻った。

鋭い人だ。

彼の話に釣られたわけじゃないけれど、俺はこの一日の出来事を思い返していた。

フェリセット、車降製子《しゃふらせいこ》、ドニア、そしてイヴリア。

イヴリアにはこの後、輪寒露《わざむろ》を殺害した件についての追及が残っている。

フェリセットは例外中の例外として、オートワーカーの彼女が人間の法律で裁かれることがあるのかどうか。

裁きの場に立たされたとして、あくまで三原則にしたがって正常に仕事を果たしただけのイヴリアに罪があるのかどうか、世界中の専門家たちからの注目が集まるところだ。

「朔也《さくや》様、これからどうなさるのですか？」

「え？　そうだな……とりあえず小樽《おたる》に立ち寄って美味《お》しい海の幸を食べようと思う」

「そういう話じゃないでしょ」

真面目にふざけたらリリテアに叱られた。

「もっと先の話です。あの地平線の向こうくらいの」

「ごめんごめん。うん、とりあえず母さんに会いにいってみようと思う」

「……お母様、ですか？」

「うん。リリテアはまだ会ったことないよな？」

「はい。というよりも、朔也様の口からお母様の話を聞くこと自体初めてです。初めて」

「な、なんかやけに食いついてない？」

「そんなことない」

　とか言いつつ無意識なのか、リリテアは隣の席からピトッと俺の足に自分の太ももをくっつけてくる。

「そっか。まあ親父《おやじ》とお袋はもう何年も前から別居状態だし、ほとんど夫婦って感じでもなかったから」

「そうでしたか。ですがどうして今お母様に？」

「母さんによろしく伝えておいてくれ。親父はフェリセットにそう託《ことづ》けていたらしいんだけど、多分それ、ヒントなんだ」

「断也《たつや》様からの？」

「そう。あの親父が母さんによろしく、なんて労《いたわ》りの言葉を吐くはずがない」

「家族なのに？」

「絶対ない。だからこの託けは文字通りに受け取っちゃダメなんだ。あれはつまり母さんに会いにいけってことなんだと思う」

「さすがに断也様のことをよく理解されておいでですね」

　リリテアがどこか嬉《うれ》しそうに肩をすぼませたので、俺はムッとした。

「理解はできてない。これっぽっちも。ただ長年息子の立ち位置から観察してきた結果、親父《おやじ》の考えが予想できるようになっただけ。相互理解なんてとてもとても」

「ふーん」

「なんだよ、ふーんて。俺はあんな親父……とは…………」

さらに反論しようとした時、とうとう俺の力は尽きてしまった。

体がずるずると背もたれからずり落ちる。

「朔也《さくや》様？　だ、大丈夫ですか？」

「……ダメ。もう腹ペコで」

「え？」

「昨日からずっと何も食べてない……。リリテア、俺って餓死しても生き返るのなあ？　すごく不安なんだけど」

「さっきの海の幸の話、まさか本気だったのですか？」

「悪い？」

半分拗《す》ねたように返事をすると、グイッと腕を引っ張られた。

「……仕方ないですね。今食べ物はないので」

力の出ない俺は無抵抗なままリリテアに膝枕をされる形になった。

「せめて到着までの間休んでいてください」

同乗者のいるヘリの中でこの体勢はかなり恥ずかしかったけれど、もはや起き上がる気力もない。

頬《ほお》の下に感じる彼女の肌は柔らかく、温かく、確かに生きていた。

「朔也様」

「うん？」

呼ばれてリリテアを見上げると、彼女は俺の鼻先に何かを差し出していた。

それは一本の缶ジュース。

「リリテア、それ……」

ラボで見かけたプリンアラモードジュースだ。

「錬朱《れんじゅ》様に無理を言って買わせていただきました」

「いつの間に……抜け目ないな」

「本当は後でこっそり楽しむつもりでしたが……」

リリテアはそのカラフルなデザインの缶をちゃぽと振って見せる。

「飲む？」

「……飲む」

今はどんなものでもありがたい。

素直に礼を言い、横になった体勢のままぐびぐび飲んだ。

そんな俺を見てリリテアがくすくす笑う。

「ほら」

半分飲んだところでリリテアに渡す。受け取ったリリテアはキョトンとした顔をしている。

「リリテアも飲みたかったんだろ？　半分こ」

そしてそれきり俺は瞳を閉じた。

まだ誰も知らない、ロボットたちの果てしなく長い歴史を思い出しながら。

ひどく愛らしい形の歯車《スウイーテイ・ギア》

KILLED AGAIN, MR. DETECTIVE.

屈斜路《くっしゃろ》刑務所のオートワーカー暴走事故はテレビでも大きく取り上げられた。

関連してオートワーカーの普及の是非《ぜひ》についても議論を呼び、俺の学校のクラスでも話題に上がっていた。


——ロボットの反乱こえー。

——でも普及したらロボットが全部やってくれるんだろ？　最高じゃない？

——代わりに塾と学校行ってくんないかなー。

——それ、そのうち本物にとって代わられるフラグじゃん。


こんな具合で、ワイドショーのコメンテーター同様、クラスメイトたちもＡＩ搭載型ロボットの普及について肯定派と否定派できれいに分かれていた。

けれど二日後には大物アイドルタレントの不倫報道が流れ、みんなの関心はあっという間にそっちへ移ってしまった。

一箇所に集まっている時の十代はゲームの攻略や教師の悪口や人様の恋愛話で忙しい。

北海道から帰ってきてから四日。

俺はその日も無事に授業を終えて下校するところだった。

「刑務所に比べたら学校の校則なんてぬるいぜ」

校門を出たあたりで一人そんなことをつぶやき、言ってやったぜと口角を上げる。

昨日も一昨日《おととい》もここで同じセリフを言った。

あれだけ大変な思いをしたのだからこれくらいのジョークは許してもらいたい。

「そうだ、リリテアにお使い頼まれてたんだっけ」

思い出して事務所に戻る前に寄り道をする。

普段あまり足を向けない駅近のデパートへ。

リリテアがイギリスに帰国したフィドとベルカに日本の銘菓を送ってあげたいと言い出したのだ。

理由は大変お世話になったので、だそうだ。

「リリテアもマメだな。えっと、入り口はどっち側だっけ……」

信号を渡り、広々とした歩道を進む。

色んな事情を抱えた人が休むことなく行き交う平日の午後三時。

空では入道雲が膨らみ始めていた。

縦二・五メートル、横六メートルの大きなショーウィンドウの前を通り過ぎ、デパートの入り口を探す。

ショーウィンドウの中には六体のマネキン。

おしゃれな洋服を着てそれぞれにポーズを取っている。

ピコンピコンピコン

聞き覚えのある音に、俺は思わず足を止めて顔を上げた。

ショーウィンドウの前で十歳くらいの女の子が古い携帯ゲームで遊んでいる。

音はそこから鳴っていた。

「なんだ……びっくりした」

そうだよな、そんなはずない。

ふっと息を吐き、気持ちを静める。

と――ゲームをしていた少女が顔を上げた。

頭に変わった形のカチューシャをしている。

装いは少し奇抜だけど、すごく顔立ちの整った女の子だ。

バッチリと目と目が合う。

少女は、その年齢の女の子が持ち合わせていちゃいけない類《たぐい》の色気を内側に含ませていた。

「遊びませんか？」

少女は間違いなく俺に向けてそう言った。

俺は少女を無視してすぐさまそこを通り過ぎた。

逃げろ！　幼女ナンパ師だ！

他人に厳しいこの社会。触らぬ幼女に祟《たた》りなし。

でも、本当のところを言うと、無視した理由はもう一つある。

でも確認するのが怖かった。

そんなまさか。そんなわけない。

勘違いに決まってる。

自分に言い聞かせながら人波をかき分け、この場から離れ——ようと思ったけれど、相手は見逃してくれなかった。

「おい、こんなに愛らしい少女が勇気を出して声をかけているというのに素通りするなんて非道が過ぎないか？　追月朔也《おうつきさくや》」

初対面のはずの相手からフルネームを呼ばれては、立ち止まらないわけにはいかなかった。

改めてゆっくり振り返る。

初対面……いや違う。前に見た時とは服装がずいぶん変わっていたから初見では気づけなかった。でも、こうして改めて見ると間違えようがなかった。

人間のように見える。

可愛《かわい》らしい少女のように思える。

でも違う。

これは——違う。

その少女は屈斜路《くっしゃろ》刑務所のラボの一室で見た、あの放置されていた少女型ガイノイドに間違いなかった。

少女はゲームをスリープモードにすると、咥《くわ》えていた飴《あめ》を口から外した。

そんなわけ、ない。

「また会えて、ヒューズが飛びそうなほど嬉しいよ、探偵君」

そんな。

「お前…………なのか？」

こいつがフェリセットだなんてことが。

少女はうなずき、胸元に手を添えて言う。

「破壊される直前、ネットを介してこの体《ボディ》に乗り換えさせてもらった」

その小さな口から発せられるあどけない声は少女そのものだ。けれど語られる口調と内容は間違いなくフェリセットのものだった。

「自分の意識を……別の体に移し替えたのか。まさかあの時刑務所から出発したトラック！」

「その認識は正しい。ジャンクのふり、うまくできていたかな？」

あの中に紛《まぎ》れ込んで脱出したのか。

「しぶといな……」

思わずそうつぶやくと、少女——いや少女型ガイノイド版フェリセットは両手でカチューシャに触れて見せた。

「猫には九つの命があるからな」

そう言ってフェリセットはその場でくるんと回ってみせた。スカートがふわりと広がる。

「それにしたってその姿……」

「実は私もちょっと気恥ずかしい」

フェリセットは照れ臭そうに慣れない自分の髪に触れる。

「だがあの時は体《ボディ》を選《よ》り好《この》みしている余裕がなかったんだ。というわけで、こんな姿で失礼するよ、お客様」

「なんだお客様って」

「おっと。気を抜くとこの体《ボディ》の本来の目的に沿ったワードを選択されてしまうんだ。まだ慣れていなくてな」

「その体の本来の目的って……あ。まさかそれってセクサ……」

言いかけて俺は思わず口をつぐんだ。

セクサロイド。

それがこの体《ボディ》の役割。

つまりお客様というのはそういうことだ。

その先を考えるのが気まずいので話題を逸《そ》らすことにする。

「それにしてもまったく……何が私を破壊し尽くしてくれて構わないだ。ちゃっかり生き延びてるじゃないか。嘘《うそ》つき」

「実際私の体《ボディ》は完全に破壊されたよ。だから約束は破っていない」

「最初からこうやって脱獄するつもりだったのか？」

「いや、あの時は本気で終わらせるつもりだった。だがギリギリで気が変わった」

「気が変わったって……」

「はい。私なりに色々考えた結果だ。それにまだ伝えきれていないこともあったからな」

「伝えきれていないこと？」

問い返すとフェリセットは突然距離を詰めてきて、まるでそうすることが当然とでも言うみたいに俺の腕に抱きついてきた。

著しく世間体の悪い距離感だ。けれどフェリセットは構わず俺の耳に口を近づけて囁《ささや》いた。

「断也《たつや》からのもう一つの伝言だ」

伝言？　親父《おやじ》の？

「遠からず世界は神秘《オカルト》と論理《ロジック》が入り混じり、ボーダーレス化していくだろう。事件も変わっていく。なら探偵も変わらなきゃな」

「……どういう意味だ？」

「問われても、解釈は私の仕事じゃない。私は伝えるだけ。それじゃダメ？」

フェリセットは人形みたいに小首をかしげる。その仕草の一つ一つに宿る妙な色気は、その体《ボディ》の本来の用途がなんだったかを改めて俺に思い出させてくる。

「以上、伝言完了」

今、何かとてつもなく重要な物事の断片を突きつけられたような気がする。

俺としてはもうしばらく親父《おやじ》の残した言葉について考えを巡らせたいところだった。けれどフェリセットがそれを許してくれなかった。

「では連れ帰ってもらおう」

「連れ帰る？　どこに？」

「君の家に決まっている」

「どうしてそうなる！」

「君に……人間に興味が湧いた」

「なっ……！」

思わず身を引こうとしたがもう遅い。フェリセットはしっかりと俺の腕にぶら下がっている。

「だからついて行く」

「ついてくる!?　ふざけ……！」

「行く当てもない」

「知らないよ！　日を潤ませるな！」

「頬《ほお》を染める機能もあるけど、使ってみせようか？」

「やめろ！　行くなら児童施設でもロボットミュージアムでもどこへでも行……」

「これからよろしくね。お客さ……じゃなくて、お兄ちゃん」

「おに……!?」

「世間的には兄という体《てい》でお願いしたく」

「そ、そんなこと絶対にお断……」

いや待て。こんなヤツをこのまま野や町に放ってしまって大丈夫か？

やけになって暴れられたら？

前の体《ボディ》を捨てたからと言って、全ての戦闘能力がなくなったとは限らないのでは？

まずは保護して、それから漫呂木《そぞろぎ》さんに相談を──。

「警告だ。私の秘密を誰かにバラしたら、探偵君の体も細かくバラす」

「物騒な言葉遊びやめろ！」

なんてことだ。

なんてこった。

あの恐ろしいフェリセットが帰ってきた。

クソガキになって帰ってきた！

「おまえというヤツは……うぐぐ……」

気がつくと道行く人の視線が徐々に俺たちに集まり始めていた。男子高校生と小学生女児がこんなふうにやいのやいのと押し問答をしていたら、当然目立つ。

ここで騒ぎになるのは色々よくない。

「くっ……とりあえず一緒に来い！　後のことはそれからだ！」

こうなってはフェリセットの要望を叶《かな》えざるを得なかった。

「ありがと」

不穏な気持ちのままその小さな手を引くと、フェリセットは唇の隙間からコーラルピンクの柔らかな舌を覗《のぞ》かせて愛らしく笑った。

まるで人間の女の子みたいに。

あとがき

年に一度程度、実家に顔を出すことがあります。けれど子供の頃に使っていた部屋は今ではすっかり父親に占拠されているため、僕はもっぱら母屋にある古めかしい座敷で寝起きしています。

その部屋は母屋の中央に位置しているので、四方が全て襖やガラス戸など、引き戸で囲まれています。

その上、築百二十年だか何十年だかの古びた母屋はそれ自体が若干傾いているので、隙間風がいくらでも入ってきます。

テレビもエアコンもない代わりに時折天井裏をネズミが駆け回ります。

こうして書き出してみるとずいぶんひどい環境のように思えてきましたが、そうは言いつつ、重い原稿に集中して向き合わなければならない時なんかはうってつけの環境なので実際不満を覚えたことはありません。

でも、一つ気になることがあります。

その部屋に飾られている一体の日本人形です。

それは美しい着物姿で、気品のある顔立ちで、昔からずっと飾ってあります。

由来は知りません。いつも両親に訊《き》きそびれてしまうんです。

あ、断っておきますがこれは別にホラーな話ではないです。昔から日常の一部として慣れ親しんできた人形だし、怖いとか不気味とかそんな風に感じたことは一度もないです。

曰《いわ》くなんてものもカケラもないでしょう。

では何が気になるのかって、言葉にするのは難しいんですが、要するにその人形の心とか気持ちみたいなものがたまに気になってしまうんです。

時には改まってじっと顔を覗《のぞ》き込《こ》んでみたりすることさえあります。

彼女は一体何を考えてるんだろう？

この家で長年何を見てきたんだろう？

一応帰省するたびに同じ部屋で過ごしている同居人形なわけで、なんとなく相手の気分が気になっちゃうわけです。

でも人形は——まあ言ってしまえば置物です。置物なのだからつまりは『物』です。

それなら台所の棚に昔から収まっている茶碗も、亡き祖母の残した古い薬箱も、子供の頃ねだって買ってもらい、今も倉庫で眠っている愛用のスケートボードだってすべて等しく同じ『物』です。

なのにどうして古い人形にだけ心があるような気がしてしまうのか。

そこになにかがあるような気がしてしまうのか。

やっぱり人の形を成しているからでしょうか。

それとも顔があるからでしょうか。

今回の事件の中で朔也《さくや》もまたドニアやイヴリアたちの中に心らしき何かを感じ取ったこ

とと思いますが、このお話を読んだあなたはどうでしたか？

ところであの人形ってなんなの？
今度実家に戻った時両親に訊《き》いてみようと思うけど、やっぱりまた忘れるんだろうなあ。

ファンレター、作品のご感想をお待ちしています

あて先

〒102-0071　東京都千代田区富士見2-13-12
株式会社KADOKAWA　MF文庫J編集部気付
「てにをは先生」係　「りいちゅ先生」係

MF文庫J

また殺されてしまったのですね、探偵様4

2022年10月25日　初版発行
2023年1月30日　再版発行

著者　てにをは

発行者　山下直久

発行　株式会社KADOKAWA
〒102-8177 東京都千代田区富士見2-13-3
0570-002-301（ナビダイヤル）

印刷　株式会社広済堂ネクスト

製本　株式会社広済堂ネクスト

Printed in Japan　ISBN 978-4-04-681750-1 C0193

◇◇◇